Así que esto es un Felices para Siempre

F.T. Lukens

Traducción de María del Carmen Boy Ruiz

Argentina – Chile – Colombia – España
Estados Unidos – México – Perú – Uruguay

Título original: *So this is Ever After*
Editor original: Margaret K. McElderry Books
Traducción: María del Carmen Boy Ruiz

1.ª edición: noviembre 2022

ISBN: 978-84-17854-84-3
E-ISBN: 978-84-19251-91-6
Depósito legal: B-17041-2022

Fotocomposición: Ediciones Urano, S.A.U.

Impreso por: Rodesa, S.A. – Polígono Industrial San Miguel
Parcelas E7-E8 – 31132 Villatuerta (Navarra)

Impreso en España – *Printed in Spain*

✦

PARA QUIENES BUSCAN SU «FELICES PARA SIEMPRE»:

¡NO OS RINDÁIS!

PUEDE QUE LO ENCONTRÉIS EN OTRO CASTILLO.

Capítulo 1

Llevo tiempo imaginando cómo sería decapitar al Malvado desde que el viejo hechicero se presentó en mi puerta al día siguiente de haber cumplido los diecisiete y me reveló mi destino: que yo sería la persona que acabaría con la sombra lóbrega del mal que gobernaba nuestro reino. Bueno, vale, no fue ese momento específico porque ¿quién creería a un borracho desconocido con el sombrero torcido y un bastón que zumba? Nadie. Te lo digo yo. Al menos, no deberías. No es seguro.

Déjame que lo aclare. Llevo imaginando este momento desde que tomé el té con el hechicero, me explicó unas cosas y me habló de la profecía. Aunque no sentí que fuese real —en el sentido de «muy probable»— y del todo posible hasta que saqué una espada mágica de un pantano y un haz de luz brotó del cielo, lo cual me ungió con un propósito sobrenatural.

Después de eso, no se me quitó de la cabeza lo que ocurriría cuando le amputara la cabeza al Malvado en el desenlace de una batalla épica. El corte sería limpio. La salpicadura de la arteria dejaría un rastro artístico y la cabeza desmembrada rodaría por las escaleras desde lo alto del estrado hasta descansar a los pies de mi mejor amigo. Todo el mundo me vitorearía y por fin me convertiría en el héroe de la profecía. Me sentiría diferente. Honesto. Increíble. Realizado. Que por fin había madurado.

Desgraciadamente, teniendo en cuenta cómo han ido las cosas desde que empezó este viaje, no ha sido así. Ni siquiera un poquito.

Impulsado por la adrenalina y la fuerza, enarbolé la espada para asestar el golpe mortal creyendo que le cortaría la cabeza al Malvado de un tajo limpio. En vez de eso, la hoja roma se quedó clavada a mitad de camino en el cuello porque se atascó en la columna. Ah. ¿Quién habría dicho que las espadas mágicas que salen de los pantanos no vienen ya afiladas?

Aturdido por este giro de los acontecimientos, me quedé paralizado el tiempo suficiente para atraer la atención del grupo de aventureros que me apoyaba.

—¡Arek! —gritó Sionna en algún lugar entre el caos—. ¡Acaba con él!

Saqué con fuerza la espada de la garganta del Malvado, ignoré como mejor pude la expresión estupefacta de su rostro, la boca abierta, los ojos de par en par, el río de sangre que empapaba la parte delantera de sus ropajes negros, y volví a golpearlo. Y otra vez. Cercené el cuerpo tembloroso, que había caído de espaldas y se había derrumbado contra la parte frontal del trono como una muñeca grotesca, hasta asegurarme de que estuviera muerto y que ni un ápice de magia lograría traerlo de vuelta.

Al final, el cuello cedió y la cabeza cayó al suelo salpicando como una calabaza pasada. Los ojos muertos me miraron desde las cuencas hundidas y los labios finos dejaron a la vista unos dientes amarillos como parodiando un grito. Una imagen que seguro poblaría mis pesadillas durante los próximos meses y, probablemente, durante el resto de mi vida.

También me había imaginado levantando la cabeza del Malvado por el cabello y sosteniéndola en alto como una especie de trofeo al tiempo que la magia negra que había utilizado para usurpar el trono y controlar el reino retrocedía como la marea embravecida, absorbida por un resplandor mientras el pueblo vitoreaba. Salvo por que el Malvado estaba calvo y me negaba a tocar la cabeza por otro sitio, porque uf.

Además, no pasó nada. Ningún fogonazo de luz. Ningún revés mágico. Nada de música victoriosa. Ni de algarabía. Nada. Ah.

Para mayor decepción, no me sentí diferente, solo pegajoso. Y tan cansado que me dolían hasta los huesos, y con náuseas. No hubo vítores de los espectadores, aunque se distinguía con claridad el sonido de alguien vomitando a mis espaldas.

Me limpié la cara empapada de sangre con el borde de la camisa, pero tan solo hice que la mancha carmesí se extendiera más. Sentía punzadas en el pecho. Me dolían los brazos. Me balanceé al darme la vuelta en los escalones y sondeé el caos de la sala. La lucha había cesado. Todos mis amigos estaban en pie, dispersos como unos dados, pero vivos. Los seguidores del Malvado, a quienes se les distinguía por el atuendo negro y los tatuajes en el cuello, estaban muertos, o bien estaban escapándose o arrodillándose en señal de derrota.

Apoyé todo el peso en la espada. Apenas resistía la necesidad de caer rendido ahí en los escalones de piedra junto al cuerpo, que todavía se sacudía, y echarme una siesta. Sin embargo, bajé a trompicones.

—¿Estás bien? —me preguntó Matt. Tenía manchas de hollín en las mangas, desgarrones en la ropa y un corte le goteaba lentamente sobre el ojo. Tenía el pelo castaño pegado a la cabeza por el sudor. Olía a ozono y a magia. Llevaba el báculo en la mano; la joya azul brillante en la parte superior brillaba como una estrella, pero su poder se desvaneció mientras los dos permanecíamos de pie, juntos, tras la batalla.

Una aportación posterior a la imagen de la victoria que tenía en mente incluía estrechar a Matt entre mis brazos y declararle mi amor eterno. Pero como estaba literalmente cubierto de sangre, pensé que a Matt no le gustaría que le abrazase en ese momento, o un gran gesto o ni siquiera una palmadita amistosa en el hombro. No cuando ambos temblábamos de agotamiento a medida que la adrenalina disminuía.

—Sí, estoy bien. ¿Y tú?

—Yo también. —Me dedicó una sonrisa débil—. Se acabó.

—Pues sí. —Me pasé la mano enguantada por el pelo—. Aunque es muy asqueroso.

—Desde luego. Ha sido, valga la redundancia, una maldad.

—Muy buena. —Alcé el puño y chocamos los nudillos.

Bethany apareció tras una esquina con un arpa pequeña en la mano mientras se limpiaba los restos de vómito de la boca con la manga. Se apartó un mechón caoba sudoroso de la mejilla, dirigió una mirada al trono, se puso verde y volvió a desaparecer. Las arcadas hicieron eco en el silencio fantasmal en la sala del trono, antes llena de caos.

Sionna puso los ojos en blanco. Limpió la espada en un cuerpo bocabajo antes de envainarla. Tenía la piel morena salpicada de sangre, pero mucho menos que yo. Sin duda, ella sí había afilado la hoja. Todavía llevaba el pelo negro recogido en una coleta alta y los mechones que se le habían soltado le enmarcaban el rostro; aunque tenía los hombros hundidos por el alivio, sus pasos eran tan enérgicos como de costumbre. Era una guerrera de pies a cabeza. Hermosa de pies a cabeza. El motivo de pies a cabeza de muchas de mis erecciones inoportunas durante la misión.

—Iré a ver cómo está —dijo.

Me aclaré la garganta.

—Buena idea.

Salió de la sala por el mismo arco. Matt y yo intercambiamos una mirada. Estoy seguro de que estábamos en la misma onda en cuanto a las erecciones. Incluso si no lo estábamos, al menos seguía a mi lado. Por suerte, esa parte de mi visión se había cumplido. Habíamos sido mejores amigos desde pequeños y lo seríamos para siempre en lo que a mí respectaba, a pesar de los hechiceros raros, los báculos resplandecientes, las profecías enigmáticas y los enamoramientos secretos.

—¿Estáis bien?

Me di la vuelta, sobresaltado.

Lila estaba sobre la franja de alfombra lila que conducía al trono. La suela blanda de sus botas apenas solía hacer ruido, pero sobre la felpa, no la había escuchado. Con la capucha puesta, sus facciones quedaban casi ocultas, pero estaba familiarizado con la forma de su barbilla y el arco de su boca. Llevaba un saco abultado al hombro.

—Sí, estamos bien. Agotados y... —Matt gesticuló hacia la masa sin cabeza— algo traumatizados, pero... —Perdió el hilo. Frunció las cejas con aire consternado—. ¿Has estado saqueando?

Ella se encogió de hombros.

—Un poco. —Dejó caer el saco lleno a sus pies con un fuerte ruido metálico.

—¡Lila! —Me llevé las manos a las caderas, algo complicado cuando cargas con una espada—. Devuélvelo.

—No.

—Ahora.

—No.

—Pero, pero... —balbucí—. ¿Qué tienes ahí?

—Ah, ya sabes, el botín, bienes, riquezas. Lo normal.

Matt frunció los labios.

—Eso es un poco ambiguo.

Ella sonrió con suficiencia.

—Exacto.

—¡Aquí estáis! —La voz provenía de detrás de nosotros y, de nuevo, me descubrí volviéndome con rapidez y con la espada en alto. Rion estaba apoyado en la pesada puerta de madera por la que nos habíamos abierto paso apenas unos minutos antes.

Obviando la armadura mugrienta, casi parecía que la batalla no le había afectado. Sonrió cuando nos vio y bajó la punta de la espada cubierta de sangre en señal de reconocimiento.

Me relajé y solté el aire de los pulmones.

—¿Podéis dejar de acercaros sigilosamente a mí? He tenido un día de perros.

—¿Se ha acabado? —preguntó Rion ignorando mi arrebato. En cambio, paseó la mirada por la sala del trono hasta que sus ojos aterrizaron sobre el cuerpo en el estrado.

—Eso creo —dijo Matt—. Es decir... —Hizo un gesto de impotencia—. Esto es todo, ¿no?

Sionna volvió de la sala contigua colgada del brazo de Bethany. Su paso era vacilante, pero había dejado de vomitar. El grupo al completo se encontraba en la sala del trono. Nos miramos sin decir nada. Tan solo nos limitamos a existir en ese momento de calma repentina tras la tempestad.

Los inspeccioné para asegurarme de que todos lo hubiéramos conseguido, que estuviéramos sanos y salvos. Bethany, nuestra barda, descansaba contra el muro con la mirada clavada en una ventana rota al otro lado de la sala y todo lo lejos posible del cuerpo sin cabeza apoyado a los pies del trono. Era carismática y mágica, esencial para nuestro éxito gracias a su habilidad para intervenir o sacarnos de cualquier situación. Sionna la agarraba del brazo para infundirle fuerzas. Ella era una guerrera, esbelta y mortífera, tan intrépida como peligrosa. Lila, la ladrona, estaba de pie sobre la alfombra con el saco del botín a sus pies. Era diestra y conspiradora y el misterio envolvía su pasado así como sus motivaciones. Matt, el mago, mi mejor amigo, mi confidente, mi amor secreto y experto en hechizos arcanos, sostenía el báculo en la suave curvatura de su mano. Y Rion, el caballero, completaba el grupo. Era robusto y fuerte, mayor que el resto de nosotros, y aunque apenas se le podía considerar un adulto, estaba unido a nuestro grupo por un juramento sagrado.

Y luego estaba yo. Arek. El Elegido. Quien cumpliría la profecía, de pie y algo torpe frente al trono. De alguna manera, este batiburrillo tan dispar de personalidades, experiencia dudosa e higiene cuestionable se había unido y había logrado lo imposible. Habíamos salvado el reino. Joder. Habíamos salvado el reino. Este era el momento. La victoria.

Lila asintió una vez con brusquedad, luego agarró el saco y se lo echó al hombro.

—Genial. Bueno, ha sido divertido, pero yo me piro.

—¿Te vas? —Matt se acercó a ella renqueando. Entrecerré los ojos. No me había dicho que estuviera herido. El tarugo era capaz de haberse torcido el tobillo cuando subimos corriendo las escaleras de la entrada mientras esquivábamos las flechas—. ¿Qué quieres decir?

Ella se encogió de hombros.

—La misión ha terminado. Se acabó. Hemos ganado. Y he ayudado. —Alzó el saco—. Tengo mi recompensa. Me abro.

—Espera. —Bethany se irguió junto al muro—. No puedes irte sin más.

—¿Por qué no?

—¿No quieres quedarte y ver qué pasa ahora? —le preguntó. Lila arqueó una ceja.

—¿Qué va a ocurrir ahora?

De nuevo, nos miramos unos a otros, en silencio y dubitativos. La pregunta pendía sobre la sala como los banderines negros que se mecían suavemente contra la piedra ante una ligera brisa. Bethany se encogió de hombros. Sionna parpadeó. Rion tamborileó los dedos sobre la armadura sucia. Matt contrajo la boca en esa mueca tan divertida que pone siempre que está pensando.

Bueno, al menos sabíamos la pregunta, aunque parecía que nadie conocía la respuesta.

Perfecto.

Fue Rion quien rompió el silencio incómodo con un carraspeo.

—Debemos nombrar a un nuevo gobernante. Él —dijo al tiempo que señalaba el cuerpo con la barbilla— era el soberano de nuestro reino, por muy ilícito que fuese. Asesinó a la familia real salvo a...

—Ah —lo interrumpió Matt y se irguió. Se había apoyado de manera asombrosa en el báculo—, deberíamos encontrar a la princesa.

Fruncí el ceño.

—¿No está encerrada en una torre?

—Creo que tenemos que despertarla de un sueño eterno —dijo Bethany—, ¿con un beso de amor verdadero?

—Creo que esa es una misión totalmente distinta. —Lila dejó el saco y su contenido repiqueteó—. ¿No tiene que dejar caer el cabello por la ventana?

—No —añadió Sionna—. Debemos averiguar su nombre.

—Os equivocáis. —Matt sacudió la mano—. Solo tenemos que liberarla.

—Pues a mí no me suena que sea eso —dijo Bethany con las manos en las caderas—. ¿Estás seguro?

Matt suspiró y rebuscó en el morral que llevaba al costado.

—La profecía...

Todo el grupo gruñó. Ya conocíamos la profecía. Todos la habíamos leído. Matt nos había dado una lección magistral sobre ella. Podría recitarla de memoria con las manos atadas a la espalda mientras unos gnomos enfadados me molían a palos. Bueno, casi toda, salvo por una parte que tenía una mancha considerable de vino. Pero no lo mencioné porque era como una herida abierta y, por mucho que me gustasen las miradas fulminantes de Matt, no quería ser el blanco de una de ellas en ese momento.

Decidido, Matt sacó el rollo del morral y agitó el pergamino en nuestra dirección como si nos estuviera regañando.

—La profecía no menciona ningún beso de amor verdadero, cabello largo ni adivinar nombres.

—¿Lo has sacado solo para decirnos eso? —Lila se cruzó de brazos y alzó una ceja.

Matt hizo un mohín.

—Estoy diciendo algo importante.

—¿Que eres un pedante? —preguntó Bethany con una sonrisa falsa a pesar de que todavía tenía mala cara—. Porque ya lo sabemos.

—Tienes vómito en el pelo —contraatacó Matt y volvió a guardar el pergamino.

—Vale, vale. —Alcé las manos y me dirigí al grupo—. Démonos un respiro.

Lila arrugó la nariz en mi dirección.

—Antes de que nos embarquemos en otra misión secundaria, deberíamos bañarnos. Y comer.

—¡Eh! Acabo de matar al Malvado. —Señalé el cuerpo decapitado a mis espaldas para darle más énfasis—. No seas tan dura.

Rion carraspeó.

—Antes de que me interrumpieran, estaba diciendo algo.

—Continúa, pues —dije con un gesto hacia él.

—Menudo control —susurró Matt con una risita.

Me mordí el labio para contener la risa. Estaba cubierto de sangre y algunos de los residentes del castillo habían asomado la cabeza de sus escondrijos. No quedaría bien que me diera un ataque de risa histérica.

—La cuestión es que, sin una familia real que ocupe el trono y como tú has sido quien ha decapitado al Malvado, la tarea de gobernar el reino recae sobre ti.

Ah. Ha dicho «decapitado al Malvado». La aliteración ha estado bien, pero quizá tenga que buscarme un título mejor en el futuro. Mejor cortarlo de raíz.

Me crucé de brazos.

—No empecemos con lo de «decapitar al Malvado», por favor. Y una princesa en una torre es la heredera legítima. Yo solo soy... el peón de una profecía.

—Sí, pero hasta que la liberemos, eres el monarca por derecho. —Rion asintió hacia el trono vacío.

Negué con la cabeza.

—Pero no quiero serlo.

—Arek —intervino Sionna. Se pellizcó el puente de la nariz—. No podemos dejar el trono desprotegido mientras completamos otra misión.

—Pero...

—¿De verdad quieres pasar por todo esto de nuevo? —se quejó Bethany mientras hacía un aspaviento enérgico—. ¿Que alguien incluso peor se cuele, se siente ahí mientras no estamos y usurpe el trono? —Agarró el arpa con más fuerza y evitó a toda costa mirar el cuerpo sin cabeza desmadejado cerca—. ¿O prefieres aguantarte y proclamarte rey durante unas horas?

Le lancé una mirada a Matt. Él se encogió de hombros; su expresión no fue para nada tranquilizadora. Uf. De verdad quería que todo aquello acabase porque quería hablar con él *en privado* y hacer todo eso de la confesión que llevaba rumiando durante meses. Ponerme la corona de un muerto parecía justo lo contrario a dar la misión por concluida, pero no podía negar que Bethany tenía razón. No quería tener que pasar por todo eso otra vez.

—Yo... eh... yo...

Rion tomó mi balbuceo como una afirmación. Desenvainó la espada y se arrodilló en el suelo de piedra.

—¡Larga vida al rey Arek!

—¡Ah, no! —Levanté las manos—. No. Para. No lo hagas.

Bethany rasgó el arpa y sus labios pálidos se curvaron en una sonrisa de suficiencia.

—¡Larga vida al rey Arek! —entonó con la magia del instrumento. La frase se amplificó con un coro de voces.

«Cabrona».

La proclamación reverberó en la pequeña estancia y, de repente, todos se arrodillaron. Los pocos sirvientes que se habían alejado durante la conmoción. Los seguidores que quedaban del Malvado. Y mis compañeros de aventuras, mis amigos, esos malditos traidores.

—Toma la corona —dijo Matt y me dio un empujoncito con el hombro, absolutamente encantado. Sus labios esbozaron una sonrisa petulante que le ocupó su ridículo rostro. Se arrodilló—. Póntela.

—No. La tiene en la cabeza. La cabeza *decapitada*. Es asqueroso.

—Llevas guantes, no pasa nada.

—¿Y luego qué? ¿Me la pongo en la cabeza? Y una mierda. Se me va a llenar el pelo de sangre.

—Ya lo tienes manchado. Estás cubierto de ella.

—No seas cobarde —dijo Lila. Fue la última en arrodillarse, pero lo hizo, lo cual fue sorprendente. Hasta se quitó la capucha, lo que dejó al descubierto las trenzas largas y rubias y las orejas puntiagudas—. Hazlo.

—Hazlo, hazlo, hazlo —susurró Matt entre risas.

Lila extendió una mano y me clavó un dedo en el brazo.

—Presión de grupo.

—Puf. —Me acerqué a la cabeza, lo consideré y negué con un gesto. Ponerme una corona sanguinolenta no formaba parte de lo que había imaginado. Ni tampoco eso de gobernar. No era parte del trato, en absoluto. Pero por las apariencias y hasta que liberásemos a la verdadera heredera de la torre, supuse que gobernar durante unas horas no estaría tan mal. Especialmente si así paraban esos canturreos tan irritantes.

Le quité la corona de la cabeza de un tirón. Esta rodó hasta el borde de las escaleras y se balanceó durante un segundo agónico antes de caer al suelo de piedra con un sonido que me provocó una arcada. Me tragué la bilis, desesperado por no marcarme un Bethany frente a los que pronto serían mis súbditos. Aparté de un puntapié el cuerpo sin vida del estrado, subí las escaleras restantes y me detuve frente al trono.

Estaba ornamentado de forma amenazante, con monstruos grabados en la decoración, intimidantes por sí solos. No debería —era solo una silla—, pero la idea de dejarme caer donde solía sentarse el tipo al que acababa de matar me frenó.

Tomé aire.

—Bueno, está bien. —A pesar del recelo, me puse la corona en la cabeza, me volví con rapidez y me senté en el trono. No era para nada cómodo.

No sé qué ocurrió en ese momento en realidad, pero algo se hinchó en la sala y crujió, y luego me recorrió con una oleada de calor y poder. Se me puso el vello de los brazos de punta y un escalofrío me atravesó la columna. Fue como estar en medio de una carretera mientras se aproxima la tormenta, como si la presión y la expectativa de algo mucho más grande que yo me hubiese dejado al desnudo, un recordatorio del asombro inherente a la magia, al mundo y al lugar que ocupaba en él. En un instante, me inundó la canción de todos los que me habían precedido, cómo todos los caminos me habían conducido allí, a ese lugar, a ese momento, a ese papel.

Duró lo que tardé en respirar, y luego se esfumó.

El cántico cesó. Me removí, tratando de encontrar una postura en la que no me diesen punzadas en la espalda. Todas las miradas estaban clavadas en mí. Sí, había sido una mala idea. Casi tanto como haber dejado mi casa en medio de la noche hacía nueves meses, con el pergamino de la profecía en la mano que me condujo hasta aquí, con Matt pisándome los talones.

—Di algo —siseó Sionna.

—Ah. —Me incliné hacia delante para sacudirme el estupor—. Eh... El Malvado está muerto. Lo maté yo. Así que, por la presente asumo el trono de Ere en el reino de Chickpea y me declaro rey Arek. —Me humedecí los labios secos—. Pero solo hasta que liberemos a la princesa de la torre. Reinaré por unas horas. Como máximo. Un rey interino, si lo preferís. Bien, hurra y todo eso.

Sionna resopló.

—Has hablado como un verdadero hombre de Estado —dijo Matt con una sonrisa.

Lila puso los ojos en blanco. Bethany, todavía pálida, le arrancó unas notas al arpa y mis palabras se hicieron eco hacia el exterior a través del castillo y los terrenos.

Una ronda de aplausos educados le siguió.

—¿Puedo... eh...? —Tragué—. ¿Puedo disponer de la sala, por favor? ¿Y quizá de una partida de limpieza?

El puñado de entrometidos, incluyendo los seguidores del Malvado que quedaban con vida, se dispersaron y pronto la sala quedó vacía salvo por nosotros y el muerto.

—¿Lo habéis sentido?

Me miraron.

—¿El qué? —preguntó Bethany. Se rodeó el estómago con un brazo—. ¿Las náuseas? Porque sí.

—No, la magia. Matt, ¿has hecho algo?

Él frunció el ceño.

—No que yo sepa.

—Ah. —Podría haber sido la liberación del estrés, el bajón de adrenalina, que me habían provocado un escalofrío y tembleques. Pero sabía que no. Después de nueve meses de tonterías proféticas, reconocía la presencia de la magia. La forma en que la calidez y el poder me habían inundado en el trono era igual que el hormigueo que me sacudía cuando Matt usaba el báculo o la promesa mística que me había recorrido cuando toqué la espada por primera vez en el pantano. En el trono se cocía algo más de lo que yo estaba dispuesto a formar parte y cuanto antes encontrásemos a la princesa y la nombrásemos reina, antes podría dejar de ser un peón del destino.

Golpeé los reposabrazos del trono con las palmas y me levanté.

—Bueno, pues vamos a buscar a la princesa.

—¿Ahora? —preguntó Bethany.

—Ahora —dije y asentí con firmeza.

Lila frunció el ceño.

—Pero ¿y el baño y la comida?

—Y el descanso —añadió Sionna.

—Ahora. —Señalé la corona—. Consideradlo mi primera función como rey.

—Tu primera función como rey es no querer serlo —dijo Matt, con una sonrisa merodeando en las comisuras de su boca—. Suena bien.

Bethany se rio con disimulo.

—Vamos —dije mientras descendía las escaleras y salía con paso rápido de la sala—. Cuanto antes encontremos a la princesa, antes podremos dejar todo esto atrás.

Capítulo 2

—Rion, juro por todos los espíritus de este reino y del siguiente que si la princesa no está en esta torre, te voy a hechizar para que te tires de ella —amenazó Bethany mientras subíamos a lo alto de la torre. Jadeaba y resoplaba con fuerza.

Bethany era de curvas suaves, pecho abundante y rostro redondo. No estaba en plenas facultades para usar todos sus recursos, incluida la magia, para conseguir lo que quería. En este caso, subir la espiral de escalones interminable era el camino más rápido.

No la culpaba, era la tercera torre a la que subíamos y estaba agotado. Y, aun así, me sentía nervioso y abochornado por hablar con cierta persona.

Matt seguía cojeando. No dejé de mirarlo. Él no se quejó. Quería que lo hiciera. Sería mejor que ver la pequeña mueca y el hecho de que apretaba los labios cada vez que pisaba con demasiada fuerza.

—Tiene que ser esta —dijo Rion—. Estoy seguro.

—Bien, porque me arrepiento de no haberme cambiado de ropa y dado un baño antes de que decidiéramos embarcarnos en esta misión.

—Todos nos arrepentimos —murmuró Sionna.

Me llevé una mano a la camisa carmesí pegajosa, justo sobre el corazón.

—Me hieres.

—No me tientes.

—Ay, déjalo. —El dolor de Matt al fin salió a modo de irritación—. Como si el resto oliésemos a rosas. Apestamos. Pero si logramos convencer a la princesa de que somos los buenos y que estamos aquí para liberarla, puede que nos deje quedarnos o, al menos, pasar la noche.

—¡Ah! ¡Veo la puerta! —Rion se adelantó corriendo y la armadura repiqueteó. Su entusiasmo no se nos contagió precisamente—. ¡Y está cerrada! Buena señal.

—¿No debería de haber guardias? —Lila escudriñó la penumbra.

Aparté la capa de polvo en los escalones de piedra con el talón.

—No si la llave está echada, ¿verdad?

Me empujó al pasar por mi lado y la miró de cerca. Desenganchó el llavero de herramientas de su cinturón con la intención de abrir la cerradura de la misma manera que había abierto la verja levadiza unas horas antes, pero Matt la detuvo. Apuntó a la cerradura con la joya del báculo, dijo una sarta de palabras mágicas y la puerta se abrió de golpe.

—No hay necesidad de sutilezas —dijo Matt y dio unos golpecitos en el suelo con el báculo. Un remolino de polvo danzó en el aire—. Esta vez no es como si estuviésemos entrando a hurtadillas.

Ella ladeó la cabeza mientras lo consideraba. Guardó las herramientas en el morral y se deslizó en silencio hacia el muro.

Espera. Había una capa espantosamente gruesa de mugre en el suelo. Nadie había estado allí en mucho tiempo. Pero era obvio que la puerta estaba cerrada desde fuera. Se me revolvió el estómago y, a pesar del entusiasmo de Rion, un hormigueo de inquietud nos recorrió al resto.

Encabecé la marcha dejando una huella clara en el polvo a mi paso; empujé la puerta. Osciló hacia dentro unos centímetros y las bisagras chirriaron. Unas telarañas se desmoronaron y cayeron flotando con ligereza sobre mi corona prestada. Sentí una brisa fría y extraña sobre el hombro derecho seguida de un olor viciado que hizo que me tapase la nariz con la manga.

Se me formó un nudo en la garganta. En cierta manera, esto daba más miedo que irrumpir en la sala del trono, con la sangre pulsando y la espada mágica en mano, para al fin cumplir mi destino. Porque si mi instinto tenía razón acerca de lo que creía que nos aguardaba al fondo de la habitación, estaba jodido. Me temblaban las manos. Unas perlas de sudor me cubrieron la parte de atrás del cuello. La puerta raspó la piedra cuando la empujé con más fuerza.

Al otro lado había un esqueleto. Juro por los espíritus que había un esqueleto tendido sobre una cama baja junto a una ventana muy delgada. Llevaba un vestido con hilos de oro todo apolillado y tenía unos anillos relucientes en los dedos y un diario abierto en la mano derecha. La última princesa de la anterior familia real había muerto hacía mucho, encerrada en la torre, y de ella tan solo quedaban sus huesos.

Bethany estiró el cuello para mirar.

—Bueno, tu princesa no está en otra torre. Está muerta.

Matt se colocó junto a mí.

—Ah, supongo que ahora eres el monarca legítimo.

Una oleada de pánico me recorrió el pecho. Me quedé paralizado. ¡*Mierda!*

El grupo entró y empezó a toquetear y rebuscar entre el contenido de la pequeña estancia. Al parecer, la gran revelación de que la princesa estaba muerta y de que yo era el rey no les había afectado.

—Bueno, y ¿ahora qué hacemos? —La pregunta me salió como un grito y el eco rebotó en las piedras por el espacio cerrado. El pulso se me aceleró al pensar que era responsable de un reino entero. Aferré con fuerza la empuñadura de la espada, que llevaba a un costado.

—Deberíamos de hacer algo con el cuerpo. —Lila le dio un tironcito a la tela y el esqueleto se movió. Inspeccionó la mano huesuda y luego le quitó un anillo.

—Ten algo de respeto por los muertos, Lila —dijo Rion con tono serio y los brazos cruzados.

—Seguro que no le importa.

—Lila.

—Está bien —suspiró ella.

Rion relajó la postura.

—Aunque no deberíamos dejarla aquí. —Lila tocó el hombro del esqueleto—. Los ritos funerarios son importantes.

—Vale, apuntado. Pero ¿qué hacemos con el otro problema?

—Señalé la corona llena de sangre, que seguía deslizándose sobre la cabeza en un ángulo tan desenfadado que resultaba incongruente.

Matt, que me ignoró tanto a mí como a mi crisis existencial, abrió las cortinas con un revoloteo y echó un vistazo por una ventana diminuta que parecía más una hendidura de flecha que otra cosa. Se quedó quieto y el extremo del báculo emitió un resplandor cálido.

—¿Matt? —preguntó Sionna con cautela—. ¿Qué ocurre?

Él gesticuló hacia la ventana con una sacudida violenta de la mano.

—Él.

—¿Él? —pregunté con la voz quebrada, ya que había pensado de inmediato en el Malvado. Me abrí paso y me choqué contra Rion; intenté ignorar el pulso acelerado mientras me apretujaba junto a Matt. Lo había decapitado, era imposible que hubiese vuelto. A menos que su cuerpo, de alguna forma, estuviese fuera arrastrándose. Esperaba que no, porque qué asco—. ¿Quién?

—¡Él! ¡El hechicero!

Por supuesto, el anciano que me había nombrado «el Elegido» ahora se tambaleaba por los jardines dentro de los muros del palacio. Reconocería a ese bastardo de sombrero puntiagudo en cualquier sitio. Si había alguien que podía arreglar mi dilema actual, era él.

—¿Ese es el tipo que te dio el pergamino? —preguntó Bethany; su voz sonó aguda por la incredulidad.

—Sí —dije y asentí con firmeza.

—¿Y lo seguisteis? ¿Qué demonios? Sabía que vosotros dos teníais un instinto de supervivencia bajo en extremo, pero sinceramente...

—En ese momento pareció una buena idea. Y, oye, al final funcionó. Más o menos. En fin, ¿le has dicho que viniera, Matt? —le pregunté al tiempo que miraba de reojo el extremo reluciente del báculo.

—¡Ja! Si supiera cómo avisarle, le habría pedido ayuda hace siglos.

No sabía cómo tomarme aquello, así que decidí pasar.

—Bueno, vosotros ocupaos de la princesa. Matt y yo hablaremos con el hechicero. Se habrá tenido que presentar aquí para darnos consejo, otra profecía o algo. Matt y yo lo descubriremos, ¿vale? Vale.

Le di una palmada a Matt en el hombro y lo arrastré fuera de la habitación antes de que alguno protestase.

Nos llevó unos minutos encontrar la puerta que nos sacaría del castillo y diese al jardín correcto, pero en cuanto lo hicimos, salimos a trompicones por las prisas. Estiré el cuello para buscar la torre donde estaban nuestros amigos y vi la mano pálida de Lila saludándonos desde una hendidura de flecha. Bueno, al menos teníamos testigos para presenciar lo que fuera que estuviera ocurriendo.

—¡Eh! ¡Eh, tú! —grité y corrí por el césped.

El anciano hechicero se dio la vuelta y la túnica desgastada se le arremolinó en los tobillos. El pelo largo y salpicado de canas se meció con una brisa inexistente. Era tan mayor y tenía las articulaciones tan retorcidas que las arrugas tenían arrugas, y además estaba encorvado. A pesar de su apariencia enfermiza, irradiaba poder. El aire chisporroteaba de magia y me hormigueaba por la piel.

—¿Yo? —preguntó con aire inocente. Luego entornó los ojos—. ¡Ah! Hola.

—Ey, hola. ¿Qué tal?

Emitió un sonido titubeante y luego dirigió su atención hacia Matt. Se quedó mirando el lento resplandor de luz que emitía el báculo que tenía en la mano—. Ah, ya veo —dijo con un asentimiento—. Entonces lo habéis logrado.

Matt parpadeó.

—¿Hacer el qué?

—Vencer. ¡Felicidades!

—Tú... no estás aquí para recuperar el báculo, ¿verdad? —Matt se lo apretó contra el pecho. No quería decírselo, pero estaba bastante seguro de que si el hechicero quería recuperarlo, la proximidad no sería un problema.

—¿Eh? No. No he venido por eso.

—Genial —dije con una palmada para atraer la atención de nuevo hacia mí—. ¿Por qué estás aquí? A nosotros nos encantaría que nos ayudases. Hemos encontrado a la heredera legítima muerta en la torre y resulta que me han nombrado rey, pero creo que no quiero serlo y mucho menos saber cómo se gobierna un reino. Así que ¿tienes otro pergamino para nosotros? ¿Unas palabras sabias? ¿Instrucciones?

Él me miró confuso bajo las cejas pobladas.

—Ah, no.

Matt y yo intercambiamos una mirada.

—¿No? —pregunté.

El hechicero negó con la cabeza.

—Correcto.

—Espera, ¿qué? —preguntó Matt.

—Exacto.

Apreté los puños con tanta fuerza que me temblaron las manos.

—Bueno, entonces, ¿por qué has venido?

Parpadeó y me recorrió el cuerpo con sus ojos vetustos, desde los arañazos en las botas hasta la monstruosa corona dorada sobre mi cabeza. Se rio. No fue un sonido tintineante ni una risita, sino una carcajada profunda, desde el diafragma. Se dobló por la mitad y apoyó las manos en las rodillas mientras se reía fuerte como loco, totalmente a mi costa.

—¿Sabes? —dije, con los brazos cruzados y bastante enfadado—. No estabas tan calladito cuando me persuadiste para que me escapara de casa hace nueve meses y cumpliera con mi destino que, por cierto, incluía estar a punto de morir varias veces.

El hechicero seguía riéndose.

—Te acuerdas de que apareciste el día después de mi cumpleaños, ¿verdad? Le dijiste a mi mejor amigo que podía invocar magia y me diste el pergamino de la profecía. —Señalé a Matt con un ademán y él sacó de un tirón el ofensivo pergamino del morral—. ¿Te resulta familiar?

Al fin, el hechicero recuperó la compostura y se aclaró la garganta. Examinó el pergamino con una ceja arqueada.

—Sí, claro que sí.

—¿Y bien? —espeté.

—Esa es la profecía que detalla el fin del tirano conocido como el Malvado.

Cierto, pero no era nada nuevo. Me incliné hacia delante.

—¿Y?

El hechicero se encogió de hombros.

Esperé. Pensaba que quizás ahora nos daría más información, pero pasamos un minuto en completo silencio. Hice un ademán indignado.

—¿Al menos puedes decirme qué hacer con lo de ser rey? ¿Se supone que tengo que serlo?

Él se frotó la barbilla.

—No.

—¿No me lo puedes decir o se supone que no debería ser el rey? *Por favor, que sea lo segundo. Por favor, que sea lo segundo.* Esperaba que me respondiera, pero mientras se alargaba otra pausa entre nosotros, me di cuenta de que no lo haría. La frustración y el cansancio llegaron al punto álgido.

—¡Esto es inútil! —grité—. ¡Completamente inútil! Vamos, Matt. Apuesto que los otros se están muriendo de risa allí arriba.

El hechicero resopló. Con un ademán desenrolló su propio pergamino en el aire y sacó una pluma de la nada. La tomó entre los dedos e hizo una única marca.

—¿Qué es eso? —preguntó Matt estirando el cuello—. ¿Qué estás haciendo?

Con un suspiro, el hechicero chasqueó los dedos y el pergamino y la pluma desaparecieron en medio de un fogonazo. Introdujo las manos en las mangas anchas de la túnica.

—Hay miles de profecías en el mundo —dijo—. No todas son ciertas. Esta resulta que sí lo era. Lo he apuntado en mi registro.

—Espera, ¿qué? —preguntó de nuevo Matt con un chillido—. ¿Llevas un recuento?

Aunque la indignación de Matt se hizo eco en mí, sentí que había pasado por alto el punto más importante.

—¿Quieres decir que existía la posibilidad de que fracasáramos? —Nunca me había sentido tan traicionada en mi vida. Todo ese viaje se había asentado sobre los cimientos de la profecía, ¿y podría haber estado equivocada? Se me cayó el mundo encima—. ¿Podríamos haber muerto? ¿Qué mierda?

—No lo hicisteis —terció el hechicero con amabilidad—. Esa profecía tenía una probabilidad de exactitud del noventa y cinco por ciento. Es realmente impresionante.

Matt compuso una expresión bastante compleja ante aquella información.

Sentí que se me salía el corazón del pecho. Habíamos confiado en que la profecía era cierta y me enteraba ahora de que podría no haberlo sido. Me mareé y trastabillé para apoyarme contra el muro antes de darme de morros contra el suelo.

El hechicero ni se inmutó.

—Ha estado bien, pero tengo que hacer otras visitas antes de que acabe el día, así que mejor me voy.

—Espera. —Matt dio un paso hacia él con la mano extendida. Ya había vuelto a guardar la profecía en el morral—. ¿Tienes otra profecía sobre Arek? ¿O sobre alguien del grupo? ¿La profetisa escribió algo más?

Bien pensado, Matt. Él siempre hacía las preguntas adecuadas. Era una de las muchas razones por las que me gustaba tanto. Ahora mismo no confiaría en que yo hiciera lo mismo. Estaba en medio de una crisis emocional porque el hechicero había dicho claramente que tenía que hacer otras visitas. ¿Otras visitas? ¿Cuántas argucias proféticas tenía este tipo? ¿A cuántos adolescentes había enviado en misiones que podían ser altamente falsas?

Las cejas del hechicero adquirieron un ángulo extraño.

—No.

Matt se desinfló.

Lo ignoró y el hechicero me clavó otra de sus miradas intensas.

—Disfruta de tu reinado, rey Arek. —Luego sonrió con suficiencia.

Ah, eso no era necesario. Me alejé del muro, agarré la empuñadura de la espada con la intención de hacer algo atrevido y mayestático, pero el hechicero se limitó a agitar las manos y se desvaneció.

Matt sacudió los puños en la estela de chispas que había dejado el anciano en el aire tras su marcha.

—¡Que te den! —gritó.

—Vaya, esa lengua —le dije—. ¿Quién es el maduro aquí?

Matt sacudió la cabeza y, ah, sí, ahí estaba la mirada fulminante a la que tanto cariño le tenía. Respiró para tranquilizarse con una mano sobre el pecho y, con la otra, apretó el báculo con fuerza.

—Vamos a buscar a los otros —dijo—, les daremos la maravillosa noticia de que no tenemos plan, ni ayuda, y que de verdad eres el rey de Ere en el reino de Chickpea.

—Yupi, larga vida, supongo. —Le ofrecí la mejor sonrisa que pude esbozar.

Matt entrecerró los ojos y luego negó con la cabeza mientras sus rasgos se suavizaban. Hasta soltó una risa mientras caminaba con pesadez hacia la puerta. Lo seguí, porque lo único sólido en mi mundo era Matt y estaba seguro de que juntos pensaríamos en algo.

Capítulo 3

—Reinó durante cuarenta años. —La luz del fuego jugaba con los rasgos de Bethany y, en sus ojos, se reflejaba la pira funeraria—. No sé por qué esperábamos encontrar otra cosa.

—¿Algo que no fuera un montón de huesos? ¿En serio? —Me puse bien la corona. Pesaba tanto que me daba dolor de cabeza y me pellizcaba las orejas cuando se deslizaba demasiado rápido. Consideré echarla también al fuego, pero probablemente Lila la atraparía en el aire y se la escondería en lo que dura un parpadeo. Y tirarla no me liberaría de la carga de reinar, Me había declarado rey. Bethany había propagado la noticia por el castillo, los terrenos y el pueblo que lo rodeaban con su arpa mágica. Estaba regiamente jodido.

—Quiero decir, supongo que oyes el término «princesa» y automáticamente te imaginas a la típica princesa. —Matt hizo un ademán de impotencia.

—Ya sabes lo que dicen de asumir cosas. Nos deja a los dos por tontos. —Todos me miraron. Matt incluso gruñó—. ¿Qué? Hago bromas en situaciones incómodas. Ya deberíais saberlo. Como si no hubierais pasado varios meses de vuestra vida intentando que no la espichase.

Sionna se masajeó el entrecejo con el pulgar.

—Sí, a pesar de tus bromas.

El fuego crepitó. El sudor me recorrió la espalda. El calor de las llamas era implacable incluso en el frescor de la tarde. Habían pasado unas cuatro o cinco horas desde que habíamos asaltado la sala del trono y me había convertido en rey a regañadientes. El día menguaba, al igual que mi paciencia y mi energía. Y todavía no había encontrado una bañera.

—¿Y el hechicero no tenía nada que ofrecernos? —preguntó Rion—. ¿Nada de nada?

Matt y yo ya les habíamos contado con todo lujo de detalles la conversación que habíamos tenido con él, pero me di cuenta de que no era muy creíble. Yo mismo había hablado con ese tipo y apenas lo creía.

—Nada —suspiró Matt—. Completamos la misión y ahora somos una marca en un registro. —Echó una rama al fuego—. Y Arek es el rey.

El grupo permaneció en silencio, roto tan solo por el crepitar de las llamas. Las ascuas flotaban con la suave brisa. El cielo se tornaba del color del crepúsculo. Necesitábamos un plan, al menos para aquella noche, pero todos estábamos agotados y, de momento, nos contentábamos con existir en el mismo lugar un rato.

—¿Sabéis? —dijo Lila rompiendo el silencio—. Para ser una dama muerta, es muy poética. —Sostuvo en alto el diario de la torre—. Escuchad: «Si algún día salgo de aquí, le diré que la amo». —Se llevó el diario al pecho—. Qué bonito. Duele como mil demonios, pero es bonito.

Matt se acercó a mí, el báculo aferrado, con una expresión de dolor. El tobillo debía de dolerle de nuevo. Se negó a sentarse cuando me ofrecí a sacar al jardín una silla de una de las muchas estancias del castillo.

Le dediqué un resoplido a Lila.

—¿Has robado el diario?

—¿Qué? Tampoco es que le haga falta. —Señaló con la barbilla a la pira doble.

Bethany se lo quitó de la mano y lo hojeó.

—Puede que nos dé la información que necesitamos para gobernar este maldito reino.

Ladeé la cabeza y contemplé al grupo.

—¿Nosotros? ¿Gobernar?

Ella parpadeó.

—Tú eres el rey.

—Sí, ¿y?

—Y eso significa que estás al mando.

—Me he dado cuenta, gracias. —Intentaba no pensar en ello con todas mis fuerzas—. Pero ¿qué tiene que ver con vosotros?

Con un resoplido, Bethany me dedicó una mirada muy poco impresionada.

—No voy a irme. Es un castillo. Hay camas. Y comida.

—¿Y el resto?

—Esto empieza a ponerse interesante —dijo Lila con una amplia sonrisa—. Me quedo, al menos por un tiempo.

Sionna puso los ojos en blanco, pero asintió.

—Yo igual.

—Te hice un juramento —dijo Rion y se encogió de hombros—. El Dios de las Promesas oye mis palabras y creo que no le gustaría que la rompiera.

—Pero la misión ha terminado. Ya no tenéis que protegerme.

Rion frunció el ceño.

—Eres el rey de esta tierra. Ahora necesitas más protección que nunca.

Abrí la boca para replicar, pero la cerré de golpe. No lo había considerado. Apenas había pensado en otra cosa que no fuese cumplir la profecía desde que supe de su existencia y, tras la victoria, no había pensado en nada más que en los próximos minutos.

—No quiero ser rey.

—¿No? —preguntó Sionna.

Lila se cruzó de brazos.

—Te pusiste la corona, literalmente.

—¡Bajo coacción!

Matt me dio un empujoncito con el hombro.

—Estarás bien. Todos lo estaremos. Los que elijamos quedarnos, te ayudaremos. Como hemos estado haciendo. Somos... somos... —Matt se aclaró la garganta—. Bueno, somos un grupo. Nuestra unión funciona. Si no, no habríamos llegado tan lejos.

—Matt tiene razón —intervino Sionna. Se puso de pie donde antes estaba sentada en los adoquines del jardín con las piernas cruzadas—. Trabajamos bien en equipo.

Había sido su idea cremar tanto al Malvado como a la última princesa, como nuestra primera tarea tras encontrar los restos. Lila y Sionna insistieron en ceñirse a los ritos funerarios según las creencias de la princesa. Yo quería asegurarme de que el Malvado no pudiera resucitar por medio de la magia oscura. Incluso sin cabeza, no podíamos arriesgarnos a que regresara. Porque habría sido aterrador y asqueroso y estaba seguro de que la primera orden del día sería exigir venganza al individuo que, para empezar, lo había decapitado.

—Continuaremos el viaje juntos. —Rion cruzó los brazos sobre el pecho.

Con los pies separados al ancho de los hombros y una pose firme y forzada, dudé de que aquella fuera la postura correcta. La había utilizado a menudo para dirigirse a nosotros porque, aunque teníamos más o menos la misma edad, era quien tenía el sentido de la moral más afianzado, mientras que el resto de nosotros corría como gatitos salvajes por un granero.

No pude evitar la sensación de afecto que sentía por el grupo y me sorprendió que su amistad se extendiese más allá de los confines de una profecía escrita, aunque lo agradecía. Me froté las manos.

—Vale. Genial. Está decidido. —En un intento de liderazgo, procuré conferirle a mi voz la confianza de alguien que estaba cómodo con la idea de gobernar un reino—. Investigaremos eso de gobernar. Pero mañana. Ahora, estoy agotado y doy asco.

—También tenemos que comer —añadió Bethany. Matt asintió en conformidad, como si un muelle le sostuviese la cabeza.

—Vale, comer también. Deberíamos buscar los sitios para descansar esta noche. O un lugar. Nos mantendremos juntos por seguridad, solo por si acaso. Baño. Cena. Sí, deberíamos hacer eso. Comer. Dormir. Alegrarnos porque, oye, hemos ganado. ¡Ganamos, joder! —Se me quebró la voz en la última palabra, pero mi alegría falsa animó el ambiente pesado. Porque, contra todo pronóstico, los meses de duro trabajo no habían sido en vano. El Malvado estaba muerto gracias a nosotros. El pueblo era libre.

Respiré hondo para calmarme pero me entró una arcada con el olor de la carne quemada y la ceniza. No había sido buena idea. Tosí con las manos frente a la boca y Matt me dio unos golpecitos entre los omóplatos hasta que recuperé la compostura.

—Sí, ganamos —dijo Rion—. Nos merecemos descansar. Veremos la situación de otra manera con la luz de un nuevo día.

—Claro que sí —dije con todo el entusiasmo que pude reunir, que no era mucho, ya que tenía la energía por los suelos—. Todo irá genial.

Lila me dio una palmada en el hombro.

—Bonito discurso, majestad.

Los labios de Sionna se curvaron en una sonrisa. Bethany me guiñó el ojo.

—Os odio, para que conste —dije y me di media vuelta—. Venga, estamos en el castillo. Debe de haber estancias por algún lado.

Volví a la entrada, con cuidado de permanecer ligeramente por delante del grupo para que mi rostro les quedase oculto y no pudiesen ver mi expresión. Por muy agradecido que estuviera por saber que se quedarían a mi lado, al menos de momento, un sentimiento incómodo se abrió paso a través del cansancio. La oportunidad de decirle a Matt lo que sentía por él —libre de las obligaciones de las misiones y de las profecías—, cada vez estaba más lejos.

Capítulo 4

—¿Qué mierda está pasando? —grité cuando unos golpes en la puerta me despertaron de golpe.

Salí de la cama a trompicones y se me enredaron las sábanas entre los pies. Habría sido gracioso si hubiese sido el único revolviéndose, pero mis amigos estaban igual de agobiados.

—¡Mierda, vienen por nosotros!

—¿Quién?

—¡Yo qué sé!

—¿Dónde está mi arpa?

—¿Dónde está mi espada?

La tarde anterior, después de que todos nos hubiésemos bañado en una fuente del jardín y comido lo que encontramos, nos retiramos a una de las habitaciones más grandes del castillo. Habíamos atrancado la puerta y arrastrado un armario frente a ella, y Matt le había puesto un hechizo de protección. Incluso con todas las precauciones, los meses de vivir constantemente al límite —de dormir con las botas puestas y el morral encima en caso de que tuviésemos que salir por patas en mitad de la noche— hicieron que los seis estuviésemos de pie, armas en mano, antes de que supiésemos qué ocurría.

Bueno, casi todos. Yo me desenredé las sábanas, agarré la espada y la tenía a medio desenvainar antes de que hablara la voz al otro lado:

—Buenos días, alteza. ¡Vengo a serviros el desayuno!

Me quedé quieto.

—¿Qué? —escupí.

—¡El desayuno, alteza! Lo mandan de las cocinas.

Con el ceño fruncido, intercambié una mirada con mis compatriotas desaliñados.

—¿No es un poco temprano para el desayuno?

—El sol salió hace dos horas.

Señalé la ventana con un gesto de la barbilla y Lila, que estaba a los pies de la cama, saltó como un zorro encima de la mesa sin hacer un solo ruido y abrió las cortinas. Pues sí, el sol había salido, la luz era clara y brillante. Ah. El mundo no había acabado durante la noche. Eso era un plus.

—Sí, eh, dame un momento. —Bajé la voz—. ¿Qué hacemos?

—Abrir la puerta parece lo más apropiado —dijo Rion totalmente serio—. Es la hora del desayuno.

Hice uso del escaso autocontrol que me quedaba para no poner los ojos en blanco. La seriedad de Rion no se merecía mi ira.

—Sí, pero ¿y si ha venido a matarnos?

—A ti —dijo Bethany con energía. Asía el arpa con una mano y la otra la tenía apoyada en la cadera con aire despreocupado—. Si ha venido a matar a alguien es a ti, no a nosotros.

Ahí sí puse los ojos en blanco.

—Gracias, es de mucha ayuda.

Sionna agarró la espada.

—Te protegeremos si ha venido por eso.

Quería creerle. Después de todo, me habían defendido durante varios meses. Pero la profecía se había cumplido. Su vínculo conmigo ya no venía impuesto por un poder superior. Y Lila ya había sacado una pierna por la ventana.

Matt me dio un codazo. Golpeó el báculo contra el suelo y la joya del extremo emitió un brillo azulado.

Carraspeé.

—Una pregunta rápida —dije—. ¿Cómo sabías que estaba aquí? ¿Cómo te enteraste de que era el rey?

—Por la proclamación de ayer, alteza. Os nombrasteis rey Arek. Se escuchó en todo el castillo, al igual que en los terrenos y en el pueblo. Debo admitir que me ha llevado un buen rato encontrar la estancia que habéis tomado como vuestros aposentos y por ese motivo el desayuno se le ha servido una hora más tarde.

—Claro. La proclamación. —Fulminé a Bethany con la mirada. Ella me dedicó una sonrisa coqueta—. Está bien. Eh... en serio, solo un minuto más.

Asentí a los demás. Sionna y Rion se me acercaron con las armas en ristre. Matt alzó el báculo y, con un susurro, hizo levitar el armario pesado y lo apartó con suavidad.

Con las manos temblorosas, quité el pestillo, agarré el pomo enorme y tomé aire. Abrí la puerta con un crujido y eché un vistazo tras el borde gastado.

La imagen que me recibió era la personificación exacta de todo lo que habría esperado de alguien que le lleva el desayuno a un rey. Era diminuto. Vale, no tan pequeño. No como el hada que nos habíamos encontrado en el bosque y que nos hizo responder preguntas antes de dejarnos atravesar el prado. Pero era bajito para ser un humano. Pequeño. La cabeza me llegaba por el hombro. Y era delgado como la rama de un sauce. Tenía el pelo gris y arrugas en las comisuras de los ojos y la boca. Llevaba una camisa refinada con una chaqueta brocada y un par de pantalones de corte estrecho. Sostenía una bandeja de plata con comida.

—Eh... hola.

—Hola, alteza. —Levantó la bandeja—. Su desayuno.

Abrí un poco más la puerta y me incliné sobre la bandeja para oler la comida. Olía a galletas recién horneadas, queso y salchichas. ¿Y eso era salsa? Me rugió el estómago. Resistí la tentación de abrir la puerta de sopetón y lanzarme de cabeza a por el primer plato cubierto porque, aunque parecía un sirviente, podía estar ahí para matarme. Odiaría morir por una galleta.

—¿Puedo pasar para dejarla?

Miré a mis espaldas. Sionna asintió con brusquedad, pero tenía blancos los nudillos de la mano con que agarraba la espada.

—Por cierto —dije a través de la rendija—. ¿Quién eres?

Parpadeó; tenía los ojos azules y grandes.

—Me llamo Harlow y soy el mayordomo de este castillo.

Matt me hincó el codo en la espalda.

—El mayordomo se hace cargo del castillo —susurró.

—¿Era leal al otro tipo? —respondí entre susurros.

Matt se encogió de hombros.

—Creo que es leal a quien sea el señor del castillo.

—Y ese eres tú —añadió Rion, solícito.

—Cierto. —Este hombre podría decirnos cómo movernos por el castillo sin morirnos de hambre o dar un paso en falso que acabaría en derrocamiento, mutilaciones o asesinatos—. Pasa.

Me aparté y él entró con paso elegante en la habitación, aunque no tardó en detenerse ante el grupo que me cubría las espaldas.

—Ah —exclamó por la sorpresa, aunque el tono permaneció invariable—. Creo que no he traído bastante comida para todos. —Se le arquearon las cejas—. Pero hay más en la cocina.

—Genial. Eh... Bueno, Harlow... —Introduje las manos en los bolsillos de mis pantalones gastados y me mecí sobre los talones—. ¿Tú...? —Busqué las palabras adecuadas—. ¿Vas a envenenarme?

Por su expresión, parecía bastante ofendido y su rostro, pálido de por sí, se volvió translúcido.

—Quiero decir —me apresuré a añadir—, ¿eres *team* Malvado o *team* Arek? ¿Estás disgustado porque decapité al rey anterior?

Le corté la cabeza literalmente. Fue asqueroso. Puede que estés enfadado por eso. Solo necesito saberlo porque, si lo estás, preferiría no comer la comida que has traído, por si me muero.

Harlow frunció los labios con tanta fuerza que parecía que había chupado un limón.

A Bethany le llegaron las cejas a la línea del pelo.

—En serio, tenemos que trabajar en tu carisma, rey Arek. Y en la basura que escupes por esa boca.

—¿Qué? —Con las palmas extendidas, me encogí tanto de hombros que casi me llegan a las orejas—. Solo soy sincero.

Harlow recorrió con la mirada el báculo de Matt, la espada de Rion y a Lila, que tenía la daga entre los dientes incluso a pesar de estar más fuera que dentro de la ventana.

—Entonces —lo instó Rion y apoyó con delicadeza la punta de la espada sobre la tela de la chaqueta almidonada del mayordomo—, ¿dónde reside tu lealtad, Harlow?

Este parpadeó.

—Con el rey Arek, por supuesto. Mi lealtad está con el castillo. El rey Arek venció al rey Barthly y se convirtió en nuestro legítimo soberano.

—¿*Barthly*? —preguntó Matt. Su tono reflejaba mi propia incredulidad—. ¿El hechicero malvado que utilizó magia negra, usurpó el trono y sumió al reino en la sombra durante cuarenta años se llamaba Barthly? —Hizo un aspaviento—. ¡Barthly!

Harlow entrecerró los ojos.

—Prefería que no lo llamásemos por su nombre.

—¿Lo querrías tú si te llamaras Barthly?

Pisé el pie bueno de Matt porque de verdad tenía que relajarse.

—En fin, entonces tú diriges el castillo, ¿cierto?

—Así es, desde hace veinte años.

—¿Y durante todo ese tiempo no pensaste en, no sé, intentar parar lo que estaba ocurriendo?

Harlow terminó por abrirse paso entre nosotros para dejar la bandeja sobre la mesa. Luego, se volvió con elegancia para mirar al grupo.

—No.

—¿Por qué?

—No era mi cometido.

Ah.

—Pero seguiste trabajando aquí. ¿Por qué no te buscaste trabajo en otro sitio? Como el pueblo que tuvimos que atravesar.

Harrow arrugó la nariz.

—¿Buscar otro trabajo por el que paguen bien? ¿Con la economía como está?

Cierto.

—Tanto yo como el resto de los criados no teníamos otro sitio adonde ir —continuó Harlow—, aunque sabíamos que aquí no estábamos seguros. Cuando vosotros seis cargasteis contra las puertas, cuando cruzasteis el foso y entrasteis en la fortaleza, cuando corristeis escaleras arriba hacia la sala del trono, los criados no evitamos vuestro avance. De hecho, os animamos en silencio tanto como pudimos por si fracasabais, pero lo hicimos. —Esbozó una ligera sonrisa—. Me escondí y recé a los dioses; esperaba que tuvieseis éxito. Y así fue.

Carraspeé.

—Bueno, me alegra haber sido de ayuda.

Harlow le hizo una reverencia al grupo.

—El resto de su partida puede seguirme a las cocinas para desayunar, si lo desean.

Pellizqué la túnica de Matt entre el dedo índice y el pulgar, pero asentí al resto para que se vistiesen y siguiesen a Harlow.

—Después, si su majestad desea, podemos encontrarnos de nuevo en la sala de reuniones, junto al salón principal —añadió Harlow.

—¡Claro! —canturreé. Harlow pareció desconcertado, así que rectifiqué—: Es decir, su majestad así lo desea. Parece una idea estupenda. Nos vemos en la sala de reuniones. Gracias, Harlow.

El grupo, salvo Matt, se preparó para el día entre resoplidos. Me senté en la cama con las piernas cruzadas, pero no miré mientras Matt se acomodaba contra el cabecero y se tendía sobre las sábanas. Tampoco miré cuando Sionna se trenzó el pelo largo y negro y se puso la armadura de cuero, con los músculos flexionándose bajo la piel oscura; ni cuando Bethany se acicaló y se maquilló en el espejo grande que colgaba de la pared. De verdad que no miré a Lila, porque me habría apuñalado, y no me habría dado cuenta hasta que hubiese huido y estuviese a kilómetros de distancia. Y no me quedé mirando a Rion porque, a pesar de sus músculos... Vale, bueno, sí me fijé en los músculos. ¿A quién quiero engañar? Sus antebrazos parecían cincelados y los abdominales, obras de arte. Claro que eché una miradita. ¿Quién no lo habría hecho?

¿He mencionado que tenía diecisiete años y que había estado viviendo muy cerca de cinco personas muy atractivas durante los últimos nueve meses?

En cualquier caso, el grupo se reunió en el pasillo con Harlow, quien arqueó las cejas cuando Matt no se movió de la cama.

—Ah, está herido —dije—. Se lesionó el pie en batalla y no debería caminar.

—En ese caso debe ver al médico de la corte.

—¿Tenemos uno?

Harlow unió las palmas frente a sí y solo podía imaginar lo que se le estaría pasando por la cabeza. Seguramente iría en esta línea: «¿Cómo demonios ha derrotado este hijo de campesinos ignorante al ser más poderoso desde hace siglos?».

—Sí —respondió con la voz entrecortada—. Quizás a su majestad le gustaría conocer al personal del castillo después de reunirse con sus consejeros.

—Eso sería estupendo.

En cuanto se fueron y la puerta quedó cerrada, Matt se echó a reír.

—¿Has visto su cara cuando le preguntaste por el médico? —Se agarró los costados—. A ese hombre le va a dar un ataque cuando se dé cuenta de lo poco preparado que estás para gobernar un reino.

—Gracias. Eres de mucha ayuda, Matt. —Me dejé caer de espaldas en la cama con un gesto melodramático.

—Un poquito muy dramático, ¿no? —Matt me sonrió y me clavó el dedo en el costado.

—Sí, mucho.

Expulsó el aire por la nariz.

—¿Te vas a comer eso? —Hice un gesto hacia la mesa y Matt apartó el edredón y se levantó renqueando—. Hay suficiente comida para nosotros dos y la mitad de nuestro pueblo.

Una punzada de dolor me atravesó el estómago al mencionarlo. No habíamos vuelto desde que nos marchamos. En realidad ya no me ataba nada, ya que tanto mis padres como la madre de Matt habían muerto, pero era el hogar que conocía. No podía creer que llevásemos tanto tiempo lejos de allí.

Matt se dejó caer en el banco y tomó una galleta de la cesta con tanto cuidado como quien sostiene un artefacto de valor incalculable. La dejó sobre su palma y aspiró.

—Por la magia —dijo—. Huele a mantequilla.

Sonreí de medio lado.

—¿Eso es salsa? —pregunté y señalé con la cabeza una jarrita a un lado de la bandeja.

Matt levantó la tapa y la cerámica tintineó.

—Salsa para las salchichas.

—Hazme sitio —dije. Me levanté de un salto de la cama y me senté a su lado—. No he comido desde ayer.

—Definitivamente podría acostumbrarme a estos botines de guerra.

Le di un codazo mientras los dos alcanzábamos la opulenta comida.

—Casi hace que todo lo que hemos pasado y el miedo merezcan la pena.

—Casi.

Percibí un resplandor y mi mirada aterrizó en la corona, que había dejado abandonada sobre la mesa. Era una diadema de oro con cinco adornos verticales. Cada uno tenía una forma diferente, aunque no sabía qué simbolizaban, y en el centro de cada uno había una joya distinta. Era bonita, en cuanto pasé por alto el hecho de que solía estar sobre la cabeza de un tirano. Aun así, seguía deseando que no fuese mía.

¿Qué habría pasado si lo hubiese decapitado Sionna? ¿La habrían nombrado reina? Confiaba en ella más que en mí mismo. ¿Y si hubiera sido Matt? Extendí la mano y acaricié con la yema uno de los adornos dorados. Se me atascó la uña en la joya.

—Oye —dijo Matt—, he estado pensando.

—Qué peligro —bromeé.

Él me ignoró.

—Si de verdad no quieres ser rey, podríamos irnos. Podrías dejar la corona en el trono y marcharte. Dejarla para el siguiente aventurero que quiera ser rey.

—No puedo —dije. Aparté el dedo del oro—. ¿Quién dice que sería mejor que a quien hemos derrotado?

—Podríamos dejar que decidiera el pueblo —terció Matt con la boca llena de salchicha—. O que lo eligiera el consejo de lores.

—Creo que no funciona así, Matt. —Recordé la oleada de magia que me inundó cuando me senté en el trono y me declaré rey. Se sintió pesada, importante, como si estuviese atado aquí.

—¿Y por qué no? Eres el rey, puedes elegir a un sucesor y pasarle la corona, ¿no? Luego nos marchamos y volvemos al pueblo antes de que empiecen las nieves. O a cualquier sitio, en realidad. ¿Dónde crees que a los otros les gustaría ir?

Sonaba perfecto y justo lo que había esperado que ocurriese tras haber completado la misión. Deseaba viajar por el mundo juntos, con infinitas posibilidades aguardándonos, incluyendo la de tener una relación. Ayer parecía que estaba a mi alcance, pero ahora se sentía más lejos que nunca.

Me pellizqué el puente de la nariz.

—Solo... No funcionará.

—¿Por qué no?

—¿Porque creo que estoy atrapado? —me salió más como una pregunta que como una afirmación. Aferré la corona. Dejé la marca del pulgar en el metal lustroso y mi reflejo se distorsionó en las curvas de la diadema—. Tú no lo sentiste cuando me la puse en la cabeza y me senté en el trono. No sé cómo lo pasaste por alto. Fue una explosión de magia, como si mi alma estuviese atada a ese momento, a la tierra bajo mis pies. Sea cual fuere el tipo de magia que tenga... —Me volví hacia él y la sostuve en alto—, me ha unido al trono.

—¿Qué? —jadeó sin poder creérselo—. ¿P-por qué no dijiste nada?

—Lo hice, ¿recuerdas? Te pregunté si lo habías sentido.

Matt se tragó el trozo de galleta y se frotó el pecho con la mano.

—No lo sentí. —Observó la bandeja de comida—. ¿Estás seguro?

—No, pero creo que si investigamos un poco, seguramente encontraremos algo. A lo mejor Harlow lo sabe y nos lo puede decir.

—A lo mejor no puedes marcharte. —Apretó los puños contra los muslos—. Debería haberme dado cuenta. Debería haberlo sabido.

—Eh, no, no sigas por ahí. No podíamos saberlo. Ni siquiera yo sé si lo que sentí fue real. Puede que fuera solo el bajón de adrenalina. A lo mejor puedo irme si quiero.

Él alzó una ceja.

—La profecía...

Contuve el gruñido.

— ... dejaba claro que tenías que matar a Barthly. No vencerlo. No usurpar su trono. No encarcelarlo y pedirle amablemente que te diese la corona. Matarlo, Arek. Pensé que era por su maldad, pero quizás es así como funciona la sucesión. El trono debe cambiar de manos por medio de la muerte.

Uf. Eso no era bueno. Pero Matt no se equivocaba. La profecía dejaba claro que Barthly debía morir e incluso me dio la espada con la que hacerlo, aunque no estuviese afilada.

—¿Estás sugiriendo que si decido no ser rey...?

—Puede que tengas que correr la misma suerte que Barthly.

Un escalofrío me recorrió la espalda. Bueno, eso era malo. Vaya. En serio, debería de haber leído la letra pequeña antes de haberme calzado la corona en la cabeza y haberme nombrado a mí mismo rey interino.

—Ah, es un sistema horrible para traspasar el poder.

Matt suspiró frustrado. Dejó el trozo de galleta en el plato, se pasó la mano por el pelo castaño oscuro y se tiró de las puntas.

—Mira, no te lo tomes a mal, pero después de encontrar el cadáver de la princesa y de que todo se nos fuera de las manos, pensaba que abdicarías.

—¡Oye! —dije algo ofendido, aunque yo pensaba lo mismo.

—No querías ser rey. ¡Ni siquiera querías ponerte la corona!

—¡Porque estaba cubierta del tipo malo decapitado! —protesté. Matt tenía razón. No quería ser rey, pero su tono insolente fue demasiado brusco—. ¡Y te recuerdo que me retaste a hacerlo!

Matt me ignoró.

—Anoche pensé, oye, qué divertido, mi mejor amigo es el rey, ¿no? Porque nos despertaríamos por la mañana y me daría cuenta de que es completamente imposible que estés destinado a gobernar. —Solté un gritito ofendido, pero él prosiguió—: No servimos para esto. Lila ha robado el diario de una muerta.

—Para que conste, Lila lo roba todo. Y la princesa no lo necesitaba en realidad.

—Bethany vomita cuando ve sangre.

—No puedes culparla. Fue verdaderamente asqueroso.

—Rion no es el mejor espadachín del ejército.

—Bueno, eso ha sido mezquino.

—Y yo estaba convencido de que jugaríamos a gobernar por un día, una semana como mucho, y que cuando se volviese demasiado raro o difícil, nos cansaríamos y nos marcharíamos. Que teníamos opciones. Que podíamos esperar a otra persona a que cumpliese su profecía para convertirse en rey y liberarnos, liberarte a ti, de la carga. Que eras el sustituto de, bueno, de alguien mejor preparado para esta responsabilidad tan grande.

—Vaya. —Tenía razón, pero le había faltado un poquito de tacto—. ¿No fuiste tú quien dijo anoche que la unión de nuestro grupo funcionaba?

Matt clavó la mirada en la pared opuesta.

—Era una promesa para mantenernos juntos, no para gobernar un reino necesariamente. No estamos preparados.

—Gracias por el voto de confianza, Matt.

—Calla. No sabemos lo que estamos haciendo. Los dos pensábamos que la princesa estaba viva y que ocuparía su lugar.

—Pues está muerta y no hay mucho que podamos hacer al respecto. No discrepo contigo en que esto sea una mala idea. Estaba más que preparado para cederle esta estúpida corona a alguien que hubiese nacido para reinar, pero ahora mismo no tenemos otra opción. Solo estamos nosotros.

—No es justo. Completamos la misión. Cumplimos la profecía. Esto... —Señaló la habitación con la mano— va más allá de nuestras obligaciones. La profecía está cumplida. Se supone que hemos terminado. Pensé que encontraríamos a... un adulto responsable.

Estaba claro que a Matt le estaba dando un ataque, y si me veía disgustado, se le iría la pinza todavía más y los dos entraríamos en bucle. Solo había espacio para que uno de los dos se estresara, así que tenía que hacer acopio de todas mis fuerzas para mostrarme tranquilo, al menos por fuera. Era sorprendentemente fácil cuando pensaba en que lo único que quería era que Matt fuese feliz.

—Odio ser yo quien te lo diga, Matt, pero lo más parecido que tenemos a un adulto responsable es Rion.

—Que los espíritus nos amparen.

—¿Verdad?

—Pero no puedes irte. —Se frotó los ojos—. No puedes irte. *No puedes irte.*

Vale, vaya. Esa reacción fue un poco desmedida. ¿Eso... significaba que Matt quería irse? El pensamiento me sacudió por dentro y mi corazón amenazó con romperse. No soportaba la idea de estar aquí atrapado sin él. Tenía que hacer algo, incluso si era una mala idea. Me aclaré la garganta.

—Matt...

Él alzó la mano para interrumpirme.

—Vale, dame un momento. Necesito pensar.

—Matt...

—Shh.

—¿Has mandado callar al rey? —La mirada fulminante que me lanzó mereció el comentario—. Lo que intentaba decirte era que podemos probar. Podría desproclamarme rey y ver qué pasa.

Matt se quedó con la boca abierta.

—¿Probar una magia de la que no sabemos nada? ¿Una magia lo bastante poderosa como para determinar el destino de todo un reino? ¿Quieres jugar esa baza?

—¿Sí?

—Ah, vale. Está bien, rey Arek. ¡Tentemos al destino y eso posiblemente desencadenará un terremoto, destruirá al reino y matará a todos los habitantes del castillo! O peor, ¡morirás tú!

Levanté las manos en señal de rendición.

—Vale, está bien. No jugaré con la magia.

Él suspiró y dejó caer la cabeza entre las manos.

—Si la princesa estuviese viva... —susurró.

—Espera —dije y chasqueé los dedos—. Barthly no asesinó a la princesa. Ella habría sido la heredera después de que él hubiera asesinado a su familia y la magia la habría reconocido como reina legítima. Pero tuvo que vivir al menos unos años en la torre mientras él estaba en el trono. Lo que significa que tal vez el asesinato no esté necesariamente implicado en la sucesión.

Matt asintió despacio.

—Ah, bien visto. Ella era la legítima heredera —musitó—. Estamos pasando por alto algo importante. Necesitamos más información.

—Sí, claro. Por supuesto. —Saber más sería de ayuda. Nos beneficiaría saber si estaba de verdad atrapado en caso de que no le pillase el truco a esto de gobernar. Anoche todos parecían dispuestos a ayudar, pero eso era cuando estábamos atolondrados por la victoria y el agotamiento. ¿Quién sabe lo que ocurriría hoy? ¿O mañana? Podrían elegir marcharse, ¿y luego qué? No podía gobernar un reino por mi cuenta. Yo solo. Sin ellos. Sin Matt. No lo soportaría—. Bueno, entonces, el plan. Tú investigas todo esto y yo intento... gobernar.

Él resopló.

Esta vez lo ignoré.

—Y deberíamos echarle un vistazo a la profecía otra vez. Juntos.

Los labios de Matt se curvaron hacia abajo.

—Literalmente gruñes cada vez que la menciono porque la hemos repasado muchísimas veces. La he estudiado de cabo a rabo.

—Lo sé —me apresuré a añadir—. Lo sé, pero ¿y si ha cambiado? Nos hemos topado con muchos tipos de magia que ni sabíamos que existían, así que quizás esto también lo sea.

Se formó un surco entre las cejas de Matt y aguanté la necesidad de alisarlo.

—Puede —coincidió bastante a regañadientes. Sonrió y me dio un vuelco el estómago. Conocía a Matt desde hacía tanto tiempo que podía distinguir entre sus sonrisas de alegría y las que forzaba para tranquilizar a los demás. Esta era de las últimas. Empujó un huevo duro a un lado de la bandeja—. Come. No queremos que Harlow piense que no te ha gustado el desayuno. Creo que lo destrozaría.

Había perdido el apetito, pero aun así tomé el huevo y tragué con esfuerzo con la garganta seca.

Capítulo 5

Sentados en torno a una mesa larga en la sala de reuniones, mis compañeros de aventuras me miraban. Harlow estaba detrás de mí, a la derecha, esperando con una jarra de vino para rellenar la copa que había aparecido ante mí por arte de magia. Matt estaba sentado a mi izquierda mientras que los otros se sentaban despatarrados, reclinados y apoyados en la mesa.

Matt y yo habíamos decidido que el hecho de que quizás estuviese atrapado por la magia quedase entre nosotros hasta que tuviésemos más información. Pero evaluar qué sentían los demás con respecto a nuestro plan inicial no le haría daño a nadie.

Carraspeé, incómodo.

—A la luz de un nuevo día, uno en que todos hemos comido, descansado y vivido la vida al máximo, Matt y yo hemos pensado repasar la propuesta de anoche.

—¿La de gobernar? —preguntó Sionna.

—Esa misma.

Se miraron. Lila se encogió de hombros.

—En realidad, no ha sido tu peor idea. No como cuando decidiste correr hacia la gente que intentaba matarnos en lugar de salir por patas en dirección contraria.

—Quería ver si funcionaría seguir una estrategia diferente. No hubo daños.

—Te apuñalaron —intervino Sionna.

—Me curé.

—Bueno, ¿y qué hay de esa vez cuando...?

—Vale —corté a Lila antes de que contase otro de mis grandes errores—. Gracias.

La risa de Bethany me irritó, y ella y Lila chocaron el puño.

—En fin —proseguí con una palmada—. Gobernar. ¿Opiniones? ¿Sugerencias?

Matt soltó un suspiro sufrido, típico de él.

—Hemos pensado que el mejor sitio del que podemos partir es la profecía —dijo mientras extendía el pergamino por completo. El flujo de palabras empezaba en la esquina derecha superior y se derramaba por toda la página hasta el final del rollo de casi medio metro. Los bordes estaban desgastados por el viaje y había una sección como a un tercio del final que se había emborronado cuando a Matt se le derramó el vino encima poco después de que el hechicero nos lo hubiese dado.

Toqué el principio, donde la letra bonita de la profetisa documentaba cómo Barthly había usurpado el trono y su reinado tiránico en dos meras líneas. El resto detallaba el viaje que emprendería yo para derrotarlo.

Bethany le dio unos golpecitos con la uña a una línea que mencionaba a «la barda con el arpa».

—Ahí fue cuando nos conocimos —dijo con una leve sonrisa. Se había puesto un bonito vestido con un escote bajo y el dobladillo lo arrastraba por el suelo. No tenía ni idea de dónde lo había encontrado, pero se ceñía a sus curvas voluptuosas—. Te salvé de la picota.

—Sí —añadió Sionna. Le dio unas palmaditas a Bethany en el hombro—. Y lo hiciste genial.

Un ligero rubor le cubrió las mejillas a Bethany, que agachó la cabeza. Estaba seguro de que era teatro.

Habíamos encontrado a Bethany en un pub donde tocaba el arpa y cantaba por unas monedas. No se había dado cuenta de la influencia que tenía sobre sus clientes, solo que le daban unas buenas propinas, sobre todo cuando usaba el arpa. Siempre había tenido talento para persuadir a los demás, y desde que se unió a nosotros sus poderes no habían hecho más que crecer. Sin embargo, su influjo no funcionaba con otros seres mágicos ni en personas sin magia cuando se trataba de cuestiones del corazón. Lo habíamos descubierto cuando nos enfrentamos a un trol enorme y cuando el hijo del posadero se enamoró inoportunamente de Matt.

El pergamino no especificaba el nombre de mis compañeros de aventuras, solo su papel; si no hubiera sido así, cuando Matt y yo llegamos al primer pueblo tras salir del nuestro, habríamos llamado a Sionna a gritos en lugar de intentar averiguar como quien no quiere la cosa qué guerrera de entre los soldados, que habrían preferido matarnos antes que mirarnos, nos ayudaría.

Para no ser menos, Lila le dio un manotazo al párrafo que hablaba de ella.

—Y esto es cuando me conociste.

—Intentaste robarnos —dijo Matt—. Este rollo, precisamente.

Lila se rio. Se reclinó en el asiento y puso las botas sobre la mesa.

—Ah, qué tiempos aquellos.

—Fue hace menos de un año, literalmente —dije.

—Lo sé. —Me guiñó el ojo.

Sionna se inclinó hacia delante y recorrió la mano por la mancha de vino.

—Me gustaría saber qué se esconde aquí.

Matt se tensó.

—No lo recuerdo. Ocurrió la primera vez que leímos el pergamino.

—Lo sé —respondió ella con el ceño fruncido—. Pero podría ser de ayuda. Quizá tu magia...

—Ya lo he intentado —espetó Matt.

Hice una mueca. La mancha era como una herida abierta para Matt. Había tratado de arreglarlo cuando ocurrió, pero no pudo. De todas formas, las palabras que faltaban no eran importantes, ya que no nos habían entorpecido a la hora de cumplir la profecía. Sin embargo, solo por si acaso, aparté lo máximo posible la copa de vino.

—Lo que sería de ayuda —cambié de tema—, si esto no acabara sin más.

Rion estiró el cuello para leer.

—«Y será derrotado por la mano elegida empuñando la espada del Pantano de los Muertos Vivientes y su reinado acabará. Solo entonces el reino quedará libre de magia negra y el reino de Ere entrará en un periodo de paz que durará mil años».

—Es que, ¿qué demonios? —dije con un estremecimiento—. No ayuda para nada.

—Desaparecemos del mapa —dijo Matt. Se mordió el labio inferior, pensativo—. Aquí debe haber monstruos.

—El único monstruo aquí es el que está en el foso —dije—. Estamos bien. Solo necesitamos aclarar exactamente quién se supone que marcará el inicio de este periodo de paz.

El grupo intercambió una mirada.

Rion tosió con educación para atraer la atención de los demás. Con los hombros echados hacia atrás y la espalda recta, me miró con una expresión seria.

—Es tu deber intentarlo.

Lila alzó una ceja en su dirección y luego apartó la vista.

—Sí, ¿por qué no podemos ocuparnos nosotros? —preguntó a la defensiva—. Somos tan buenos como el que más y no veo a nadie más haciendo cola para el puesto.

—Esta mañana estabas literalmente colgada de la ventana, intentando escapar —le dije.

Ella se encogió de hombros.

—La situación ha cambiado.

—¿Cómo?

—Hemos desayunado.

Me contuve para no golpearme la cabeza contra la mesa, pero por los pelos. No esperaba que la conversación se desarrollase así. No era que quisiera que se fueran, no hasta que averiguase si yo podía marcharme, pero Matt tenía razón: esto iba más allá de la profecía, de la misión, de la promesa del principio.

—Concuerdo con Rion y con Lila. —Sionna se cruzó de brazos—. ¿Por qué no nosotros? Podemos hacerlo. Solo necesitamos que nos guíen.

Matt frunció los labios.

—¿Todavía tienes el diario, Lila?

Ella rebuscó en su morral. Encontró el libro encuadernado en cuero y lo lanzó hacia nosotros sobre la mesa.

Harlow se aclaró la garganta.

—¿Puedo sugeriros algo?

Me sobresalté. Había olvidado que Harlow estaba ahí. Ups. Volví la cabeza y descubrí que estaba más cerca que antes.

—Claro.

—El primer paso de un buen rey sería nombrar un consejo para que actuase como su círculo interno y lo ayudase en la toma de decisiones. Normalmente cada miembro del consejo dirige cierto aspecto del reino. Por ejemplo, debería tener a alguien que llevase los tratados y relaciones con otros reinos.

—Bethany —dije sin dudar.

—¿Qué? —Se irguió. Había estado inclinada sobre la mesa con la cabeza apoyada en la mano.

—Tiene sentido —intervino Matt. Le dio vueltas al báculo en la mano con aire ausente. La punta emitía un susurro suave al rozar el suelo de piedra—. Eres la mejor hablada, e incluso sin magia, se te da muy bien persuadir.

—Ah —dijo ella con un batir de pestañas—. ¿Me estás tirando los tejos, Matt?

—No —respondí yo por él, intentando contener el hormigueo de celos que habían provocado sus palabras—. Pero tiene razón. Bethany, estás a cargo del departamento como se llame.

—Bueno, de perdidos al río. Al menos, de momento—. Está bien, ¿qué más?

Me di cuenta de que Harlow se aguantaba las ganas de llevarse la mano a la cara a duras penas. Arrugó la nariz.

Establecimos el consejo del rey Arek en cuestión de minutos. Lila se encargaría de la tesorería, ya que tenía una habilidad asombrosa para saber el valor de cualquier cosa, y su ascendencia feérica nos ayudaría a organizar las épocas de siembra, el abastecimiento de grano y demás cuestiones técnicas que evitarían que el reino muriese de hambre. Sionna dirigiría el ejército, por razones obvias. Rion estaría al mando de los caballeros y los guardias del castillo porque estaba acostumbrado a tratar con los hijos de los lores. Y Matt, bueno, él sería el mago de la corte.

—Y consejero —añadí.

—¿Estás seguro? —preguntó Matt con nerviosismo—. Tengo tanta idea de esto como tú.

—Pff, eres la persona más inteligente que conozco. Y puedes leer todos los libros de la biblioteca para investigar —dije con una mirada incisiva—. Porque hay biblioteca, ¿no?

—Sí —suspiró Harlow.

—¿Lo ves? —Le di una palmadita en el hombro a Matt—. No hay problema.

—Claro —lo dijo como si no me creyese, pero yo lo conocía bien. Matt sería un consejero perfecto. Siempre había sido más sensato que yo. Además, no me importaría tenerlo cerca por muchas razones, pero en especial por su horrible cara bonita.

—Bueno, está decidido. ¿Harlow? ¿Puedes acompañar a mi consejo a sus aposentos y que empiecen a cumplir con su deber?

—Por supuesto. —Harlow dio unas palmadas y varios sirvientes entraron por la puerta. Le hizo un gesto al grupo para que los siguiesen.

Lila miró a la chica que estaba tras ella con los ojos entrecerrados.

—Necesito unos aposentos con una ventana grande y cerca del jardín.

—Por supuesto, milady.

—No soy una dama, soy una *ladrona* —balbuceó Lila al tiempo que negaba con la cabeza.

La chica paseó la mirada entre Lila y Harlow. Él hizo un gesto con la mano.

—¿Sí, señorita ladrona?

—Eh..., vale. Dejémoslo así.

—Ah, pero ¿podemos elegir los aposentos? —preguntó Bethany, arpa en mano—. Me encantaría uno con una cama grande. Y un armario totalmente equipado.

—Y a mí me gustaría uno con acceso directo al campo de entrenamiento. —Rion encuadró los hombros—. Ya que entrenaré a los caballeros del castillo.

Sionna puso los ojos en blanco.

—Lo rápido que se adaptan. —Me dio unas palmaditas en la mano—. No te preocupes —dijo con un atisbo de sonrisa—. Estaremos bien. Tú estarás bien.

—No me preocupo —respondí, aunque se me aceleró el corazón con su roce. No sabría decir si fue por la ansiedad de que nuestro grupo volviera a separarse o porque me había tocado. Como decía, erecciones inoportunas. Me removí en el asiento—. Diviértete.

—Por supuesto.

Se marchó con los demás.

Matt me pellizcó el costado.

—¿Ahora qué?

Miré de nuevo a Harlow.

—Sí, ¿ahora qué? ¿Quieres que conozca al personal del castillo? —Alcé la copa y le di un sorbo al vino; tenía un olor fuerte.

Harlow resolló.

—Ahora que ha nombrado un consejo, debe elegir consorte.

Escupí el vino.

—¿Qué?

Capítulo 6

Me paseé por la sala. Tironeé del cuello de la camisa cuando el sudor me corrió por la espalda. Se me aceleró el corazón.

—¡Tengo diecisiete años! —Me di media vuelta—. No puedo elegir consorte. Apenas soy capaz de elegir la ropa por la mañana.

—Ya lo sabemos —dijo Matt con sequedad. No se había movido de la silla. Tenía la misma expresión que cuando asustamos a una mofeta entre las flores silvestres altas a las afueras del pueblo cuando éramos pequeños. Nos había rociado y nos pasamos varias noches durmiendo fuera porque nuestros padres no nos dejaban entrar en nuestras respectivas casas.

—Eso no me ayuda —espeté—. ¿Por qué necesito elegir consorte? Barthly no tenía.

—Técnicamente... —Harlow alzó el dedo—. Sí tenía.

—¿Eh?

—¿Que él qué?

Harlow se aclaró la garganta, tomó el diario y lo sopesó en las manos.

—Antes de encarcelarla, se unió a ella a la fuerza a pesar de sus protestas. Sus espíritus estaban unidos mediante las palabras sagradas.

Miré a Matt con los ojos abiertos, con la conversación de aquella mañana todavía reciente. Eso era lo que nos faltaba.

—¿En qué clase de reino abusivo, misógino y retrógrado vivimos? ¡En serio! —Hice un aspaviento.

Matt le quitó el diario a Harlow. No fue un tirón, pero tampoco fue un gesto amable. Matt debía de haber confiado en él tanto como yo.

—Por mucho que me duela decirlo, Arek tiene razón. Es muy joven. —Presionó los labios en una línea fina—. Y Barthly lo hizo para asegurar su derecho al trono. No hay nadie más en la línea sucesoria y Arek es el legítimo rey. No necesita un consorte.

—¡Exacto! —Señalé con aire dramático a Harlow.

—Es la ley.

—Soy el rey. Cambiaré la ley.

—Es una ley mágica.

Me detuve en seco y me resbalé cuando las suelas gastadas de mis botas no encontraron agarre en la piedra. Magia. La puta magia. Siempre el problema y la solución a la vez.

Matt frunció el ceño.

—Explícate.

Harlow me miró como imaginaba que miraría a un sirviente que ha derramado la sopa... con una máscara de paciencia que rozaba muy de cerca el desdén y la exasperación. Estoy bastante seguro de que sería su estado permanente durante los próximos años de mi reinado. Si llegaba a tanto.

Asentí en su dirección, pidiéndole en silencio que hablase antes de que mis pies le hiciesen caso a mi corazón y saliese desesperado de la sala.

—¿Cómo es que sabéis tan poco de la historia de vuestra propia tierra? —Arqueó una ceja.

—Éramos plebeyos hasta ayer por la noche —dijo Matt en tono monótono.

Con un suspiro, Harlow se arrastró hasta una silla y se desplomó sobre ella.

—Al principio...

—Nop. —Me senté frente a él—. No vamos a empezar por el principio. Empezaremos por la mitad o por donde quiera que estemos ahora. Ya nos darás clases de historia más tarde. Ahora di por qué necesito desposarme.

Matt abrió la boca para hablar, pero me dedicó una mirada y la cerró de golpe. Se cruzó de brazos y se apoyó en el respaldo. No sabía por qué estaba de tan mal humor. Como si fuera él quien tenía que gobernar un reino y, al parecer, conseguir una unión. A menos que estuviese enfadado al descubrir otro obstáculo que dificultará nuestra marcha. Apreté la mandíbula y me guardé las preocupaciones y confesiones que amenazaban con salir cuando pensaba en el futuro y en mis planes fallidos.

—Está bien —dijo Harlow con voz entrecortada—. Debe haber un consorte. Alguien que dé equilibrio. Es un respaldo para proteger al reino y al pueblo.

—De alguien que pueda provocar un mal atroz —dijo Matt despacio. Suspiró y se frotó la cara con la mano—. Como Barthly.

—Vale, ¿hemos obviado el hecho de que Barthly hizo maldades innombrables? Parece que esta ley mágica no ha funcionado tan bien.

Harlow frunció el ceño.

—Piense lo que quiera, pero lo mitigó. Sin la influencia de su alma, habría sido mucho peor.

—¿*Mucho peor?* —La voz me salió aguda—. ¿Cómo que podría haber sido peor?

Matt sacudió la cabeza.

—Sigue sin tener sentido. Ella murió. Se supone que su alma partió. Dijiste que llegaste al castillo hace tan solo veinte años y ella ya estaba muerta. Él reinó durante cuarenta años. ¿Por qué la magia no lo obligó a buscar otra unión?

—Esa es la parte que no entiendo. —Harlow se encogió de hombros—. Solo conozco la ley. La magia va más allá de mi comprensión.

Pero yo lo sabía. Lo supe en el instante en que abrí la puerta y traspasé el umbral. Lo supe cuando sentí una ráfaga de viento en el brazo. Ella no había estado solo atrapada físicamente en aquella torre.

—Estaba aquí —dije; tragué saliva—. Su alma estaba aquí hasta que abrimos la puerta de la torre.

Matt abrió los ojos de par en par.

—¿La sentiste?

—¿Tú no?

Él parpadeó.

—Sí, yo también. No me di cuenta de que era su alma, pero sentí la magia. —Se aclaró la garganta—. Las ganzúas de Lila no habrían funcionado. Por eso abrí la puerta con el báculo. Estaba protegida por hechizos poderosos, pero pensé que era solo para mantenerla atrapada físicamente. No me di cuenta... Bueno... Ahora lo sé. —Frunció el ceño y preguntó—: ¿Qué consecuencias tendría que Arek no se uniese a alguien?

Buena pregunta, Matt. Excelente pregunta.

—Eso. ¿Qué pasa si no lo hago? ¿Me va a echar a patadas el castillo? ¿Hambruna? ¿Una plaga? ¿Una sequía, tal vez?

Harlow volvió a poner cara de limón.

—Puede. Supongo que también podría morir.

Se me retorció el estómago.

—Bueno, qué mala suerte, ¿no? —espeté.

Matt estaba decididamente más pálido que hacía unos segundos.

—¿Estás seguro?

—Es la ley.

—Perfecto. Absolutamente perfecto. —Me crucé de brazos—. Increíble. Maravilloso. Ser rey no hace más que mejorar, si lo digo yo.

Nada de aquello era justo. La idea de ser rey era aterradora, pero podía aceptarlo. Porque, sinceramente, no tenía una vida a la que volver en nuestro pueblecito en la frontera del reino. ¿Pero una unión? Esa era otra cuestión totalmente diferente que implicaba la vida de otra persona. ¿Y si la magia también tenía algo que decir al respecto? ¿Y si no se me permitía elegir? Miré de reojo a Matt. ¿Y si la persona a la que elegía no me elegía a mí?

Él me dedicó una mirada sufrida.

—Te estás poniendo difícil.

—¿Que yo soy el difícil? —Me señalé el pecho para darle más énfasis—. Tú eres el que está tirando mi vida bajo un carro metafórico por una ley mágica de la que no sabemos nada.

Matt dio un respingo cuando contraataqué con las palabras que me había dicho aquella mañana. Con los brazos cruzados, desvió la mirada.

—Estoy siendo realista —le dijo a la pared.

—Yo no... —empecé con la voz temblorosa. Respiré para tranquilizarme—. No quiero unirme a nadie solo para salvar mi vida.

Volví a mirarlo y nuestros ojos se encontraron. En ese momento me sentí expuesto, como si mis sentimientos estuviesen escritos en mi cara y Matt pudiera leerlos. Me sostuvo la mirada y juro que vi algo, como un ápice de entendimiento parpadeando en su expresión y, por un segundo insoportable, pensé que podía tenderme la mano, decirme que no tenía de qué preocuparme, que me quería como algo más que a un amigo y que no necesitábamos buscar a mi alma gemela porque estaba justo aquí, a mi lado. Matt abrió la boca para hablar, pero dudó. Rompió el contacto visual y clavó la mirada en su regazo. La sangre me bombeó con fuerza en los oídos cuando volvió a mirarme. *Dilo*, rogué en silencio.

Respiró hondo antes de decir:

—Deberíamos contárselo a los demás.

—¡No! —Me puse en pie y la silla chirrió contra la piedra. No sé por qué había esperado algo diferente, pero sus palabras me golpearon como un puñetazo en el estómago. Di media vuelta y caminé a lo largo de la mesa y luego regresé, tratando de calmar la oleada repentina e irracional de dolor que me inundó. Los señalé con el dedo.

—Y una mierda. No vais a contárselo a nadie. De hecho, esta información no va a salir de esta sala. Esto solo lo sabremos nosotros tres.

—Arek —dijo Matt con voz cansada—. Es magia.

—Es un error.

—Es la ley.

—¡Es una idiotez!

—Arek. —Se tiró del pelo, los rizos castaños enredados entre sus dedos. Las dos sílabas de mi nombre encerraban una cantidad letal de irritación.

—Matt —mi contraataque no tuvo el mismo efecto. De hecho, me salió más como un quejido que de forma cortante, como pretendía. En realidad, no se merecía mi enfado... No era como si le hubiese confesado mi afecto y él me hubiese dado calabazas. Pero de alguna forma, en ese momento me sentí así y no ser mezquino era superior a mis fuerzas.

Matt se puso de pie y apoyó las palmas abiertas sobre la mesa. Se quedó contemplando la fibra de la madera lustrosa, negándose a mirarme, con la cabeza colgando entre los hombros tensos.

—Yo... Yo... buscaré en la biblioteca. Llevará tiempo. Veré qué puedo encontrar sobre la magia y la ley, pero Arek... —Su voz se fue apagando—. Me preocupa que me lleve demasiado tiempo averiguarlo, sobre todo ahora que hemos liberado a la princesa.

Exhalé.

—Está bien. —Negué con la cabeza y agarré el respaldo de una silla—. Vale. —Relajé la mandíbula y deseé que el estrés desapareciera de mi cuerpo—. Pero no les diremos a los demás ni una palabra hasta que tengamos más información. O un plan. Es... —Tragué saliva—. Es una orden de vuestro rey.

Matt puso cara de haber olido a la mofeta de nuestra infancia otra vez.

Harlow hizo una reverencia.

—Por supuesto, mi señor. —Se puso en guardia—. Y ahora, si me lo permite, prepararé a los criados para que lo conozcan en la sala del trono. —Caminó hacia la puerta—. ¿Señor? —le dijo a Matt—. ¿Le gustaría que alguien le mostrara la biblioteca?

—Sería estupendo. —Se humedeció los labios sin apartar la mirada de la mía—. Pero antes necesito un momento a solas con el rey.

Harlow hizo otra reverencia y se marchó.

En cuanto cerró la puerta, Matt se me acercó en silencio sin un atisbo de amabilidad fingida. Lo único que quedaba era un enfado apenas contenido y el dolor de una leve cojera.

—¿Matt?

—No —escupió—. Ni se te ocurra volver a darme órdenes. —Se le puso la cara roja. El cuerpo le temblaba. Tenía los ojos vidriosos—. Soy tu amigo y puede que tú seas rey, pero no soy tu súbdito.

Alcé las manos.

—Lo siento. Matt, lo siento. Ha sido más por Harlow que por ti, lo juro.

Él soltó el aire por la nariz como si fuera un toro y apartó la mirada. Se frotó el cansancio de los ojos.

—Eres mi mejor amigo —dijo en voz baja—. No lo olvides, por favor.

Amigos. Claro.

—Nunca.

Él asintió y luego se marchó. Me dejó de pie, en el centro de la sala de reuniones vacía, preguntándome cómo era posible que de repente estuviese tan solo.

Capítulo 7

Después de pasarme la tarde entera sentado en el trono reunido con todos y cada uno de los miembros del personal del castillo —desde las cocineras hasta los mozos de cuadra, los sastres, las criadas y los criados y demás—, empecé a considerar que escaparme de casa para seguir una profecía ambigua no había sido una buena idea. El deber era asfixiante. Por no mencionar la nube amenazante de cosas malas que ocurrirían, incluyendo pero no limitándose a mi propia muerte, si no elegía consorte. Como poco, era suficiente para poner algo de distancia entre el momento tenso que había tenido antes con Matt.

Al menos, los sirvientes habían sido bastante amables, aunque un poco asustadizos.

Yo también tendría miedo, sobre todo si tuviese que conocer al nuevo gobernante que había decapitado a mi antiguo jefe.

No me había dado cuenta de la cantidad de personas que hacían falta para llevar un castillo, o los ingresos que necesitaba generar para pagarles el sueldo. No era algo que me hubiese planteado antes. La liquidez del dinero, en monedas, quiero decir, era rara en mi pueblo. Teníamos unas cuantas, pero sobre todo hacíamos trueques o cultivábamos lo que necesitábamos. Y hasta que conocí a Lila no me había dado cuenta de que el dinero también tenía sus matices. Había mucho del mundo que no conocía. ¿Cómo iba a traer paz al reino durante mil años si no era capaz de calcular el coste de pagar a tres cocineras?

Los ingresos y los gastos del castillo revolotearon por mi cabeza mientras me marchaba de la sala del trono a los terrenos con la excusa de examinar el huerto. La cocinera principal, Matilda, era una mujer de mediana edad con tres hijas que trabajaban en la cocina. Había escuchado a medias el soliloquio que hizo sobre los cultivos mientras le daba vueltas a las palabras «unión de almas», «pareja» y «magia»; luego, inevitablemente, giraron en torno a Matt. Cuando me preguntó sobre mis preferencias, casi escupo «morenos», pero luego me di cuenta de que se refería a la comida. Para disimular, divagué sobre sopas y estofados porque eran los favoritos de Matt.

Necesitaba tiempo a solas con mis pensamientos. Necesitaba aire fresco y sol, y ¿qué mejor lugar que el huerto para conseguirlos? Mejor aún, tenía conocimientos reales de jardinería, cómo cultivar, regar y sembrar. En el huerto estaba en mi salsa y no me importaba hundir los dedos en la tierra labrada, inhalar el aroma penetrante y fresco de las verduras en crecimiento y observar el brote verde de un nuevo cultivo.

Al seguir un camino de tierra compacta bastante usado que serpenteaba entre arbustos repletos de flores tardías, encontré el terreno con hileras sembradas ordenadas junto a las cocinas. Era bonito y me recordó a casa con tanta brusquedad que una punzada de añoranza me atenazó el estómago. Tragué con fuerza y lo rodeé, inclinándome para pasar los dedos por las hojas venosas de una col.

—¿Alteza?

Sobresaltado, me puse de pie de golpe.

—¿Qué?

Había una chica arrodillada en medio de una hilera, observándome con una ceja arqueada y una montaña de zanahorias en una cesta frente a ella. Me resultaba ligeramente familiar.

La señalé con el dedo.

—¿Nos conocemos?

—Hace un momento en la sala del trono. Soy una de las hijas de Matilda.

—¿Melody?

—Meredith —me corrigió con una leve sonrisa—. Melody es mi hermana.

—Ah, vale. Lo siento. No quería interrumpir tu trabajo.

—No pasa nada, alteza. —Inclinó la cabeza con los bonitos labios fruncidos—. ¿Se encuentra bien?

Buena pregunta. La respuesta era un «no» rotundo, pero no podía decírselo. En vez de eso, me encogí de hombros; una respuesta frívola murió en la punta de la lengua y se convirtió en un grito ahogado cuando una flecha se clavó en el suelo a mis pies. La cabeza de metal arañó la punta de mi bota antes de incrustarse erguida y con fuerza en la tierra, temblando por la potencia. Salté hacia atrás. Vaya. Vale. Era raro y un poco alarmante.

Volví la cabeza y, cuando miré al muro exterior, descubrí otra flecha solitaria atravesando el aire en un arco alto. Atravesó una col al aterrizar.

Meredith soltó un grito ahogado.

Escuché el tañido delator de las cuerdas de un arco y, en cuestión de segundos, siguieron más flechas, clavándose en la tierra con un ruido sordo a nuestro alrededor —paf— y, ay, mierda, ¡alguien me estaba disparando! Miré a Meredith, que tenía los ojos abiertos de par en par. ¡A nosotros! ¡Alguien nos estaba disparando!

Con el corazón martilleándome, corrí y la agarré del brazo para ayudarla a ponerse en pie.

—¡Vamos!

—¡Las zanahorias!

—¡Déjalas! —grité justo cuando una flecha pasó junto a la cesta. Ella lanzó un grito agudo de pánico que correspondí de todo corazón cuando otra pasó silbando en el pequeño espacio que había entre nuestros rostros. Un centímetro a la derecha y mi nariz tendría un nuevo agujero.

La empujé detrás de mí mientras echábamos a correr. Ella mantenía la cesta sujeta, con las zanahorias cayendo a nuestro paso mientras esquivábamos la lluvia de proyectiles, al tiempo que con la otra mano agarraba la mía. ¿Qué mierda? No podía ser ya tan poco popular como rey. ¿O sí? Una flecha pasó frente a nosotros y frené en seco. Empujé a Meredith con fuerza hacia un lado para que no nos tropezáramos con ella. Otra se hundió junto a su bota y le desgarró el borde de la falda. Ella gritó y yo la imité.

Por suerte, hasta donde pude ver al mirar hacia atrás, los disparos venían del mismo muro exterior, lo que significaba que podíamos escabullirnos lejos de su alcance. Si no, al menos podíamos buscar refugio.

Si lo hubiera pensado con la primera flecha, habríamos ido a las dependencias de cocina, pero impulsado por el pánico, ya nos las habíamos pasado. Y no iba a retroceder, no cuando las flechas seguían salpicando el paisaje. Otra atravesó el aire junto a mi oreja; las plumas me rozaron la punta y me dolió como la picadura de una avispa enfadada.

—Hacia el camino —grité, aunque me salió más bien como un jadeo—. Creo que estaremos bien al otro lado de esos arbustos.

Meredith no respondió. Nuestro agarre se había aflojado por el sudor y se nos resbalaron los dedos hasta que solo me aferraba a los suyos con las puntas. Me arriesgué a mirar detrás de mí justo a tiempo de ver un proyectil retroceder hasta el vértice y luego inclinarse hacia abajo, apuntando justo a su mejilla. Impulsado por la adrenalina, hice lo único en lo que pude pensar en ese momento. Me agaché y le di un golpe a sus pies desde abajo, a media zancada de ella. Nos caímos enredados y rodamos por el impacto. Nos desplomamos uno encima del otro y la flecha se clavó a poca distancia; el ruido sordo que hizo sonó demasiado cerca para mi tranquilidad. Mientras rodábamos, me hincó la rodilla en el estómago y la barbilla en la garganta lo bastante fuerte para que se me escapara un «uff» de incomodidad. Además, perdí la corona en alguna parte.

Cuando por fin nos detuvimos, estaba de espaldas sobre las zanahorias que quedaban y bajo los arbustos, con ella medio cruzada sobre el pecho agitado. Respiraba con dificultad, pero me aseguré de agarrarme a las hojas y raíces bajo mi cuerpo en vez de a cualquier parte del de Meredith.

Ella me miró a través de la maraña de pelo.

—Me has salvado.

Sostuve un dedo en alto.

—Puede que aún no estemos a salvo, así que mejor no lo digas, ¿vale?

Asintió y, al incorporarse, me hincó el codo en las costillas. Con poca elegancia, hice lo mismo, arañándome con el matorral para sentarme agazapado bajo los arbustos espesos. Me incliné hacia delante para echar un vistazo desde nuestro escondrijo con cuidado. El terreno estaba cubierto de flechas y... ¿rollos? Los trozos de pergamino ondeaban en la suave brisa como banderas pequeñas.

Me retorcí y encontré la cesta aplastada y la flecha que la había atravesado. La liberé de un tirón y desaté el rollito envuelto en el asta.

—¿Qué es? —preguntó Meredith.

—No tengo ni idea —dije desenrollando la nota. La leí y parpadeé.

Devuélvanos el pavo real dorado o pondremos su reinado en jaque. Firmado, la familia Su.

Meredith se acercó y miró sobre mi hombro.

—¿Qué significa?

Negué con la cabeza y le di la vuelta al pergamino para inspeccionar todos sus lados. Como no encontré nada más, lo dejé sobre el regazo.

—Creo que la familia Su quiere recuperar su pavo real dorado.

Ella arrugó la nariz.

—¿Es un eufemismo?

—Creo que no.

Meredith salió gateando de nuestro escondite y agarró otra flecha. Me la tendió. Desenrollé la misiva.

Dos vacas y cinco gallinas por nuestra lealtad o espere represalias. Firmado, la hacienda de River Hooks.

—Y cinco gallinas y dos vacas —señaló Meredith amablemente.

Sostuve las notas entre los dedos.

—Es raro, ¿verdad?

—No lo sé, no ha habido un cambio de régimen desde hace...

—Cuarenta años, sí, lo sé —suspiré y cerré los ojos con fuerza. Empecé a sentir una punzada en la sien derecha. Esto de gobernar no hacía más que mejorar.

—¿Alteza? —susurró con un hilo de voz—. Creo que alguien está...

—Ah —dijo una voz muy familiar. Abrí los ojos y vi un par de botas y unas piernas delgadas. Me pasé la mano por la cara y me la llené de tierra al tiempo que Lila se agachaba y miraba bajo el arbusto. Tenía la corona en una mano y una flecha en la otra—. Aquí estás —dijo con una sonrisa de suficiencia. Miró a Meredith y luego a mí—. Interesante.

Fruncí el ceño.

—Supongo que han dejado de disparar.

—Sí, creo que es seguro.

Con toda la gracia de una oveja herida, salí a gatas de los arbustos y la zarza para enderezarme en el camino junto a Lila y Meredith, con las dos notas todavía apretadas en las manos. Meredith recogió la cesta destrozada con las dos zanahorias que quedaban y las estrechó contra sí.

—Zanahorias —dijo Lila con una risita—. Qué bien.

—No tiene gracia.

—Un poco, sí.

Resoplé, molesto.

—Dame eso —respondí y alargué la mano para quedarme con la corona.

Ella la puso fuera de mi alcance chasqueando la lengua.

—No sé, Arek. Quien lo encuentra, se lo queda. A mí me quedaría mejor de todas... —De repente siseó y dejó caer la corona—. ¡Ay!

Se agarró la muñeca con la palma hacia arriba; tenía una marca roja en la piel pálida.

—¿Qué ha sido eso? —pregunté.

Lila sacudió la mano y miró con mala cara la diadema de oro.

—Creo que magia para disuadir a los ladrones. —No sonó del todo convencida.

Recogí la corona y la miré con aire sombrío.

—Bueno, no deberías robar mis cosas de todas formas. Sobre todo después de que haya tenido que correr por mi vida.

Pasé por su lado para observar el huerto y el terreno de alrededor. Había cientos de flechas esparcidas por la tierra. Me sorprendió que Meredith y yo hubiésemos salido de esa relativamente ilesos.

—Alteza —me interrumpió Meredith con suavidad—, está sangrando.

Bueno, ilesos en su mayor parte. Me toqué el lugar donde me ardía la oreja. Se me mancharon las yemas de los dedos con sangre.

—Ah, ya veo.

Lila se puso seria. Volvió la cabeza a un lado con los ojos entrecerrados, los labios apretados, y luego se movió rápida como el rayo para empujarme a un lado y extendió la mano. Atrapó una flecha al vuelo, como un gato con un pájaro. Los dedos se cerraron en torno al asta, cerca de las plumas. Su sangre goteó entre los pliegues.

La trayectoria original de la flecha, si no hubiera sido por la intervención de Lila, iba a atravesarme el ojo y a salir por la parte de atrás de la cabeza.

Tragué saliva.

—Puede que no estemos tan a salvo.

—Puede que no —dijo ella con una expresión contrariada—. Volvamos dentro.

Capítulo 8

—¿Sabéis qué son, verdad? —preguntó Bethany al sacar una tira de pergamino del considerable montón.

Me habría encogido de hombros, pero el médico de la corte estaba inclinado sobre mi oreja y no me atreví a distraerle de lo que fuera que estuviera haciendo. Me quedé inmóvil como una estatua en el taburete junto a una estantería a rebosar y, en el regazo, la corona de oro reluciente con una mancha de sangre. Me quité una hoja de los pliegues de la camisa y la tiré al suelo.

—¿Peticiones? —sugerí.

—Exigencias. —Sionna se cruzó de brazos—. Desafíos directos a tu reinado.

Lila y yo habíamos escoltado a Meredith a las cocinas antes de encontrarnos con Bethany, Rion y Sionna en una habitación llena de pergaminos y libros. Supuse que era el despacho de Barthly. Tenía un escritorio, un tintero y pergaminos en blanco. Ah, y una calavera humana que me juzgaba desde una estantería con su mirada vacía. Habría que redecorar la estancia antes de que considerase utilizarla yo mismo.

Habían abierto un gran ventanal para dejar entrar la luz y el aire y que se llevase el olor a humedad. Cuatro de mis cinco consejeros estaban de pie alrededor del escritorio grande y pesado, mientras examinaban los trozos de pergamino que revoloteaban con la suave brisa. El montón... no era pequeño.

—Genial. ¿Qué hacemos con ellos?

—¿Qué quieres hacer? —preguntó Rion—. Eres el rey.

—Ya, deja de recordármelo. —Me encogí de dolor cuando el médico le hizo algo a mi oreja—. No sé, ¿quemarlos? ¡Ay! ¿Qué mier...?

—Tome. —Meredith había vuelto con vino, bendita sea, y me puso una copa llena en la mano. Antes de que pudiera darle las gracias, se retiró a un rincón con la jarra, temblando como una hoja. Sionna le lanzó una mirada que no pude descifrar y que seguramente había asustado a Meredith incluso más.

Bethany resopló y Sionna apartó la mirada. Bethany dejó un pergamino y agarró otro.

—¿Has leído alguno?

El vino era fuerte y, tras unos sorbos, sentí el calor hormigueándome por las mejillas.

—Sí, parece ser que la familia Su quiere que le devuelva el pavo real dorado.

Lila bufó. Tenía la palma de la mano vendada metida en el pliegue del codo.

—Como si se lo fuera a devolver —dijo en voz baja.

La miré con los ojos entrecerrados.

—¿Qué?

—¿Eh?

Bethany se frotó la frente y soltó el aire de los pulmones.

—Te das cuenta de que estamos jodidos, ¿no?

Desde aquel ángulo, no supe si al médico se le había ido la mano o si pretendía clavarme la aguja en la oreja.

—¡Ay! ¡Ay!

—Mis disculpas, alteza —dijo con sequedad—. Necesita puntos.

—No pasa nada. Estamos bien. —Yo no estaba bien. Basándome en la expresión de todos, no estábamos bien. Me mordí la lengua mientras el médico completaba su tarea antes de guardar sus cosas y marcharse.

—Vale, ahora que se ha ido... ¿Te importa explicarlo, Bethany?

—Ah, no. —Se echó la melena caoba sobre el hombro—. No pienso explicarlo dos veces. Necesitamos a Matt.

—Creo que está en la biblioteca. —Intentando resolver mis otros problemas y, seguramente, todavía enfadado. Porque Matt guardaba rencor como nadie. Me bebí el resto de la copa de un trago.

Meredith salió disparada del rincón y dejó la jarra de vino al borde de la mesa.

—Iré a buscarlo, alteza.

Se dio media vuelta y abrió la puerta que daba al pasillo justo cuando Matt empujaba desde el otro lado. De la sorpresa, él se tambaleó hacia delante y Meredith cayó de espaldas. Salté del asiento para sujetarla y que no se desnucara contra el escritorio, pero Sionna llegó antes y la estabilizó para que se cayese sobre el suelo de piedra. Matt, por otro lado, con el pie herido y el báculo difícil de manejar, se tropezó al entrar en la habitación tratando de evitar a Sionna y a Meredith. Se estrelló contra mi pecho y me dejó sin aliento.

Retrocedí y lo agarré bajo los brazos por acto reflejo. Me golpeé la cadera contra la punta de la mesa lo bastante fuerte como para enviar una punzada de dolor por la pierna y hacer que la jarra de vino se bambolease junto al borde antes de caer. El vino tinto salió disparado por todas partes.

—¡Matt! —dije. Tiré de él, que hizo un gesto de dolor. Nuestros rostros estaban a centímetros de distancia, su frente a la altura de mi barbilla. Apreté su cuerpo contra el mío, sorprendido, ruborizado, y no tan firme como a mí me gustaría. El corazón me latía desorbitado y me cosquilleaban las yemas de los dedos, presionadas contra su espalda.

Se apartó y se puso derecho con un rubor intenso en las mejillas que se extendía por el cuello hasta desaparecer bajo la camisa. Contuve la mueca de dolor ante la evidente aversión de

Matt a estar físicamente cerca de mí. Otra pequeña puñalada de rechazo justo en el corazón. Desde luego, me dolía más que la oreja.

—¡Ay, no! ¡El vino! —gimoteó Meredith. Luego se arrodilló y se le empapó el vestido con el líquido rojo cuando fue a recoger la jarra—. Lo siento mucho, alteza. Iré a por otra ahora mismo.

—No te preocupes —dije con un ademán, aunque por dentro lamenté su pérdida—. No pasa nada, ha sido un accidente. No hay motivos para disgustarse.

Ella se puso de pie y se apretó la jarra contra el pecho mientras la tela de su falda absorbía el vino. Tenía la cara blanca como la leche y unas lágrimas se derramaban por las comisuras de sus ojos. Pensé que se iba a desmayar, incluso con la mano de Sionna apoyada sobre su brazo.

—¿Qué?

—Estamos bien. —Señalé al resto del grupo, que miraba la escena; había pasado de ser una payasada a algo serio en un instante—. ¿Verdad, consejo?

Ellos prorrumpieron comentarios tranquilizadores. Incluso Lila, que no era de las que ofrecen consuelo, le dijo a la chica aterrorizada que todo estaba genial.

—Oye —dije al ver que Meredith todavía parecía un conejito atrapado en una trampa—. No estamos enfadados.

Ella tragó saliva.

—¿No va a mandarme al cepo?

—¡No! ¿Por qué haría eso? Suena horrible.

Ella parpadeó.

—Esta tarde te salvé literalmente de las flechas. ¿Por qué ordenaría llevarte al cepo?

Matt se tensó y se puso pálido.

—¿Flechas?

Sacudí la mano.

—Nos dispararon. Está todo bien.

—Tienes la oreja vendada.

—Casi bien. En fin, no castigo a la gente por un error involuntario. En serio. No me tengas miedo, por favor. A ninguno de nosotros. —Asentí hacia mi banda de idiotas alegres.

Rion la saludó con la mano.

Ella se humedeció los labios.

—Yo... buscaré algo para limpiar esto.

—Espera —dijo Matt alzando la mano—. En parte ha sido por mi culpa. Lo haré yo. —Ladeó el extremo del báculo hacia el desastre que se había formado en el suelo y en la mesa. El charco entero se elevó desde la piedra, al igual que las salpicaduras de nuestra ropa, hasta fusionarse en una esfera grande y flotante de vino que volvió a verterse en la jarra que la chica tenía apretada contra su cuerpo—. Ya está —dijo cuando terminó—. Todo arreglado. Aunque yo no me lo bebería. Dudo mucho de que los suelos estén limpios.

Meredith se quedó con la boca abierta, la cerró de golpe y luego la volvió a abrir. Tenía los ojos como platos.

—Eso ha sido... impresionante.

No me gustó la forma en que miraba evidentemente maravillada a Matt, como si se hubiese medio enamorado de él por el truco de magia.

Matt no se dio cuenta. Y si lo hizo, no dijo nada al respecto.

—Puedes retirarte. —Me salió más brusco de lo que pretendía y ella se fue corriendo de la sala.

Sionna me miró con aire desaprobador y el ceño fruncido.

Me volví a sentar en el taburete y me crucé de brazos.

—Ahora que Matt está aquí, podemos hablar.

Matt me miró y sacudió la cabeza.

—Estaba en la biblioteca como ordenaste, alteza.

Ay. Sí, definitivamente seguía molesto.

Bethany chasqueó los dedos.

—¿Podemos centrarnos, por favor? Porque tenemos problemas.

—Está bien —gruñí—. Siéntete libre de explicarlo.

Ella agarró un trozo de pergamino y lo agitó en mi dirección.

—Son exigencias. Pruebas de tu fortaleza. Los disparos de hoy eran solo para demostrar algo. No intentaban matarte.

—Bueno, eso es algo positivo. —Esbocé una sonrisa débil—. La gente no me quiere muerto.

—Aún —añadió Sionna, siempre tan optimista.

Bethany se pellizcó la nariz.

—Ya, no. Tenemos que leerlos todos y decidir qué lealtades podemos permitirnos comprar. Si no lo hacemos, perderemos el apoyo de nuestro propio reino y probablemente usurparán tu trono.

—Vale. ¿Y si ocurre?

—Nos matarán —dijo Sionna en tono neutro.

Maldita sea. Relaja un poco, Sionna. Miré a Rion, quien asintió de mala gana en señal de acuerdo.

—Esperad —añadió Bethany y levantó la mano—. Esto se pone peor.

Cómo no.

Sacó varios trozos de distintos montones y los dispuso en forma de abanico. No podía ver los detalles desde el otro lado de la mesa, pero sí los sellos de cera de otros reinos en la parte de abajo junto con las firmas con florituras.

—He investigado cada tratado que nuestro reino ha tenido con otros desde la última familia real antes de Barthly. Él los rompió todos. Casi todos los reinos nos odian y, ahora que está muerto, es posible que intenten invadirnos o anexionarse a nosotros.

—Espera —dije. Me puse de pie y crucé la estancia—. Eso no parece tan horrible. Si llega otro reino con las infraestructuras y la capacidad de reinar a arreglar este, no tendremos que hacerlo nosotros. —Dependiendo de lo que Matt hubiese encontrado en la biblioteca, esa opción podría sacarme de este embrollo. Eso me libraría de esta ley de unión mágica absurda.

—Nos matarán, tanto a nosotros como al pueblo —dijo Bethany.

Volví a desinflarme.

—Bueno, entonces no he dicho nada.

—Sí. Necesitamos arreglar esto rápido o definitivamente habrá un derramamiento de sangre. La nuestra, seguro.

—Genial —suspiré—. Vale. Recapitulemos, nuestros supuestos aliados nos están poniendo a prueba. Y los otros reinos nos odian. ¿Tenemos alguna defensa?

Sionna se apoyó contra la pared y se cruzó de brazos.

—No tenemos ejército. Los seguidores a los que no matamos han huido. Y como Barthly usaba el miedo para mantener a los soldados a raya, no había lealtad, salvo hacia sus cabezas y cuerpos, así que aquellos que, digamos, no estaban de acuerdo con él también se han ido.

—Eso es de ayuda. De gran ayuda. Y por muy increíbles que seamos, dudo de que podamos contener al ejército de un reino entero por nuestra cuenta. —Me masajeé las sienes, con cuidado de no rozar la oreja herida. La muerte empezaba a parecer una opción más que plausible—. ¿Quiero saber tus novedades, Rion?

Él se removió. Rion nunca lo hacía.

—No hay caballeros. Los vasallos se negaron a enviar a sus hijos con... Barthly, pero en realidad no los necesitaba, ¿no? No cuando tenía a sus seguidores. Y toda esa magia negra.

—Buf. Entonces no tenemos aliados, ni ejército, ni caballeros y tampoco tenemos idea. Genial. Simplemente genial.

—Menos mal que estamos forrados. —Lila se pertrechó en el alféizar de la ventana y una sonrisa descarada se extendió en su rostro.

Alcé la cabeza, ya que había estado estudiando las llamas y montañas de esqueletos bordados en la alfombra. Pues sí, redecorar subió varios puestos en mi lista de tareas, justo debajo de sobrevivir y de descubrir cómo se gobierna un reino.

—¿Qué?

—Literalmente somos el reino más rico de, bueno, de la historia. —Se encogió de hombros—. La cantidad de oro que he encontrado me ha puesto los dientes largos, y eso no lo digo a la ligera.

Me animé. Una cantidad de oro lo bastante grande como para impresionar a Lila era mucho oro.

—Por no mencionar las reservas de grano —continuó—. Las montañas de joyas y objetos de valor. Las caballerizas llenas. Y el ganado. Es asombroso.

—¿Somos ricos?

Ella se enroscó un mechón de pelo rubio en el dedo.

—No somos ricos. Nadamos en la riqueza. Podría hacer largos en las montañas de dinero que hay en la mazmorra.

—¿La mazmorra? ¿Guardaba el oro en la mazmorra?

Lila volvió a encogerse de hombros.

—Tampoco es que metiera allí prisioneros.

Cierto. Al parecer, mataba a quienes no le caían bien. Y la única prisionera que tuvo estaba encerrada en una torre, no en el calabozo.

—El dinero no lo soluciona todo. —Matt se inclinó sobre los pergaminos y pasó los dedos por encima de varios. Se encorvó mientras analizaba las misivas; la carga de nuestro dilema parecía pesarle sobre los hombros.

—No —coincidí—, pero ayuda mucho. Lo primero, tenemos que subirles el sueldo a los sirvientes del castillo.

Lila arqueó una ceja.

Sionna frunció el ceño.

—El dinero no comprará su lealtad.

—No, pero si el personal está feliz, nuestras vidas serán mucho más sencillas. No sé vosotros, pero si no tenemos que pensar en la siguiente comida ni en quién nos va a lavar las mudas, podremos concentrarnos en problemas más acuciantes.

—Tiene sentido —dijo Sionna.

—Ahora vamos a organizar esto y a trabajar en las cuestiones más razonables. Las vacas y los pavos reales de oro son asequibles. Cualquier cosa extraña, pónganla en un montón aparte.

—Esta persona quiere que te cases con su hija, Arek —dijo Lila con una sonrisa pícara al tiempo que agitaba el pergamino en mi cara.

Desde luego, no miré a Matt.

—Esa va claramente al montón de las raras. Gracias. Lila, necesitamos un inventario de todo. Que Harlow te ayude.

Ella se irguió.

—Vale. Me puedo encargar. Por supuesto.

—Genial. Bethany, descubre qué reinos tienen dificultades y qué necesitan. Si es grano, podemos darles algo. Si necesitan aligerar sus deudas, también podemos ayudarlos. Empecemos por ahí y dando una mano amiga y ayuda con lo que podamos. Eso puede rebajar la tensión y conseguir aliados. Y, lo más importante, nos dará tiempo.

—No es mala idea. —Sonrió—. También arrojaré algo de encanto y ya veremos a dónde nos lleva.

—Buena idea. —Tamborileé los dedos sobre la mesa—. ¿Qué deberíamos hacer con los caballeros, Rion?

Él se reanimó.

—Deberíamos... —Apretó los dientes—. Deberíamos invitar a los hijos de los lores del reino para convertirlos en escuderos.

—Eh... ¿solo preguntar? Con educación, supongo.

—Antes de B-Barthly —dijo trabándose con el nombre— era un honor recibir una invitación al castillo para convertirte en caballero. Es una buena opción para los segundos hijos, ya que no pueden heredar las tierras de sus padres.

—Bueno, no parece justo.

Rion hizo un gesto que venía a decir «así son las cosas» que no le había visto nunca. Encogió ligeramente los hombros y compuso una mueca. Ah, las reglas de la nobleza eran muy raras.

—Entonces envía los mensajes, pero invita a todos los hijos mayores de edad. Tenemos pruebas más que suficientes sentados a esta mesa de que otros géneros luchan igual de bien que los hombres.

—¿Quién va a entrenarlos? No tenemos caballeros experimentados.

Parpadeé.

—Tú, Rion.

—Yo solo era un escudero cuando...

—Cuando te conocimos. Eso fue hace siglos. —Me encogí de hombros para desestimar su preocupación.

—Siete meses.

—Has demostrado de sobra que eres un caballero. Al menos a mí. —Miré a los otros para que lo confirmasen, temeroso de haberme perdido algo sobre los deberes caballerescos aparte de luchar, mantener a la gente con vida y ser leales a una causa—. ¿Verdad?

—Ninguno de nosotros estaría vivo sin Rion —dijo Lila con el más leve rubor arrebolándole las mejillas—. Incluida yo.

—Arek —intervino Matt con suavidad—, tienes la potestad de convertirlo en caballero.

—¿La tengo? —Sonreí por primera vez desde que nos habíamos reunido. Podía hacerlo por Rion. Podía darle algo que siempre había querido, algo que le negaron por culpa de Barthly. Me embargó la emoción: el primer acto como rey del que podría estar orgulloso—. Está bien. De ahora en adelante, te nombro sir Rion. Hecho. —Matt me dio una patada en la espinilla. Levanté la pierna y me golpeé la rodilla con el borde de la mesa—. ¿Qué puñetas haces, Matt?

—Hay una ceremonia completa...

—No —dijo Rion. Tenía los ojos muy abiertos y humedecidos. Se aferraba al borde de la mesa con las manos. Parecía estar a punto de llorar y estar conteniendo las ganas de venir corriendo para darme un abrazo—. No necesito una ceremonia. Me basta con eso. Ha sido perfecto.

—Estupendo. Bethany, ahí tienes una pila de pergaminos; documenta que sir Rion entrenará a los caballeros, por favor.

Bethany agarró uno en blanco, introdujo la pluma en el tintero y garabateó.

Rion resplandeció.

—Gracias, alteza.

—Ah, no, ni se te ocurra. Soy Arek. Solo Arek.

Rion asintió. Se pasó una mano por la cara y luego alzó su copa.

Sionna carraspeó.

—Deberíamos hacer lo mismo con el ejército. Ofrecerle al pueblo del reino un sueldo por ser soldados. Pueden formar parte de las fuerzas durante unos años y luego volver a casa si lo desean.

—¿Lila? —pregunté—. ¿Tenemos bastante para hacerlo?

Ella bufó.

—Tenemos bastante dinero para hacer cualquier cosa. Y si nos quedamos sin monedas, cosa que no ocurrirá, podemos liquidar los otros bienes.

—Bethany, añade que la generala Sionna establecerá los procedimientos para engrosar nuestras filas, por favor. No, espera, no utilices «engrosar». No suena bien. ¿Qué diría un rey?

—«Reforzar» —propuso Sionna—. Reforzar el ejército.

—Sí. ¿Te parece bien «generala»? ¿O preferirías...?

—«Generala». Me gusta.

—Perfecto. Anota eso, Bethany.

—¿Y qué hay de *sus* seguidores? —preguntó Sionna. Unió las yemas con los dedos extendidos—. Siguen ahí fuera. Puede que intenten atacarnos. Sobre todo ahora que nuestras defensas se limitan a los que estamos aquí sentados.

—Arek le cortó la cabeza a Barthly —dijo Matt directo al grano—. ¿Crees que se arriesgarán? Fue el rey más temido desde hace siglos y él —señaló en mi dirección— es la persona que lo derrotó.

No supe cómo tomarme aquello. Pero me dio una idea.

—Deberíamos ofrecerles el perdón. —Esperaba el coro de gruñidos por toda la mesa. Después de todo, sus seguidores nos habían perseguido día y noche durante meses, pero me impuse sobre las objeciones—. Les ofreceremos el perdón a cambio de que juren lealtad a su nuevo rey, que se unan al ejército y que acepten una reducción de salario. Es mejor que darles caza y ejecutarlos.

—Pues... no es una idea tan horrible —dijo Sionna despacio, como si lo estuviese procesando mientras hablaba y solo hubiese aceptado la idea después de haberlo expresado en alto.

—A veces tengo buenas ideas.

—Eso es discutible. —Lila estiró sus largos brazos sobre la cabeza—. Pero esta no es la peor. Y tenemos el dinero.

—¿Rion?

—Es una propuesta sensata. Por mí, bien.

—¿Matt?

—No tengo ninguna objeción siempre y cuando los vigile alguien —suspiró.

—Genial. Lady Bethany, ¿lo has apuntado todo?

—Sí. —Hizo una pausa—. ¿Ahora nos estás dando un título a todos? No es que me queje. —Batió las pestañas—. Siempre me he considerado una dama.

—Claro. ¿Y tú, Lila? ¿Te hace ilusión un título?

Ella compuso una mueca y desestimó mi pregunta con un ademán.

—Estoy bien, gracias.

Asentí. Me tomé un instante para asimilar toda la información de aquella conversación y luego exhalé.

—Bien —dije—. Tenemos un plan.

Paseé la mirada por la mesa, tanteando la energía de todos. Lila parecía extremadamente satisfecha consigo misma, con los labios curvados en una sonrisa mientras se mecía en el alféizar de la ventana como solo una feérica podía hacer. El sonido de la energía con la que Bethany rasgaba el pergamino con la pluma llenaba la sala. Rion miraba sobre el hombro de Bethany, asintiendo a medida que escribía. Sionna rebuscaba en el montón de pergaminos, los leía y los clasificaba. Y, por fin, por fin, me sentí un poco mejor sobre este lío.

—¿Y tú, Matt? —le preguntó Sionna mientras se reclinaba y se daba toquecitos en la mejilla con una servilleta—. ¿Qué tal te ha ido el día?

—Eso. —Lila se inclinó hacia delante. Apoyó el codo sobre la rodilla y la barbilla en la mano—. ¿Qué has descubierto, Matt?

Él ignoró mi mirada penetrante de «no te atrevas» y empezó a girar el báculo distraídamente.

—Estuve investigando en la biblioteca. —Me lanzó una mirada. Resistí la tentación de darle una patada. Por su expresión, creía que debería contarles lo de la ley de las almas gemelas. Entrecerré los ojos.

—¿Y? —insistió Bethany, interrumpiendo nuestra conversación silenciosa.

—Encontré un libro de hechizos y otro sobre leyes.

—¿Algo relevante?

—Tengo que seguir estudiándolos.

Lo que significaba que había encontrado algo. Matt no mentía abiertamente. Para empezar, se le daba de pena y su madre se daba cuenta cada vez que lo intentaba, que los espíritus la guíen. Segundo, Matt siempre había dicho que no le gustaba tener que sostener varias versiones y pensaba que decir la verdad era más fácil. Pero era capaz de evadirla y esquivarla como un pez nadando a contracorriente evitando las rocas y los osos.

Bethany alzó la pluma.

—¿Ahora eres lord Matt?

—Sí, por supuesto que lo es.

—No soy noble.

—¿Como yo? —pregunté ligeramente molesto. Pero no podía estar mucho tiempo enfadado con Matt. Nunca había podido y ya sentía cómo se desvanecía mi irritación. Sostuve en alto la corona manchada—. Soy hijo de granjeros, pero ahora soy el rey Arek. Tú puedes ser lord Matt.

—Está bien —suspiró.

—Bien. —Me puse en pie—. Estoy contento con nuestros planes. Estoy contento de que todos estemos aquí, de que tengamos comida, cama y un techo sobre nuestras cabezas. —Alcé la copa—. ¡Salud!

Los otros no tenían vasos, pero vitorearon igualmente.

—¡Sí, alteza!

Le di un trago y dejé la copa con un golpe en la mesa.

—Vale, me duele la cabeza. Y estoy agotado. Me voy a descansar.

—Que te mejores, Arek —dijo Sionna rozando mi mano—. Que descanses.

Un rubor se extendió por mis mejillas.

—Gracias, generala Sionna.

Salí de la sala y atravesé el pasillo silencioso hacia mis aposentos. Solo me perdí una vez en el proceso. Entré, cerré la puerta tras de mí y me apoyé en la madera; me palpitaba la parte de atrás de la cabeza. Respiré hondo. Habían limpiado la habitación. Habían cambiado las sábanas y el armario estaba repleto de ropa mucho más lujosa que cualquier cosa que hubiese llevado en la vida. Había leña apilada junto a la chimenea. Sobre la mesa habían dispuesto un bol de frutas. Un par de zapatillas asomaba debajo de aquella cama tan grande y una jofaina con agua humeaba en la mesita de noche.

Lancé la corona sobre la mesa, me lavé, me cambié y me deslicé entre las sábanas. Era por la tarde noche, pero sentía que podría dormir la noche entera. Sin embargo, me quedé mirando el techo. Durante los últimos nueve meses me había acostumbrado a no estar solo a la hora de dormir, así que ahora me resultaba extraño no tener la calidez de otro cuerpo junto a mí.

Deseaba que Matt se acostase a mi lado, como solía hacer cuando viajábamos, siguiendo una profecía ambigua hacia lo que nos tuviera preparado el destino. Lo esperé durante un buen rato mientras contaba ovejas y pensaba en los problemas que seguían a la espera; recordé cómo la cabeza de Barthly había caído y salpicado el suelo y cómo el espíritu de la princesa escapó de la torre y me acarició el brazo al marcharse. Esperé hasta que me pesaron demasiado los ojos y mi mente se relajó al fin.

No vino.

Capítulo 9

—Siempre has dormido como un tronco. Al menos, antes de que todo esto ocurriera.

Abrí los ojos una rendija. El sol entraba a raudales por las aberturas de los postigos.

—¿Qué?

—Anoche te perdiste la cena. Harlow acaba de traerte el desayuno.

Se estaba calentito, mi almohada era suave y Matt estaba sentado en la cama a mi lado. Estaba recostado contra el cabecero, completamente vestido, y tenía los pies enfundados en unas botas nuevas y relucientes que se cruzaban por los tobillos. Llevaba una camisa azul y unos pantalones marrones; tenía el pelo tan largo y desaliñado como siempre. Se le enroscaba en torno a las orejas en rizos castaños y le caían por la frente de una manera tan adorable que por un momento, mientras mi cerebro pasaba del sueño a la vigilia, olvidé que estaba disgustado con él. Se me revolvió el estómago por la vergüenza y el enfado a partes iguales, así que me di la vuelta para alejarme de él y me acurruqué en mi lado.

—Te esperé anoche. —Tenía la voz tensa, pero esperaba que la almohada la amortiguase lo bastante como para que Matt no lo oyese.

Él resopló.

—Sabía que probablemente lo harías.

—No viniste.

—No. Estaba enfadado.

—Bueno, ahora soy yo el que está enfadado.

Matt me clavó el dedo en el costado. Me alejé más de él.

—Enfádate todo lo que quieras, pero tenemos que hablar.

Me metí debajo de las sábanas todavía más y lo ignoré.

—No.

—Eres lo peor.

—Soy el rey.

Volvió a darme toquecitos, esta vez con más fuerza.

—Entonces actúa como tal. Estoy aquí como tu consejero.

—¿No como mi amigo?

Matt hizo una pausa. El momento se volvió tenso. Luego dejó escapar una risita entrecortada.

—Claro que sí, idiota. Siempre seré tu amigo.

Me encogí por dentro.

Él tomó la almohada de plumas y me la sacó de debajo de la cabeza. Luego me golpeó con ella.

—Uf.

Se la quité, me tumbé encima de ella y me di la vuelta para mirarlo. Apoyé la cabeza bajo el brazo doblado y lo fulminé con la mirada, aunque sin mucho entusiasmo. Él me contempló con esa cara tan perfecta que resultaba irritante.

—¿Necesitas que te recuerde que ayer me dispararon con una flecha en la oreja? —Me señalé el vendaje; debajo, me latía la herida.

—Estás bien.

—¡Me dieron puntos!

—Uno. Un solo punto, Arek. Has estado peor.

Fruncí el ceño.

—Oye, ¡intenta tú escapar de una lluvia de flechas! ¡Fue aterrador! ¡Seguro que me ha quitado años de vida!

La expresión de Matt se suavizó.

—¿De verdad que estás bien?

—Sí —gruñí—. Estoy bien.

—Vale, porque he encontrado algo.

—¿Aparte de ropa nueva?

Se pellizcó la tela de la camisa.

—Es lo único que tenía en el armario que no fuera una túnica. —Frunció los labios—. Paso de llevarlas. Sé que tanto el hechicero como Barthly lo hacían, pero yo me niego.

—Apuntado —dije con el tono más monótono y seco que pude.

—Vaya, alguien está de mala leche.

—Me has despertado.

—Deberías de estar despierto. Casi es media mañana.

—Si eres una gallina.

Eso se mereció una risita. La sonrisilla se convirtió en una sonrisa completa —la forzada, no—, esa que le salía con mucha facilidad cuando estábamos en casa, pero estos últimos meses rara vez las esbozaba. Una sensación cálida de felicidad se extendió desde mi pecho por haber hecho reír a Matt.

—Bueno, su majestad, ¿quieres saber lo que he encontrado o deberíamos esperar a que estemos todos en la sala de reuniones más tarde? —Matt se frotó los nudillos contra la camisa nueva; trataba de mostrarse despreocupado, pero falló estrepitosamente—. Estoy seguro de que querrán saberlo todo sobre tus nupcias inminentes.

Volví a dejarme caer en el colchón. Sentí la bilis subiéndome por la garganta.

—Que te den. Pero bueno, dime.

—Tengo buenas noticias y malas noticias.

—Las malas —dije antes de que me preguntase cuál quería primero. Como diría mi padre, que los espíritus lo amparen, mejor enfrentarse al problema de frente en lugar de salir corriendo.

Si lo pensaba era bastante divertido, porque fue justo lo que hice: salir corriendo. Pero corrí hacia mi destino, no de él, precipitándome como un cabeza loca hacia la edad adulta. Ahora que lo había conseguido, solo quería que las cosas fueran como antes.

—Vale. La mala noticia es que sí, existe una ley mágica que dice que necesitas desposarte para ser el rey de este reino. Tu alma debe unirse a la de otra persona y, mientras el alma de esa otra persona esté junto a la tuya, serás el rey.

—Espera. —Me incorporé de pronto y crucé las piernas, mirándolo de frente—. ¿Qué significa eso?

—No estoy seguro. El hechizo en sí es bastante ambiguo. No sé si eso significa que si tu consorte muere, dejarás de ser rey, que morirás con esa persona o si simplemente puedes volver a casarte. Obviamente, Barthly atrapó el alma de la princesa en la torre para reinar incluso después de que ella hubiera muerto, así que debe haber algo sobre la permanencia del alma en este reino para que Barthly siguiese siendo rey.

—Pero ¿por qué?

—Es una salvaguardia. *Como dijo Harlow. Las almas entrelazadas están destinadas a complementarse, a sacar lo mejor y a apaciguar lo peor.*

Resoplé.

—Ya, como si eso hubiese funcionado.

—¿Verdad? ¿Te imaginas lo horrible que habría sido si hubiera reinado solo? Me pregunto si el alma de ella fue la razón de que la profecía se escribiera y se cumpliese.

Era mucho que procesar. Demasiado. Las implicaciones eran descomunales. ¿Significaba eso que si yo moría, la pobre persona vinculada a mí también lo haría? ¿Si alguien quería asesinarme, podrían atentar contra el vínculo con mi consorte? ¿Si odiaba a la persona con la que me uniese, estaría atrapado con ella no solo en esta vida, sino en la próxima? Sacudí la cabeza.

—Vale. Esta era la mala noticia, ¿no? Que estoy atrapado por una ley mágica y que tendré que unir mi alma con la de otra persona.

Él se mordió el labio inferior.

—El hechizo deja claro que si no lo haces, estarás en apuros.

—¿De qué tipo?

Matt arrugó la nariz.

—Te debilitarás, si lo he traducido bien.

—¿Debilitarme? —Me palpé el pecho—. ¿Como enfermar?

Matt se mordió el labio.

—Como morir, creo.

Me desplomé hacia delante, con los codos apoyados en las rodillas mientras me frotaba la cara.

—Dime la buena noticia, por favor. Necesito algo bueno.

—La buena noticia es que tienes hasta que cumplas los dieciocho para encontrar a alguien.

—¡Eso no es una buena noticia! Los cumplo dentro de tres meses. ¡Tres meses!

—¡Mejor que tres días!

—Entonces si no encuentro a mi alma gemela en tres meses, voy a... ¿morir?

Matt alzó las manos.

—Todo apunta a que sí. Pero no lo sé a ciencia cierta. Veré qué más puedo encontrar.

El apetito que debería de haber ganado durante la noche desapareció. Me dejé resbalar de la cama al suelo en una imitación perfecta de una sustancia viscosa.

Matt se inclinó sobre el borde de la cama. Tenía el rostro contraído por la preocupación, con los labios apretados y el ceño fruncido.

—¿Estás bien?

—No —suspiré. El suelo estaba frío contra mi piel, incluso a través de los pantalones. Me vendría bien tener una alfombra en la habitación—. ¿Por casualidad descubriste algo sobre la ley mágica de sucesión cuando revisaste esos libros?

—Qué va. Según un sirviente, Barthly destruyó la mayoría de los pergaminos de historia, así que no he encontrado nada sobre el rey anterior salvo su nombre. Nada sobre cómo heredó el trono.

Me pellizqué el puente de la nariz con el rostro contraído.

—Basándonos en lo que sabemos, la princesa estaba unida a Barthly y encerrada en la torre, donde su alma quedó atrapada cuando murió. Así que Barthly era rey tanto por la maldita usurpación como por estar unido a la última heredera.

—Ya, no dejó cabos sueltos.

—Si yo soy el rey, entonces tengo que unirme a alguien o me debilitaré.

—Correcto.

Bueno, esto era justo lo contrario a lo que esperaba. Mis planes para lo que ocurriría después de cumplir la profecía se habían desmoronado, sus hilos estaban rotos y caían inertes sobre la piedra. Se me formó un nudo en la garganta cuando eché la cabeza atrás y miré a Matt. Él tenía la vista clavada en la pared, con el ceño fruncido y un gesto meditativo. No sabía qué era peor: confesarle mis sentimientos a Matt y que se uniese a mí por su sentido de la obligación para evitar que muriese, o vivir unido a otra persona y que Matt permaneciese cerca, pero lejos de mi alcance. Creo que no podría vivir con ninguna de las dos, por no mencionar lo injusto que sería para todos los implicados. No. No podría. No lo haría.

—Vale, entonces está decidido. Voy a poner a prueba la magia.

Matt alzó tanto las cejas que desaparecieron bajo el flequillo.

—¿Qué?

Me puse de pie utilizando la cama como punto de apoyo.

—Renunciaré a la corona, anunciaré mi abdicación y veré qué ocurre. —Ante la expresión horrorizada de Matt, continué antes de que pudiese objetar—: Mira, el destino, la profecía y la magia me han estado llevando de la oreja durante el último año. Y estoy un poco harto. Lo de ser rey, vale, lo compro, al menos tenemos comida y refugio aquí y dudo de que vaya a ser peor que el último. Incluso si me da un miedo horrible gobernar de pena. Pero ¿unirme a otra persona? Eso es ir demasiado lejos.

Quería poder decidir. Quería a Matt, pero habría que dejar esa conversación para otro momento, cuando no estuviese bajo coacción y él no lo interpretase como algo que no fuesen mis sentimientos verdaderos.

Frunció el ceño en un gesto de preocupación.

—¿Preferirías enfrentarte a las consecuencias de renunciar a la corona antes que unir tu alma a la de otra persona?

Hice un gesto airado.

—¡Es que no sabemos las consecuencias! Solo digo que me gustaría saber si hay una posibilidad de que mi futuro albergue algo aparte de encontrar a alguien que se una a mí para salvarme la vida. Si puedo abdicar, podríamos marcharnos. Tendríamos opciones.

Matt no respondió. Se mordisqueó el interior de la mejilla, con su ridícula cara bonita arrugada en un gesto pensativo. Seguramente estaba pensando en cómo convencerme de que no siguiera ese rumbo.

No le di la oportunidad. Crucé la habitación hasta la mesa, donde había dejado la corona. La agarré y me la puse.

—Venga —le dije y le tironeé de la manga en dirección a la puerta—. Nos vamos a la sala del trono.

—¿Estás seguro de que quieres hacer esto? —me preguntó Matt cuando bajó del estrado y se volvió para mirarme.

—No. —Me senté en el trono, la corona sobre la cabeza, con Matt y Harlow mirándome. Harlow ya estaba allí cuando Matt y yo irrumpimos para llevar a cabo la misión y, bueno, no estaría mal tener otro testigo—. Pero no pierdo nada por intentarlo, ¿cierto?

La inseguridad reflejada en el rostro de Matt era digna de recordar. Se rascó la cabeza, con el remolino de punta, y no se atrevía a mirarme a los ojos.

—¿Vosotros dos nunca estáis de acuerdo?

—Solo parece... drástico.

—No lo es.

—Poner a prueba una ley mágica es drástico, Arek.

Hice un sonido vulgar con los labios.

—No lo es.

—Creo que hemos perdido la perspectiva de lo que consideramos drástico durante el último año. Pero intentar abdicar del trono con la posibilidad de morir en potencia para evitar unirte a una persona cumple con los requisitos —declaró Matt como solo él podía hacer, totalmente inexpresivo y, aun así, con cierto aire sufrido.

—No es solo el matrimonio. Es vincular mi alma. Estar atrapados. Juntos. Para siempre.

Matt agachó la cabeza.

—¿Tan malo sería?

Por un momento, pensé en decirle cómo me sentía allí mismo, que no sería tan malo estar atrapado para siempre con alguien, no si esa persona era Matt. Pero entonces me di cuenta de que probablemente nunca había habido un momento menos romántico en la historia para profesarle tu amor a alguien.

—Solo me gustaría tener la oportunidad de contar con más de tres meses para solucionarlo —dije, en cambio—. Y de no morir si no lo hago.

Matt compuso una mueca.

—No quiero verte sufrir.

—Aprecio tu preocupación, pero preferiría saber que en realidad no estoy atrapado en esta situación antes de que pueda reclutar a alguien para pasar el resto de su existencia conmigo.

—Alteza —habló Harlow por primera vez—, ha sido un honor servirle estos últimos días.

—Gracias, Harlow. Eso no ha sido para nada agorero.

—Debe estar preparado para lo que ocurra, mi señor.

Por los espíritus. Harlow apostaba en serio por mi muerte. Genial. Maravilloso. Estupendo. Apreté los brazos contra el trono para tranquilizarme. El corazón me latía tan fuerte que pensé que me iba a romper las costillas. Empecé a sudar.

—Allá vamos —murmuré sin mucha esperanza. Me puse de pie y me quité la corona, la deposité sobre el trono y luego me hice a un lado—. Yo, rey Arek, soberano de Ere en el reino de Chickpea, por la presente, abdico...

Eso fue todo lo que pude decir antes de que un dolor abrasador me recorriera. Sentí como si me estuviesen aplastando de dentro hacia afuera. Mi cuerpo se convulsionó. Apreté los dientes ante el tormento repentino y abrumador, pero no hizo mucho para evitar la oleada de agonía.

Caí de rodillas y luego sobre los codos. El sabor a cobre me inundó la boca y, con una mano temblorosa, me toqué el rostro para descubrir que tenía los dedos cubiertos de sangre roja y espesa.

Unos gritos llenaron la sala, pero estaba demasiado ido como para distinguir qué decían. Dejé de oír y la estancia se desvaneció por los bordes hasta que lo único que pude ver fue el patrón de la alfombra.

Unas manos tiraron de mi cuerpo y alguien me irguió con el brazo rodeándome el pecho. Me tambaleé sobre las rodillas. Mi cabeza cayó hacia delante y la sangre brotó a chorros de mi nariz.

La imagen de Matt onduló frente a mí. Me enfundó la corona en la cabeza y luego me aferró por los hombros.

—¡Arek! ¡Retíralo! ¡Haz algo! ¡Di algo!

Me agarró de la barbilla y me levantó la cabeza. Sentía la lengua hinchada en la boca. La sangre me provocó arcadas.

—¡Arek! —volvió a gritar Matt. Me sacudió—. Retíralo. Venga. Tienes que hacer algo. No puedo combatir esta magia.

—Soy... —Lo intenté—. S-soy...

Me dolía todo. Ay, espíritus, había sido una mala idea. Al menos volvería a ver a mis padres. Y puede que a la madre de Matt. ¿Y si me convertía en un fantasma y encantaba el castillo? ¿Y si de verdad me quedaba atrapado allí como la princesa, unido a este lugar incluso cuando intentaba marcharme? No podía hacerlo. No podía hacerle eso a Matt.

—¡Arek! —Matt me acunó la mejilla—. Retíralo. Di que eres el rey. Puedes hacerlo. Di que eres el rey.

Cuando Matt se ponía como loco daba miedo. Las lágrimas caían por su rostro pálido. El cuerpo le relucía por la impotencia de su poder. Nunca lo había visto tan asustado. Y yo no quería ser la causa.

Tomé una bocanada de aire estertórea y agitada, e hice acopio de todas mis fuerzas, que disminuían por momentos.

—Soy... el rey de Ere.

El alivio fue instantáneo. La respiración se me entrecortó. Las lágrimas me caían a mares de las comisuras de los ojos. Cuando caí hacia atrás, los brazos que me rodeaban me tumbaron en el suelo.

—Joder —masculló Matt. Se agachó y buscó mi mirada mientras me apartaba el pelo de los ojos—. Ha sido una mala idea. Una idea horrible.

—Y una mierda.

Matt soltó una risa demente e histérica y me pasó la mano por el pelo mientras lloraba y sonreía. Era la persona más hermosa que había visto nunca.

Intenté corresponder a su sonrisa, pero no pude. Mis labios no se movían, pero mi corazón seguía bombeando. Y estaba vivo.

La risa aliviada de Matt y su contacto tranquilizador eran un extra.

Se me empezaron a cerrar los ojos y no intenté evitarlo.

Decir que nuestro experimento había sido un fracaso épico era quedarse cortos.

Estaba definitivamente atrapado como rey de Ere en el reino de Chickpea.

—Ey —grazné cuando me desperté. Matt estaba sentado en la cama a mi lado, con los dedos entrelazados con fuerza y el rostro pálido y demacrado.

Se sobresaltó.

—Ah, joder, menos mal. Estás despierto.

Justo lo que yo sentía.

—¿Cuánto tiempo he pasado inconsciente?

—Un rato. —Vertió un frasco en una copa de agua y me la acercó a los labios—. Ten, bébetelo.

—¿Qué es?

—Una poción fortalecedora que te ha preparado el médico. Dijo que tienes suerte de que tus órganos sigan intactos.

—Qué suerte —coincidí con sorna. Tomé un sorbo con cuidado; no estaba seguro de tener la fuerza para sostener la copa. Sabía a rayos, pero me la bebí entera de todas formas porque Matt tenía tan mal aspecto como me sentía yo y tenía un pálpito de que era culpa mía—. Puaj. Qué asco —dije cuando apartó la copa. Ya sentía que la poción hacía efecto y que me calentaba por dentro a medida que el líquido descendía por el gaznate.

—Te lo mereces —dijo Matt con delicadeza—. Te he cubierto todo el día y ya sabes lo que pienso de mentir.

—Se te da fatal. —Estiré las piernas y compuse una mueca. Uf, no, mala idea. Moverme en general era desagradable. El dolor me atravesó y viajó desde la cabeza hasta los dedos de los pies como si me hubiese golpeado un rayo.

—¿Cómo te encuentras?

—Como si hubiera estado a punto de morirme.

Matt apretó los labios pálidos.

—Ni se te ocurra volver a hacerlo. ¿Entendido? Ha sido horrible y pensé... pensé... —Respiró hondo. En un intento de tranquilizarlo, extendí el brazo y le di unas palmaditas en la mano que tenía más cerca, sobre el colchón. Maldición. Hasta eso me dolía. Pero a pesar del dolor que sentía, no podía evitar estar feliz por tener a Matt a mi lado en la cama, como en los viejos tiempos—. En fin —añadió tras recomponerse. Se estremeció, como si su cuerpo estuviese sacudiéndose el miedo—. La abdicación queda descartada.

—Totalmente —coincidí. Lo cual no era para nada lo ideal. Aquella artimaña había confirmado que sería rey hasta la muerte, algo que aparentemente podría ocurrir en apenas tres meses si no encontraba a mi alma gemela.

Matt dio una palmada y me sacó de mis pensamientos del sobresalto.

—Plan nuevo. —Se puso de pie y cruzó la habitación con cautela hacia el morral. Rebuscó en su interior y lanzó un libro al colchón, justo al lado de mi hombro. Volví el cuello y arqueé la ceja cuando reconocí la portada.

—¿El diario de la princesa?

—Empieza por ahí.

—¿Eh?

—Piénsalo. Estás encerrado en una torre. No sabes si saldrás algún día de allí. Escribirías las cosas importantes, ¿no?

Me senté con esfuerzo; mis músculos tenían la consistencia de un espagueti. Me apoyé con todo mi peso contra el cabecero, tomé el diario y recorrí el lomo agrietado con la yema de los dedos. Aquel diario contenía los últimos pensamientos de la última noble de la última dinastía. Era una reliquia, una pieza importante de la historia que seguramente debería estar tras un cristal en la biblioteca. Lo mecí entre las manos. Pesaba, y no me refería solo en el sentido físico.

—Supongo.

—Estúdialo y recupérate. Yo iré a la biblioteca.

—Matt.

Sostuvo un dedo en alto.

—No empieces con «Matt». Ya estoy en ello. Voy a investigar las leyes mágicas y los contrahechizos; quizás encuentre la forma de deshacer todo esto. O, al menos, una forma de reducir el daño.

Pasé las páginas con el pulgar.

—Gracias.

—Deberías agradecérmelo, sobre todo después de la que has liado hoy. Harlow y yo tuvimos que cargar con tu peso muerto. Por suerte, no nos encontramos con los demás. En ese caso, no habría sido capaz de guardar tu estúpido secreto.

La comisura del labio se me contrajo hacia arriba. Al parecer, mi escarceo con la muerte había disipado más o menos la tensión que había entre nosotros el otro día.

—Qué idiota eres.

—No me llames así hasta que no hayas salido de este embrollo. —Abrió la puerta de un tirón—. Será mejor que organices un festín en mi honor.

—Y tú mejor hazle una visita al médico de la corte antes de que se te caiga el pie.

Matt me dedicó un corte de mangas.

—¡Oye! Al menos manda a buscarlo mientras estás en la biblioteca. Es una...

Matt volvió la cabeza con los ojos entrecerrados.

—Una sugerencia encarecida de tu amigo —dije con una sonrisa traviesa. Le guiñé el ojo.

Salió de la habitación negando con la cabeza, con el morral echado al hombro y el báculo en la mano.

—Les diré a los otros que cenarás en tu habitación —dijo mirando ligeramente hacia atrás—. Vendré más tarde. —La preocupación le suavizó el tono—. Si te apetece.

Me dolía el cuerpo. Me sentía medio muerto. Seguramente también lo parecía, pero forcé una sonrisa. Desestimé su preocupación con un gesto y ahogué un gemido con los dientes apretados.

—Estoy bien. Te veo en un ratito.

Él asintió —tenía el labio inferior rojo de mordérselo— y cerró la puerta tras él.

Suspiré y bajé la mirada hacia el libro.

—Está bien, princesa —dije, alisando la cubierta—, conozcámonos.

Capítulo 10

Los días posteriores al intento de abdicación pensé mucho sobre mis opciones. Si tenía en cuenta solo mis sentimientos, había una solución obvia a mi dilema actual: unirme a Matt. Por desgracia, la felicidad de Matt me preocupaba demasiado como para obligarlo a un vínculo eterno si no se sentía de la misma manera. La cuestión era tantear su interés sin ponerlo en una postura en que sintiese que tenía que unirse a mí para salvarme la vida. Porque Matt era leal y estaba dispuesto a hacer cualquier cosa por sus amigos. Por los espíritus, me había seguido en mi misión para matar al Malvado sin dudarlo. No podía pedirle que arriesgase su vida por mí otra vez. Además, lo único peor que tener que encontrar a alguien dispuesto a vincularse conmigo era la idea de hacerlo con alguien que no lo deseara. No quería que mi reinado, con un inicio tan desfavorable, se asemejase en lo más mínimo al de Barthly, y obligar a alguien era claramente algo que haría el Malvado. Así que, a pesar de lo que había meditado hasta el momento, se me habían ocurrido cero soluciones para este aprieto. Nada. De. Nada. Por suerte, el diario de la princesa era una distracción absorbente. Me recliné contra una almohada blanda, me estiré cómodamente bajo un rayo de sol y retomé la lectura por donde la había dejado la noche anterior.

Tenía la audacia de llamarme «arrogante». Pero era ella quien se había olvidado de atrancar la puerta del cuarto de aparejos junto al establo.

Después de nuestro paseo a caballo, durante el cual se negó a hablarme y solo se dirigió a las doncellas que nos acompañaban, me siguió al cuarto y permitió que la puerta se cerrase tras ella, dejándonos a las dos dentro. Estaba tan enfadada con ella. Nos quedamos encerradas durante horas, a la espera de que nuestras familias se diesen cuenta de que no estábamos durante la cena. Pero en esas horas, se dignó a hablarme. Y aprendí más de ella de lo que jamás pensé que haría. Aquella fue la primera vez que mi corazón se ablandó.

—¡Ahí estás!

Cerré el libro de golpe y me erguí. Bethany entró contoneándose por la puerta abierta de la terraza acristalada cubierta de telas lujosas y con el pelo rizado. Sionna la seguía a paso firme, con el pelo ondulado suelto a la espalda y la espada ceñida a su cadera. Lila fue la última del trío, con el pelo largo y rubio claro recogido hacia atrás con trenzas intricadas que le acentuaban los pómulos altos y las orejas puntiagudas.

—¿A qué debo la visita de mis tres consejeras favoritas?

Bethany puso los ojos en blanco.

—Sabemos que tu favorito es Matt, así que no intentes cubrirnos de halagos.

Descansé los antebrazos en las rodillas dobladas e hice como si las tres, de pie a mi alrededor, no me intimidasen en lo más mínimo.

—Está bien. ¿Qué queréis?

Bethany sonrió con suficiencia.

—Eso está mejor. —Dobló las manos frente a ella—. Queríamos informarle a su majestad que hemos enviado todas las misivas a los vasallos de nuestras tierras y de los reinos vecinos.

Me senté derecho.

—Genial. ¿Alguna respuesta?

—Todavía no. Literalmente acabamos de mandarlas. Nos ha llevado un tiempo averiguar cómo expresarlo todo... de manera diplomática.

—Sobre todo las negativas —dijo Sionna. Tenía la mano aferrada con fuerza a la vaina de la espada—. Pero hemos hecho lo posible por suavizar el golpe cuando no podíamos concederles sus peticiones.

—Tampoco queríamos sacar a colación que tenemos un montón de riquezas robadas —añadió Lila.

—¿Devolvisteis el pavo real? —le pregunté con una mirada intencionada.

Ella suspiró y se cruzó de brazos.

—Sí —gruñó—. Envié el pavo real de vuelta.

—Bueno es saber que eres capaz de madurar, Lila.

Bethany carraspeó.

—En cualquier caso, hemos utilizado tanto palomas mensajeras como emisarios a caballo. A ambos les llevará unos días llegar a su destino, y a algunos incluso una semana. Puede que hasta entonces prefieras permanecer dentro, hasta que nos hagamos a la idea de si se han tomado bien nuestro esfuerzo.

—Apuntado. —Me puse de pie con el libro colgando entre los dedos—. ¿Alguna noticia del ejército, Sionna?

Tenía los pies separados al ancho de los hombros.

—Como pediste, hemos enviado mensajeros a todos los pueblos y aldeas con una invitación.

—Estupendo. Con suerte, con la promesa de un sueldo, te conseguiremos unos jóvenes entre los granjeros y aprendices para que los entrenes.

—Les he subido el sueldo a todos los miembros del castillo. —Lila frunció el ceño—. Te llaman «rey Arek el Amable».

—¿Qué?

—Y he descubierto más alijos con riquezas escondidos por el castillo. He cambiado de sitio unos cuantos y afianzado otros, pero he decidido dejar unos depósitos en lugares distintos. Solo en el caso de que tengamos que salir corriendo y no podamos vaciar las arcas.

—Perdón, me he quedado en lo de «rey Arek el Amable». ¿De qué va eso?

—Salvaste a Meredith, literalmente. —Sionna inclinó la cabeza—. Le has dado al personal un aumento de sueldo y has perdonado a los seguidores de Barthly si aceptaban las normas que has establecido.

—Y has ofrecido tu ayuda a los reinos que han sufrido a manos del monarca anterior —añadió Bethany. Ladeó la cadera—. Puede que haya utilizado el arpa mágica para que el rumor se extendiese más rápido de lo normal, pero el personal y la gente del pueblo conocen tus planes y han estado hablando.

Era una causa perdida con las palabras, algo extraño en mí. Resoplé por la nariz, un ruido a medio camino entre un pájaro cantor moribundo y el sonido de una ardilla.

—¿Estás bien? —Sionna me dio un toquecito con el codo.

—¿Arek el Amable? —pregunté con incredulidad—. ¿Y no el Temible? ¿El Elegido? ¿El Asesino del Malvado? ¿El Verdugo?

Lila se rio con tanta fuerza que resopló. Era un poco odiosa.

Bethany me pellizcó la mejilla.

—Ay, qué mono.

Me retorcí para liberarme.

—Te odio —dije, pero no iba en serio y, por las palmaditas que me dio en la cabeza, no la había ofendido. No debería molestarme, en serio. Había cosas peores que ser amable, pero lo sentía como una debilidad. ¿Así era como me percibía el pueblo? ¿Amable? ¿Inocente? ¿Incrédulo? ¿Blando?

Distraído por los pellizcos de Bethany, aflojé el agarre del diario lo bastante para que Lila me lo quitara. Lo hojeó.

—¿Estás leyendo el diario?

—Sí, está lleno de información y es interesante.

Ella asintió y me dedicó una mirada cómplice.

—¿Has llegado a la parte donde se besan?

Se lo quité.

—¡No me lo cuentes! Y no, acaban de quedarse encerradas en el cuarto de aparejos.

—¡Pero si es el principio!

Bethany entrecerró los ojos.

—¿De qué estáis hablando?

—La historia de amor entre la princesa y la dama.

Bethany y Sionna hicieron un gesto hacia el libro, pero yo las sorteé.

—Nop, ahora es mío. Primero lo leo yo; luego podréis pelearos por ver quién lo lee después.

Sionna arqueó una ceja.

—Quedarse encerradas juntas en una habitación no parece un comienzo especialmente prometedor de una historia de amor.

—No —admití—, pero según la princesa, el encuentro se vuelve muy dulce. Empiezan a conocerse la una a la otra.

—Nunca te había tomado por un sensiblero. —Lila me dio un puñetazo en el hombro.

—Ay, Arek, ¿eres un romántico en secreto? —Bethany unió las manos y se las llevó a la mejilla—. ¿Quieres desmayarte en brazos de alguien o que otra persona se desmaye en los tuyos?

Lila soltó una risita.

—¿Eh? —pregunté. Claramente, no pensaba en Matt ni en el hecho de que cualquier tipo de romance tendría que darse en los próximos tres meses si quería permanecer completo, sólido y en este mundo—. ¿Qué? No.

—Si me enamorase —dijo Sionna, meditabunda—, sería de alguien a quien conociera bien. Alguien que me comprendiera.

—Te entiendo —dijo Bethany—. A mí me gustaría sentir la emoción de conocer a un héroe apuesto, una persona que se lanzase de cabeza y me salvara y, entonces, el corazón me daría un vuelco y me desmayaría en sus brazos. —Se abanicó—. Que esté bueno, sea atrevido, fuerte y guapo.

Puse los ojos en blanco.

—No es una tarea difícil en absoluto.

Me sacó la lengua; tenía las mejillas sonrosadas.

—¿Y tú, Lila? —preguntó Sionna.

Ella bufó.

—No, gracias. Nada de lo que habéis dicho. No necesito que me rescaten y no necesito que nadie me conozca. Todos saben que el amor es cuestión de feromonas y cercanía. Para que fuera real para mí, tendría que atravesarme un rayo. —Chasqueó los dedos—. Una atracción instantánea.

—¿Lujuria inmediata, pues? —Bethany se dio unos golpecitos sobre la boca—. Lo veo.

—Vale, vale. —Me sacudí los pantalones en un intento por esconder la incomodidad—. Esto se está volviendo un poco muy personal.

Bethany resopló. Vi que estaba a punto de sacar a relucir el hecho de que habíamos estado unos en manos de los otros durante varios meses y que nos habíamos visto desnudos las veces suficientes como para que esto se volviese personal.

—Me refería a que seguramente tengáis cosas que hacer. ¿Gobernar un reino, quizá? —El intento por cambiar de tema no funcionó.

—En fin, tampoco es que aquí haya nadie que nos corteje. —Bethany hizo un puchero. Se enroscó un mechón caoba—. No a menos que alguien lo haga a raíz de los mensajes.

Espera un momento. No había pensado en eso. En verdad, aquí no había nadie a quien cortejar. El castillo estaba bastante vacío para lo que debería. Aparte del servicio y de nuestra partida de aventureros, no había nadie más. Ni lores, ni cortesanos, ni escuderos o caballeros. No tendría muchas oportunidades para encontrar cónyuge hasta que volviesen los mensajeros. Pero eso no significaba que no pudiese despertar el interés.

De repente, se me ocurrió una idea, algo que me permitiría confesarle mi afecto a Matt tipo «Oye, me gustas desde siempre» en vez de «Oye, si no vinculas tu alma con la mía me voy a morir». Requeriría tacto, lo cual puede que fuera difícil, pero tenía que intentarlo. Y ahí era donde entraban las tres personas que tenía frente a mí junto con Rion.

—¿Pasa algo? —dijo Lila con la nariz arrugada—. Tienes el aspecto de que te duele algo.

Sionna me puso una mano en el hombro. El contacto me quemó a través de la camisa.

—Estás poniendo caras, Arek.

—¿Eh? No, estoy bien. H-he recordado algo. Necesito hablar con Matt.

Como salida, la que hice por la terraza no fue para nada elegante; tan solo salí corriendo de tres de mis amigas más cercanas. Pero tenía una idea. Una epifanía. Un plan con cierto potencial. Tenía un libro que detallaba un romance real exitoso. Y yo tenía tres meses para hacer que funcionase.

Capítulo 11

—¡Tengo una idea! —dije al tiempo que dejaba el diario en la mesa frente a Matt con un golpe.

Él me miró sobre el borde del libro con las cejas arqueadas y una sonrisa burlona.

—¿Qué?

—¿Que cuál es la idea? ¿O «qué» en general?

Matt entrecerró los ojos y se puso derecho en el sofá. No llevaba las botas y tenía el pie vendado, aunque la hinchazón había desaparecido. Los dedos de los pies habían recuperado su aspecto y ya no parecían salchichas. No es que me vaya fijando en los pies de la gente, solo en los de Matt.

Cerró el libro.

—En general. O, más bien, ¿qué haces aquí?

—Buena pregunta. —Solo llevábamos una semana viviendo en el castillo y todavía no había ido a la biblioteca a molestarlo. Era la primera vez que entraba allí y eso decía más de mí de lo que me gustaría. La sala era espaciosa, con ventanales que llegaban hasta el suelo y que daban paso a una veranda. La abundante luz natural había descolorido los bordes de las lujosas alfombras y los cojines del sofá sobre el que se relajaba Matt, sentado justo bajo el sol vespertino.

Había libros por todas partes. Combaban las baldas bajo su peso y ocupaban cada centímetro de pared; también había montones desordenados apilados por el suelo que se elevaban hasta el techo. El conocimiento y la luz impregnaban todo el lugar, un reflejo perfecto de Matt, que parecía pertenecer allí de manera innata, entre el revuelo de pergaminos y los rayos de sol.

Pasó los pies por el costado del sofá y se sentó. Me uní a él y me pertreché en el borde del asiento.

—Se me ha ocurrido una solución potencial para el problema del alma gemela. —Matt arqueó una ceja. Vale, eso ya era algo—. Voy a cortejar a uno de mis amigos.

—Repito. ¿Qué?

—El diario. —Lo tomé y se lo puse delante de la cara. Él lo apartó—. La princesa detalla cómo se enamora de una dama a la que odia al principio. Es una historia de amor. Una historia que puedo imitar.

—Sigo sin tener ni idea de lo que quieres decir. Crees que tiene sentido, pero lo único que oigo es no sé qué de cortejar e historias de amor.

—Me lo estás poniendo difícil. —Lo observé, buscando cualquier matiz en su expresión que no fuese de pura confusión, pero no encontré nada. Ah. Quizá debía ser más directo.

Matt se señaló a sí mismo.

—¿Que te lo estoy poniendo difícil? Eres tú el que ha empezado la conversación por la mitad.

Solté el aire por la nariz y le dediqué mi mejor mirada asesina mayestática.

—Tengo que casarme con alguien para que nuestras almas se unan antes de tres meses.

—Sí. —Matt rebuscó entre la pila de libros que había en el suelo junto al reposabrazos. Eligió uno y lo sostuvo en alto—. Según esto, es cierto. —Las letras doradas destellaron al sol: *Encantamientos, maldiciones y leyes de unión mágicas de Ere en el reino de Chickpea*.

Bueno, que le den al libro y a quienquiera que lo escribiese.

—No quiero casarme con una persona desconocida.

—Tiene sentido.

—He decidido cortejar a uno de mis amigos.

—Y ahí es donde me pierdo.

Le golpeé el hombro mientras se me retorcía el estómago.

—Idiota. Tiene sentido. Mis amigos me conocen y yo a ellos. No tendré otras opciones hasta que la gente empiece a visitar el castillo, algo que no ocurrirá hasta dentro de un tiempo. Hasta entonces, por lo menos podría intentarlo.

La expresión de Matt era tan escéptica que dolía.

—¿Y cómo vas a conseguirlo? Los conocemos desde hace nueve meses y ninguno ha mostrado una inclinación romántica hacia ti ni de lejos.

Auch. Está bien. Directo. Sin medir las palabras. No pude evitar notar que se había obviado como posible participante.

—Que tú sepas —espeté.

—Hazme caso, lo sé. —Vale. Pues esto no iba tan bien. Puede que tuviera que dejárselo caer un poco más bestia.

—Entonces... ¿nadie? ¿Ni una sola persona de todo el grupo de la misión tiene sentimientos por mí? —Toma ya. Eso debería bastar.

Se cruzó de brazos y arqueó una ceja.

—Va a ser que no.

Resoplé. Mi aliento hizo que las motas de polvo se arremolinasen. Estaba claro que no me lo iba a poner fácil. Y además, era grosero.

—Básicamente, hemos estado corriendo por nuestra vida para intentar cumplir una profecía sin saber cuándo conseguiríamos comida, una cama o si tendríamos que huir en medio de la noche. No ha habido ocasión para el romance.

Le dediqué una sonrisa taimada para ocultar mi agitación interna.

—Al menos no para alguno de...

—Si vuelves a mencionar al hijo del tabernero una vez más, Arek, te juro que te convierto en sapo. —Me señaló con el dedo; era tan amenazador como un gatito bufando con el pelaje erizado.

—¿Puedes hacerlo?

—Esa no es la cuestión.

—Un poco, sí.

—Todavía no he aprendido, pero ¡apuesto a que el hechizo está por aquí, en algún lado! —Abarcó la sala con los brazos.

—Vale, lo que tú digas, no lo volveré a mencionar. En fin, básicamente la princesa ha esbozado una guía para cortejar en el diario. Solo tengo que seguirla.

Matt miró el libro. Me lo quitó y pasó las páginas, con la frente arrugada en una expresión contemplativa.

—¿No crees que deberían poder decidir?

—Lo harán. Siempre pueden decir que no, incluso tras el cortejo. Pero... somos un grupo. Solo necesito que una persona me corresponda. —Busqué su mirada con la esperanza de que mirarme a los ojos le ayudaría a comprender el verdadero significado tras mis palabras.

—¿Y qué hay de ti?

—¿De mí?

—¿Acaso te gusta alguno de nuestros amigos de manera romántica?

Ahí estaba. El momento. Respiré hondo para tranquilizarme y comencé:

—Bueno, hay alguien a quien llevo un tiempo queriendo...

—¿Y si esa persona no está interesada? —Matt me cortó rápido y muy brusco mientras lanzaba una mirada fulminante al montón de libros sobre el suelo con el ceño fruncido. No me miró con sus ojos grandes y marrones, ni siquiera al quedarme yo mirando su perfil, ridículo y hermoso. Los hombros casi le llegaban a las orejas y tenía el cuerpo tan tenso como la cuerda de un arco. Ah, lo sabía. Estaba claro que lo sabía y era evidente que le incomodaba. Ni siquiera soportaba oírme decirlo. Se me cayó el alma a los pies—. Entonces, ¿qué? ¿Pasas al siguiente? ¿Un segundo plato tras otro? —preguntó con la voz teñida de algo afilado.

Me encogí de hombros, desesperado por parecer lo más tranquilo posible al tiempo que fingía que las palabras de Matt no me estaban atravesando de dolor hasta el fondo como el puñal de un asesino.

—La amistad es un buen comienzo —dije en voz baja mientras acariciaba el borde del diario—. ¿No crees? Quiero decir, la princesa odiaba a la dama cuando se conocieron, pero al final se enamoraron. Siento que yo estoy en un punto de partida mejor que ella. —Al decirlo, la pequeña llama de esperanza de que Matt y yo estuviésemos juntos en esto titiló en mi pecho. Si veía cuánto me esforzaba con los demás, a lo mejor eso despertaría algo en él. No era capaz de olvidar su tono cuando pensó que me estaba muriendo en la sala del trono, el alivio en su voz cuando al fin desperté. Esos momentos me hacían creer que podría haber algo ahí.

Matt se masajeó el entrecejo.

—Reconozco que no es una idea horrible. Yo solo... —Suspiró y sus hombros se hundieron; tenía el rostro mudo de dolor. Me pregunté si habría movido el pie de mala manera al dejarme sitio en el sofá. Le eché un vistazo, pero no vi nada raro—. No es lo ideal.

—Lo «ideal» sería no tener que cortejar a nadie. «Ideal» sería que tampoco estuviese atado al trono. Pero lo «ideal» se acabó en el minuto en que el hechicero apareció en mi puerta con un rollo profético que detallaba mi destino.

Matt compuso una mueca.

—Supongo que tu vida nunca iba a ser normal, ¿verdad?

—Supongo que no.

—Entonces, está bien. En fin, buena suerte con tu plan.

Me quedé helado.

—¿No vas a ayudarme?

Él resopló.

—No, gracias. Déjame fuera de esto.

—¿En serio?

—Sí. —Tomó un libro—. Esta es mi manera de ayudarte. Tratando de encontrar una manera de deshacerlo todo. Déjame al margen de tus estratagemas románticas. —El plan no podría haber salido peor que si me lo hubiera propuesto. Necesitaba una forma de que se implicara de alguna manera.

—Pero... necesito tu ayuda.

Matt puso los ojos en blanco.

—¿En serio? ¿Necesitas mi ayuda para flirtear?

—¡Claro! —dije e hice todo lo posible por sonar alegre—. ¡Sí! ¡Eso es! Necesito un infiltrado. Alguien que me ayude y me dé consejos.

—Alguien a quien no le andes detrás —dijo con los labios apretados con firmeza.

Bueno, Matt, tampoco hace falta que me lo restriegues. Ya me enteré la primera vez. Alto y claro.

—Sí, alguien a quien no le ande detrás —dije forzando una sonrisa casual—. Entonces, ¿me ayudarás? No puedo hacer esto sin mi mejor amigo.

—Claro —dijo él con suavidad. Sacudió la cabeza, me dedicó una sonrisa desanimada y me golpeó el hombro con el libro—. Por supuesto. Claro que te ayudaré. Quiero que sigas con vida, aunque te convierta en sapo.

Me inundó una oleada de alivio. Vale. Podíamos dejar a un lado nuestra conversación bastante incómoda sobre mis sentimientos y seguir adelante. Aun así todavía tenía esperanzas de que la princesa me ayudase a hacerle cambiar de idea y, mientras tanto, podía empezar con mi «plan B». Tendría que cortejar a los demás. Pero Matt me ayudaría. Siempre lo hacía porque era leal a una causa y realmente era la mejor persona que conocía. No me había dado cuenta de lo importante que era la aprobación de Matt hasta que me había asustado no tenerla. Pero ahora que la tenía, permití que el miedo se relajase y la tensión abandonó mi cuerpo. Me desplomé sobre los cojines y me incliné hasta hundir la mejilla en un almohadón.

—Perfecto.

—¿Qué ha pasado? ¿Te desmayaste o te has quedado dormido?

Con un gruñido, le di un toquecito en el costado.

—Ninguna de las dos. Estoy cansado y estoy pensando.

—Ah, por eso huele a chamusquina.

—Qué gracioso.

—Soy desternillante. Pensé que lo sabías.

Resoplé.

—Bueno, entonces, mi plan. —Mi primer instinto fue contonearme para acercarme a Matt, pero estaba herido y avergonzado por la conversación, así que me estiré en el lado contrario del sofá, con el rostro medio vuelto hacia él. No había llegado tan lejos en el plan antes de irrumpir en la biblioteca; tenía las esperanzas puestas en Matt, así que tendría que pensar en los siguientes pasos sobre la marcha. Por suerte, se me daba bien improvisar. Solo tenía que comenzar por el principio—. La primera vez que la princesa dice que se le ablandó el corazón con la dama fue después de que se quedaran encerradas en el cuarto de aparejos y empezasen a comprenderse mejor.

—¿Y?

—Y... eso es lo que Sionna dijo que quería en una posible pareja. —¡Ja! Menos mal que presté atención durante la conversación.

—Supuse que sería Sionna —murmuró Matt.

—¿Qué?

—Nada. —Negó con la cabeza—. Bueno —dijo alargando la vocal—, quieres quedarte atrapado en una habitación con Sionna.

—Sí.

—Para que podáis hablar y conoceros.

—Exacto.

—Una idea: ¿por qué no te limitas a invitarla a un pícnic o a dar un paseo contigo por el jardín?

—Primero: flechas. Segundo: porque entonces sabrá que intento cortejarla.

—¿Y eso es malo?

—Sí.

—Entonces vas a cortejarla como quien no quiere la cosa.

—Exacto.

—¿Me repites el motivo?

—Porque tiene que parecer natural, como si el destino nos hubiera unido. Eso fue lo que ocurrió con la princesa.

—Y el destino será...

—Tú. Tú eres mi destino. —Intenté no sonrojarme demasiado con esas palabras—. Es decir, tú eres quien nos va a encerrar juntos.

Matt se puso rígido.

—Arek. —Jugueteó con un hilo suelto de su camisa azul. El cabello moreno le tapó los ojos—. No lo sé. Te dije que te ayudaría, pero no voy a engañar a nuestros amigos.

—No es un engaño. Solo vas a encerrarnos y después nos dejarás salir tras unas horas. No hay mentiras implicadas por tu parte. No es para tanto.

—¿Y luego qué? ¿Te habrás enamorado? ¿Te casarás con Sionna justo después?

Pensarlo hizo que se me cerrase la garganta de la ansiedad.

—No seas tonto. —Me obligué a que las palabras salieran de mi boca—. Está claro que no nos enamoraremos de inmediato.

Llevará tiempo. La parte en la que nos quedamos encerrados juntos es solo el principio. Para comprobar la química y ver si se nos ablanda el corazón a alguno.

—Eso suena a problema médico.

—¿Qué? Es como lo describió la princesa. Pero no te preocupes, no creo que Sionna sea del tipo de chica que salte a mis brazos y me ruegue que nos vinculemos. —Entonces, para cambiar de tema, añadí—: No es la hija de un tabernero.

Matt se lanzó hacia la pila de libros con el rostro brillante y enrojecido.

—¡En un sapo! ¡Te voy a convertir en sapo ahora mismo!

Riendo como loco, lo perseguí y le agarré la cintura. Tocarlo, bromear con él, era instintivo. Desde pequeños habíamos tenido cercanía física, pero ahora adquiría una connotación rara, una fracción de segundo de incomodidad que decidí apartar. Se trataba de Matt, y si sentía una pizca de emoción mezclada con dolor en el corazón, era problema mío. Tiré para apartarlo de la montaña de libros mientras que él se impulsaba hacia delante. Perdimos el equilibrio, nos caímos del sofá y acabé derribándolo al suelo. Nos golpeamos contra la mesa y rodamos como cachorritos que juegan a pelearse y a veces son algo destructivos, al tiempo que volteábamos un montón de libros. Matt se reía mientras forcejeábamos, como en los viejos tiempos, como cuando jugábamos en el campo o en el pajar.

—Quítate de encima —dijo con las manos sobre mi cara. Tenía el rostro ruborizado mientras jadeaba entre risas—, bobo.

—¿Cómo te atreves a llamar «bobo» a tu rey?

Me dio un rodillazo en las costillas y caí de lado, estrujado entre el sofá y Matt, nuestros cuerpos arrebolados desde los hombros a las rodillas, apretados en el espacio reducido que había entre las patas ornamentadas del sofá y la mesa.

Matt resoplaba. Su pecho subía y bajaba con rapidez mientras jadeaba tras unos pocos minutos de esfuerzo.

—Eres horrible —dijo, pero sonreía enseñando los dientes y se le arrugaron las comisuras de los ojos—. De verdad que eres horrible. No sé de dónde han sacado lo de «rey Arek el Amable».

Gruñí.

—¿Lo has oído?

—¿Quién no?

—Supongo que no habrás encontrado nada aquí que no me convierta en el «rey Arek el Amable».

El ambiente cambió entre nosotros en un instante.

—No. Encontré un libro de hechizos para estudiarlo. Uno sobre leyes. Otro de leyes mágicas. Pero nada sobre cómo deshacer lo que ocurrió cuando te sentaste en el trono con la corona en la cabeza.

—¿Además de morir?

—Además de morir.

—Bueno, pues será mejor que empiece a cortejar.

Matt dejó escapar un largo suspiro sufrido. Estaba acostumbrado a ellos, sobre todo cuando intentaba engatusarlo para embarcarnos en una aventura divertida y estúpida en el pueblo. Los había oído mucho durante el viaje para cumplir la profecía. A pesar de su connotación negativa, me tranquilizaban porque significaba que Matt estaba ahí, conmigo, escuchando mis estratagemas descabelladas y a punto de meterse en problemas justo a mi lado.

—Está bien —dijo—. Sugeriré que tú y Sionna investiguéis la torre de la princesa juntos y os encerraré. ¿Contento?

Sonreí de oreja a oreja mirando al techo.

—Mucho.

—Bien. Ahora déjame tranquilo. Tengo mucho que estudiar.

—Claro, lord Matt. Le dejaré con sus quehaceres escolares.

—Eres idiota.

—Y, aun así, eres mi mejor amigo. ¿En qué te convierte eso?

—En ser el mejor amigo de un idiota.

Me reí con fuerza y muy poca elegancia, como el relincho de un burro. Me lanzó el diario de la princesa al pecho al tiempo que me ponía de pie.

—Vale, vale .Ya me voy, pero mañana quiero que Sionna y yo nos quedemos encerrados en la torre, eso lo primero. ¿Entendido?

Cuando Matt se sentó, su sonrisa volvió a desvanecerse y sacudió la cabeza.

—No tiente a la suerte, alteza. Sobre todo con un mago gruñón.

La forma en que dijo «alteza» sonó más como un insulto que como un título. No estaba seguro de cómo me sentía con respecto a eso, aparte de estar impresionado por su ejecución.

—Apuntado. —Apoyé la mano en la puerta y me detuve, decidido a tenderle una última ofrenda de paz—. Gracias, Matt. De verdad eres mi mejor amigo.

—Lo sé —dijo en voz tan baja, tan trémula, que estaba seguro de que volvía a estar dolido. Casi me di la vuelta, pero añadió—: Ah, mira, hay un hechizo para convertir a alguien en sapo.

Cambié de idea y me marché.

Capítulo 12

—¿No debería acompañarnos Lila en esta misión? —me preguntó Sionna mientras subíamos las escaleras hacia la torre—. Ella es la mejor saqueando.

—Y la que tiene los dedos más largos —coincidí con un asentimiento. Tenía el cuerpo entero cubierto de sudor por los nervios porque, aunque ayer me había parecido una idea estupenda, ahora que estaba en marcha no lo parecía tanto. Sionna era tan astuta y culta como hermosa y, aparte de Matt, era la que me conocía desde hacía más tiempo de nuestra pequeña banda. Apenas lo había puesto en marcha y el plan ya hacía aguas. *Disimula, Arek. ¡Disimula!*—. Pero de verdad me gustaría echarle un vistazo a los objetos que encontremos... y no tener que pelearme con ella antes de que los esconda en su alijo y no vuelva a verlos más.

Sionna asintió a sabiendas. El pelo negro le caía suelto por los hombros, llevaba una camisa bordada y un par de pantalones anchos, las botas de cuero y la espada. Me sonrojé cuando la miré y esperé que, en la penumbra de la escalera, no se hubiese fijado.

—Ha madurado, Arek. Puede que te deje sostenerlos antes de que los esconda.

—¿Eso era una broma? —Alcé la antorcha un poco más por encima de la cabeza y bizqueé por la luz del fuego. Una leve sonrisa tironeó de sus labios—. ¡Era broma! Ay, por los espíritus, que suenen las alarmas. ¡Sionna ha hecho un chiste!

—Ya he hecho bromas antes.

—¿Cuándo?

—Las he hecho.

—No recuerdo ninguna.

—Bueno, pues sí. Puede que no te dieras cuenta si solo atiendes al sonido de tu propia voz.

—Ay. —Me llevé la mano al corazón—. Tus palabras son certeras, pero dolorosas, generala. Me has herido.

Ella negó con la cabeza. La luz iluminó sus ojos marrones.

—¿Cuál es esa palabra que usáis Matt y tú para insultaros?

—¿Tarugo?

—Sí. —Chasqueó los dedos—. ¡Esa! Eres un tarugo.

—Alteza.

—¿Qué?

—Si vas a insultarme, al menos usa mi título nuevo. —Le dediqué la mejor de mis sonrisas lisonjeras—. Di: «Eres un tarugo, alteza».

Ella soltó una risa grave y gutural que reverberó por mi cuerpo.

—Eres un caso, Arek. No te entiendo para nada.

El corazón me dio un vuelco y la sensación no tardó en trasladarse a mi estómago.

—¿Qué quieres decir? —Extendí los brazos y la antorcha parpadeó contra la piedra en el pequeño pasillo que ascendía en espiral hacia la torre—. Soy un libro abierto.

—En otro idioma.

—No es cierto. Soy fácil de leer.

—Mmm.

Vale. Esto ya no tenía gracia. Sí, el propósito del ardid era conocer mejor a Sionna y había supuesto que ella también necesitaba conocerme mejor para que saltaran chispas entre nosotros. Pero me dolió que pensara que no me conocía en absoluto.

—En serio, Sionna. Me conoces desde hace meses.

Ella se encogió de hombros.

—Conozco una versión de ti, sí.

—¿Una versión? —dije con voz aguda. Me aclaré la garganta y lo intenté de nuevo—: ¿Una versión?

Nop. No salió mejor. Seguía sonando herido. Ella asintió.

—Y tú conoces una versión de mí.

Me detuve en seco en la escalera y dudé. Se me resbaló el talón del escalón y casi me caigo, pero Sionna me agarró del codo y me estabilizó.

—Estás disgustado.

Sionna tenía esta habilidad molesta —y con «molesta» me refiero a «acertada»— de afirmar cosas que deberían ser preguntas. Poseía mucha más percepción emocional que cualquiera de nuestro grupo, lo que también la hacía aparentar que era mucho más madura que el resto, quizá salvo por Rion, aunque tan solo era unos meses mayor que yo. De hecho, creo que su cumpleaños era pronto.

—No estoy disgustado.

Contrajo el rostro.

—Sí lo estás.

—Vale, lo estoy. —Tiré del brazo para soltarme—. ¿Podemos terminar con esto, por favor? —Era el rey más maduro de estas tierras. Escribirían canciones sobre mi sabiduría y mi aplomo.

Levanté el polvo al pasar junto a Sionna y seguí subiendo las escaleras hasta el rellano de la torre. Sentía que la misión estaba condenada incluso antes de que empezase y me pregunté si sería prudente continuar con la búsqueda, aunque resultaría raro si de repente me daba la vuelta y me largaba. Si lo hiciera, ella pensaría que estaba más loco de lo que realmente estaba y, sinceramente, tampoco estaba tan loco, solo me había sorprendido con la guardia baja que, después de haber viajado juntos tantos meses, Sionna sintiera que en realidad no nos conocemos para nada.

—Arek. —Me alcanzó con facilidad; redujo la distancia entre los dos con esas piernas largas—. Arek, espera. Quiero explicarme.

El rellano estaba prácticamente igual que cuando estuvimos aquí la última vez, aunque había huellas nuevas sobre el polvo. El candado y la cadena colgaban de la puerta después de que Matt los hubiera reventado con magia. Ligeramente entreabierta, la puerta se movió con facilidad sobre las bisagras cuando la empujé para abrirla.

—Ah, mira, no hay nada. Genial, nos vamos.

Ella frenó la puerta con la mano antes de que pudiera cerrarla.

—Arek, estás siendo infantil.

Uf.

—¿Y?

—No he dicho que no seamos amigos o que no me preocupe por ti. Porque lo hago. Me he quedado por ti.

Crucé los brazos sobre el pecho y me apoyé contra la pared de piedra, justo al lado de la puerta de la torre.

—¿Qué?

—No puedo hablar por los demás —dijo de forma comedida y con el ceño fruncido, como si saborease las palabras antes de decirlas—, pero no podría volver a la vida que tenía antes de que Matt y tú cayeseis en aquella taberna.

—No nos caímos. Entramos con elegancia.

—Estabais perdidos y calados hasta los huesos, y te habrían comido vivo si yo no me hubiese metido para salvarte el trasero.

Alcé el mentón.

—Yo lo recuerdo diferente, pero vale.

Tenía toda la razón; habríamos muerto.

—Me han entrenado para luchar durante toda mi vida. Es lo único que he hecho. Es todo lo que me enseñó mi padre. ¿Sabes lo que se suponía que tenía que hacer en la taberna cuando nos conocimos?

Eso me tomó por sorpresa. No habíamos hablado de eso antes. O, en realidad, nunca se lo pregunté.

—No, no lo sé. ¿Qué hacías allí?

—Esperarte.

—Y una mierda.

Ella volvió a reírse y me di cuenta un poco tarde de que era otra broma.

—Iba a encontrarme con un hombre por un trabajo —continuó.

—¿Qué tipo de trabajo?

—De mercenaria.

Parpadeé.

—¿Eras mercenaria?

—No. —Levantó un dedo—. Era casi mercenaria. Mi padre había enfermado. No me había enseñado a llevar la herrería, solo a luchar con las armas que fabricaba. Vendí todas las que estaban listas a cualquiera que quisiera comprarlas por el precio que fuera, que como sabes...

—Probablemente no era mucho porque el Malvado se estaba llevando la riqueza del pueblo.

—Exacto. —Bajó la mirada y se hurgó las uñas—. Encontré un gremio que me acogió y me ofrecieron la primera oportunidad de conseguir un trabajo. Tenía diecisiete y estaba paralizada.

—Pero Matt y yo entramos en escena.

—Y luego vino la profecía. —Extendió las manos con las palmas hacia arriba. Una pequeña sonrisa tranquilizadora colgó de sus labios y eso aplacó mi dolor, que iba menguando.

Me froté la cara con las manos y languidecí contra la pared.

—¿Qué le pasó a tu padre?

La pregunta le borró la sonrisa y Sionna bajó el rostro mientras se miraba los dedos. Una gota de sangre brotó de la cutícula. Vaya. Se me daba genial cortejar.

—Murió semanas antes de que te conociera. Mi madre y mi hermana pequeña se mudaron a otro pueblo, a casa de mis tíos, pero yo ya había contactado con el gremio y pensé que podría intentar vivir por mi cuenta. Quizá ganar algo de dinero para enviárselo. —Se le hundieron los hombros, rompiendo su postura perfecta—. No podría volver ni aunque quisiera. Dudo de que el gremio esté contento por cómo me fui. Y la vida del pueblo no es para mí.

—No lo sabía.

—No podías. No te lo conté. No se lo conté a nadie del grupo.

—Ya, pero...

—A eso me refería con que conoces una versión de mí. La versión que tienes en tu cabeza es la de la guerrera capaz que te salvó, luchó a tu lado y te ayudó a derrotar al Malvado.

—Porque es cierto.

Ella negó con la cabeza y el cabello oscuro se derramó por sus hombros desnudos.

—Pero en realidad no había matado a nadie hasta aquella noche en la taberna... No había participado en una lucha de verdad. Solo era una adolescente aterrorizada sentada a una mesa, bebiendo hidromiel aguado mientras esperaba a que apareciese alguien y me dijese a quién tenía que herir y cuándo, para así ganarme unas monedas para mi madre y mi hermana.

—Sí que estaba aguado —dije. Ella hizo un mohín—. Lo siento, lo siento. Soy un idiota.

—Lo sé.

—Lo siento. Siento lo que te ocurrió. Siento no haberlo sabido.

—No pasa nada, Arek. Pero a eso iba. La percepción que tienes de mí no es quien soy de verdad.

Con el ceño fruncido, apreté los brazos cruzados contra el pecho.

—Vale, ahora lo entiendo. Pero eso fue hace siglos, Sionna. Eres la persona más capaz que conozco. Eres increíble. No importa la versión de ti que haya conocido en la taberna, la que está de pie frente a mí es mi amiga. He puesto a la Sionna que conozco a cargo de nuestro ejército al completo. Es la versión en la que confío.

—Es muy amable por tu parte, Arek.

Puse los ojos en blanco.

—Por favor, no empieces con lo del rey Arek el Amable.

—No, pero aun así has sido muy amable.

—Lo siento, Sionna. Siento no haber dedicado tiempo a conocerte mejor hasta ahora.

Ella se encogió de hombros y desvió la mirada.

—No tuvimos tiempo.

—Lo sé, pero me habría gustado.

Ella me pellizcó el brazo.

—Ahora lo tenemos. Gracias a nuestro grupo, tenemos tiempo de sobra.

Qué poco sabía. Debería contarle la tesitura del alma gemela. Pero no era una conversación para mantenerla en una torre. Deberíamos estar sentados con pasteles delante. Muchos pasteles.

Señaló la puerta con la barbilla.

—¿Deberíamos terminar con la tarea? Luego podemos almorzar con los demás.

Con el estómago revuelto, eché un vistazo a la habitación sabiendo que, si entrábamos, estaríamos atrapados durante un espacio de tiempo indeterminado al antojo de Matt. Ahora preguntarle a Sionna si quería ir de pícnic conmigo, como él sugirió, me pareció más sensato que el día anterior.

—En realidad, Sionna...

—Shh —dijo y dio media vuelta. Una daga apareció de la nada en su mano y adoptó una postura de lucha agazapada—. Viene alguien.

Matt.

Presa del pánico, le agarré el brazo, maravillado por cómo se flexionaban los músculos bajo mis dedos, y tiré de ella.

—¡Espera! Es...

Ella me dio un codazo fuerte en el esternón y, al trastabillar, atravesé la puerta de la torre.

Capítulo 13

Mi talón tropezó con el borde de una alfombra tirada por ahí, caí sobre el trasero y me di un golpe en la cabeza contra la mesa, pequeña pero recia, de la princesa. Vi las estrellas y una punzada de dolor me recorrió la espalda. Por primera vez, habría deseado llevar la corona. Quizás eso habría amortiguado el golpe.

La puerta permaneció abierta, pero tembló, como anticipándose. Intenté enfocar la vista borrosa, pero era incapaz de ver más allá de donde estaba Sionna en el pasillo a oscuras. Al menos, la antorcha había caído lejos de cualquier cosa inflamable.

—¿Quién anda ahí? —preguntó Sionna en postura de ataque al otro lado del umbral.

—Soy yo.

—¡Matt! —gritó Sionna. Se llevó una mano al pecho en una señal de alivio aparente—. ¡Qué susto me has dado!

—¡Sionna! —gritó él a modo de respuesta. Parecía sin aliento, como si hubiese subido las escaleras corriendo, y su voz sonaba algo teñida de miedo, probablemente por haber visto la daga desenvainada de Sionna—. ¿Dónde está Arek?

Abrí la boca para responder, pero la cerré de golpe cuando me subió la bilis por la garganta. Uff. Me había golpeado la cabeza tan fuerte que se me había revuelto el estómago. Gruñí.

—¡Arek!

Matt empujó a Sionna al pasar junto a ella. Derrapó por la piedra de la habitación, donde la alfombra se había enroscado al tropezarme con ella. En cuanto entró, la puerta crujió y se cerró de golpe tras él en las narices de Sionna. Sonó un golpe y le siguió un «auh» en voz queda.

—¡Mierda! —exclamó Matt mientras miraba la puerta cerrada y a mí despatarrado.

Sionna golpeó al otro lado.

—¡Matt! ¡Arek! —La puerta se sacudió sobre sus goznes.

Hice un ademán hacia Matt para restarle importancia y me levanté, pero no tardé en sentir una punzada en el costado y acabé enroscado en el suelo. La nuca me palpitaba con cada golpe que daba Sionna en la puerta.

—Sionna —la llamó Matt. Me recorrió con la mirada, pero mantuvo un tono tranquilo—. No pasa nada. Busca a Lila, a ver si ella puede abrir el cerrojo. —Compuso una mueca cuando lo dijo, como si hubiese tomado leche agria.

—¿Arek está bien? —El pomo tembló—. Me pilló por sorpresa. No pretendía empujarlo tan fuerte.

—Está bien —se apresuró a contestar Matt—. Se ha dado un golpe en la cabeza, pero no veo sangre.

Me llevé la mano atrás y me toqué el chichón, que crecía por momentos. Cuando retiré los dedos, los tenía manchados de rojo y, de nuevo, Matt hizo una mueca. Menos mal que Sionna no podía verlo. Desde luego que era un mentiroso malísimo.

La cerradura volvió a repiquetear.

—¿Por qué no puedo abrirla?

—Está cerrada.

—Rompiste la cerradura cuando vinimos por primera vez, ¿recuerdas?

—Será cosa de magia —dijo Matt y los labios se le curvaron en una sonrisa irónica—. Debe tener un hechizo. Con suerte, Lila podrá manipular lo que queda de la cerradura, o quizá Bethany pueda encantarla para que se abra.

Ladeé la cabeza y articulé:

—¿En serio?

Matt negó con la cabeza. Elevó ambas manos en el gesto universal para decir «ups» y entonces fue cuando me di cuenta de que no tenía el báculo.

Estupendo. Estábamos atrapados de verdad.

Sonó otro ruido sordo al otro lado y Matt miró al techo con las manos en las caderas y sacudiendo la cabeza.

—Sionna —dijo con su mejor tono, monótono y paciente pero teñido de fastidio—, así solo conseguirás hacerte daño en el hombro.

Hubo una breve pausa seguida de un gruñido hastiado.

—¿Puedes abrirla desde ahí?

—Nop. —Matt hizo sonar la «p» con un ligero chasquido—. Se me cayó el báculo. ¿Puedes ocuparte de él? No quiero que caiga en malas manos.

—¿Puedo usar...?

—¡No!

—*Vale.*

—Encuentra a Lila. Creo que la última vez que la vi estaba en la mazmorra. —De nuevo, contrajo el rostro. Era un mentiroso horrible. El peor. No me extraña que casi nos mataran en aquella taberna. Entre mi bocaza y que él es incapaz de marcarse un farol, estuvimos condenados desde el principio—. Y Bethany estaba dando un paseo por los terrenos. En el peor de los casos, puede que tú y Rion consigáis romper la puerta.

—Ahora vuelvo. Os sacaremos de ahí.

—Estaremos bien.

Matt esperó junto a la puerta hasta que el sonido de los pasos de Sionna se perdió.

En cuanto se aseguró de que se había marchado, me humedecí los labios; tenía la boca seca.

—Supongo que Lila no podrá abrir la cerradura.

Con un resoplido, Matt cruzó la habitación y se dejó caer a mi lado.

—No, hechicé la puerta para que se cerrase en cuanto dos personas cruzasen el umbral y no se abrirá hasta dentro de varias horas.

—Y no está en la mazmorra.

—No. No tengo ni idea de dónde está. Pensé que mandar a Sionna a buscar a los otros en una misión imposible sería mejor que intentar explicarles este embrollo cuando Lila no pueda abrirla.

—Bien visto.

—¿Estás bien?

Me tendió una mano y conseguí sentarme. La cabeza me daba vueltas, pero concentrarme en el rostro de Matt parecía que me ayudaba a enfocarme.

—Estoy bien.

—Vale. Bien. El rey no puede tener una contusión.

Arqueé las cejas y me fijé en su expresión. A pesar de que había mantenido el rostro tranquilo cuando había hablado con Sionna tras la puerta, parecía inquieto.

—¿Estás bien? —Hice un ademán—. Pareces angustiado.

—¿Eh? Ah, ya. —Se pasó una mano por el pelo oscuro, por esa zona de la nuca donde tenía el remolino—. Solo acabo de ver que mi amigo ha cruzado una puerta de un empujón y oí un golpe. Sionna es fuerte. Pensé que te había hecho daño, en serio.

—Ay, Matt. —Coloqué las manos sobre el corazón medio en broma—. De verdad te importo.

Me dio un golpecito en el hombro.

—Ya, lo que tú digas. Habría sido una pena mantenerte con vida durante nueve meses solo para que murieses a manos de tu generala recién nombrada.

Cierto. Eso habría sido una mierda.

—Gracias.

—En fin, solo he subido porque la trampa no se había activado y quería asegurarme de que quedarte atrapado con alguien siguiera siendo parte de tu brillante plan.

Me incliné despatarrado hacia delante y apoyé los codos en las rodillas.

—Ya, sobre eso... Por mucho que me duela admitirlo, debería haberla invitado a un pícnic.

—Espera, ¿qué? —Ahuecó la mano y se la llevó a la oreja—. ¿Lo he oído bien? ¿Acabas de decir que tenía razón?

—Sí. No te regodees. Tengo un dolor de cabeza horrible.

—¿Y de quién es la culpa?

—¡Tuya! —Matt se agachó y esquivó por los pelos mis brazos cuando los sacudí—. Y para empezar, casi acabas ensartado en la daga de Sionna. Puede que las cosas hayan estado relativamente tranquilas por aquí esta última semana, pero todos seguimos en estado de alerta.

Matt se llevó las rodillas al pecho y cruzó los brazos sobre ellas imitando mi postura.

—Ya. A veces me asusto con los ruidos en la biblioteca, sobre todo cuando estoy solo. Y odio que los sirvientes pasen a hurtadillas detrás de mí. ¡Me aterroriza lanzarle una maldición a alguno con el báculo!

—Eso sería desafortunado. La tal Melody prepara un té riquísimo.

Me dio un empujoncito con la puntera de la bota y me lanzó una mirada de desaprobación.

—¿No puedes hablar en serio por una vez?

—No puedo dormir —confesé con rapidez, en voz baja, con toda la sinceridad que tenía—. Me quedo mirando el dosel de la cama hasta que estoy tan cansado que pierdo el sentido.

La expresión de Matt se suavizó; luego asintió.

—Creo que todos estamos lidiando con el estrés postraumático. Hemos pasado nueve meses viajando. Quizá deberíamos preguntarles a los demás y ver cómo lo llevan ellos.

—Buena idea.

Desvió la mirada y la fijó en la piedra.

—Bueno, ¿qué pasó?

—Me caí y me di un golpe en la cabeza.

—No. —Su exasperación era como un sonido familiar y tranquilizador—. Con Sionna. —Se aclaró la garganta—. No entrasteis en la torre.

—Ya. Sionna acabó abriéndose sin que tuviese que darle mucho pie. Creo que el quedarse atrapado juntos es más para personas que no están dispuestas a expresar sus sentimientos sin reparos, que puedan necesitar cercanía y largos silencios para motivar la conversación.

Matt cambió de postura. Se puso en pie de repente y sacó la antorcha, a punto de apagarse, de la esquina donde la llama lamía las paredes de piedra. La sostuvo en alto y su luz titilante proyectó sombras extrañas en las paredes.

—Deberíamos echar un vistazo y ver si de verdad encontramos algo en esta torre.

—No hay nada.

Matt retiró la manta raída remetida en una esquina de la cama.

—¿Estás seguro?

—Lila ya se ha llevado todo lo de valor. Le sugerí que lo hiciera el día después de convertirme en rey. —Estar sentado sobre la piedra desnuda empezaba a resultarme incómodo. Me arrastré a la alfombra con la que me había tropezado y me tendí sobre el tejido grueso y mullido con cuidado de no presionar la herida.

—Sin ánimo de ofender a nuestra amiga, pero ella no considera que algo tenga valor si no brilla.

—Eso no es del todo cierto. Acertó de lleno con el diario.

—¿Ah, sí? —dijo Matt mientras tiraba de la estructura de madera para mirar detrás de la cama—. ¿Y te está funcionando?

—No seas cretino conmigo ahora. Estoy herido.

—Me callo, pues.

Con los ojos entrecerrados, volví la cabeza para mirarlo y luego hice un puchero. Matt me ignoró y empezó a tararear mientras continuaba con la búsqueda. Rebuscó en el armario de la esquina y luego pasó a las cortinas pesadas. Cerré los ojos al oír el sonido de los cajones al abrirse y el movimiento de los muebles. Unos minutos después, oí que Matt suspiraba con pesadez y una serie de crujidos, así que supuse que se había sentado en el colchón antiguo. Se levantó una nube de polvo y estornudé.

—Que los espíritus te bendigan —murmuró Matt.

Me sequé la nariz con la manga.

—Gracias.

Volvimos a quedarnos callados. Permanecí con los ojos cerrados y dejé que mis pensamientos vagaran. Normalmente, mi relación con Matt estaba repleta de charlas fáciles que podían llenar espacios y no dejaban lugar al silencio. Siempre me había resultado cómodo y familiar, un hábito que adoptaba cada vez que lo veía, pero sentado en la quietud me pregunté si solo sería eso, un hábito, una forma de evitar temas más importantes. Claro que teníamos conversaciones serias, de esas profundas que tienes con los amigos sobre la vida y los temores existenciales y, cuando viajábamos con los otros, nos mantuvimos unidos al principio, cuando la confianza en los recién llegados era muy pequeña en el mejor de los casos. Pero a medida que avanzábamos, tuvimos cada vez menos tiempo para las discusiones eternas. Y aunque ayer había intentado profundizar en algo, aunque no hubiese ido como había esperado, quizá todavía podía utilizar este momento en la torre en beneficio propio.

—¿Por qué no querías ayudarme con esto?

Matt tomó aire con rapidez, sorprendido.

—¿Qué?

—Con lo del cortejo. Me ayudas con lo que sea todo el rato. Incluso cuando éramos niños. Has estado a mi lado desde el principio. —Arrugué el entrecejo cuando tiré de un mechón pegajoso por la sangre en la nuca—. ¿Por qué no en esto?

Puede que no fuera razonable esperar que quizá hubiese malinterpretado algo, que tal vez tuviera una razón. Pero si había un momento para tirar del hilo, era este. Matt no respondió de inmediato. Me quedé callado para darle tiempo. Cuanto más esperaba antes de hablar, más deseaba haberme tragado la pregunta.

—Da igu...

—No quería implicarme.

Las palabras salieron atropelladas, de tal forma que me llevó un instante comprenderlas. Me senté para mirarlo.

Sus labios rosados se curvaban hacia abajo y habría jurado que le brillaban los ojos oscuros.

—¿Que tú qué?

Matt resopló y se puso derecho, como si se abrazase a sí mismo para encarar a un enemigo en lugar de a un amigo. En cierta manera, me dolió que necesitase reforzar su determinación para hablar conmigo. ¡Conmigo! La persona que había estado a su lado cuando su madre murió. Quien lo había defendido de los otros niños del pueblo. Él fue el motivo de que diera mi primer puñetazo cuando uno de los chicos mayores lo empujó. Me hice daño en la mano y luego tuve que aguantar el sermón de mi padre... no por el puñetazo, con eso estaba algo de acuerdo, sino sobre cómo dar un puñetazo que infligiera dolor en lugar de causármelo a mí.

—No quiero hablar del tema.

—Mala suerte. Estamos atrapados. No tenemos otra cosa que hacer. Así que vamos a hablarlo.

—No soy Sionna. —Se puso rojo; el rubor comenzó a subirle por las mejillas y a bajarle por el cuello—. No quiero ser una marca en tu lista de cortejo.

Ay. Bueno, aquellas palabras dejaban claro que Matt no tenía interés en ser mi alma gemela. Aunque un poquito de tacto habría estado bien. Las lágrimas me escocieron en los ojos y no era por la herida de la cabeza. Sentí que el dolor volvía a aflorar y, de repente, me enfadé. Me enfadé con el Malvado, por haber sido tan idiota como para que alguien hubiera tenido que derrocarlo; con el hechicero, por haberme enviado aquí en primer lugar, y conmigo mismo, por haber pensado que Matt querría estar conmigo algún día.

—No, no eres Sionna. Eres Matt, mi mejor amigo. Y por alguna razón, no querías ayudarme a que no muriera.

Se negó a mirarme a los ojos. Mantuvo la vista fija en un punto sobre mi cabeza al otro lado de la habitación.

—No importa. Ya te estoy ayudando.

Y ahora estaba cabreado. Estaba harto de las evasivas. Si de verdad no me deseaba, quería que lo dijera. Necesitaba oírselo decir.

—Sí importa. A mí, sí. Ahora responde la pregunta.

—¿Es una orden?

Me encogí.

—¿Qué? No.

—Entonces que te den, *alteza*.

—Vaya. Está bien. Lo que tú digas. Sé un idiota.

Me miró rápido como un rayo.

—Vale. ¿Quieres discutir? ¿Es eso? —A pesar de que me dolía la cabeza, me senté más erguido. No me gustaba que Matt se cerniese sobre mí junto a la cama. Pero no confiaba en que mis piernas me llevasen hasta la silla, y malditos fueran los espíritus si le pedía ayuda a él—. Tu plan es absurdo. —Se cruzó de brazos a modo de respuesta y me fulminó con la mirada. Maldición, qué terco era. Si no hubiese estado tan enfadado, habría hecho alguna broma al respecto.

—Ya, puede que mi plan sea absurdo, pero es lo único que tengo ahora mismo. A menos que quieras que me muera. Que supongo que sí, ya que al principio te negaste a ayudarme.

Puso los ojos en blanco.

—¿Por qué te quedas con eso? ¡Te estoy ayudando! Te preparé esta estúpida trampa, como me pediste.

—Porque quiero saberlo.

—¡Porque no entiendo la magia! —explotó Matt, que acompañó el sonido extendiendo los brazos a ambos lados—. ¿Vale? No tengo ni idea sobre las leyes de sucesión mágicas o sobre la unión de almas. ¡Y no tengo ninguna experiencia con el romance! —escupió la última palabra como si le supiese mal—. ¿Es eso lo que querías oír? No soy lo bastante habilidoso en ninguno de los dos aspectos para ayudarte. Quiero hacerlo, pero... —Apretó las manos en dos puños—. No puedo. No sé cómo ayudarte en esto, Arek.

Eso me devolvió a la realidad.

—¿Qué?

Matt me lanzó una de sus típicas miradas enfadadas.

—Nunca he... Ya lo sabes. No sé por qué tengo que explicártelo. Has crecido conmigo y los otros del pueblo no llamaban a mi puerta para ser mis amigos, y mucho menos algo más. Yo era el niño raro al que expulsaron de su pueblo anterior porque se rumoreaba que hacía magia. Eras mi único amigo. No sé cómo ayudarte con las relaciones o con el flirteo. —Matt se tendió con dramatismo sobre el colchón y otra nube de polvo se levantó de la colcha, arremolinándose en los tenues rayos del sol.

Y así, mi enfado se disipó y fue reemplazado por esa pequeña llamita de esperanza tan testaruda.

—¿Eso es todo?

—¿Eso es todo? ¿Eso es *todo*? Ah, claro, olvidé con quién estaba hablando, con el rey de la frivolidad. No deberían llamarte «rey Arek el Amable»...

—En eso coincido contigo.

—¡Deberían llamarte «rey Arek el Idiota»!

—¡Oye!

—No tienes ni idea de qué se siente al no ser capaz de ayudar en lo único que se supone que soy bueno.

—Matt, al día haces un millón de cosas increíbles con la magia. Puedes limpiar el vino derramado y reventar puertas. —Me lanzó una mirada exasperada—. Vale, quizá no sean los mejores ejemplos de tu magia. Pero eres la única persona en la que confiaría para que me ayudase con esto. —Hice una pausa—. Espera, ¿puedes hacer todo eso sin el báculo?

—Claro que sí. El báculo concentra mi poder y me hace más fuerte, pero siempre he sido capaz de... hacer cosas con la magia.

—Ah, es que acabo de caer... Siempre me había preguntado cómo podías terminar las tareas tan rápido. —La boca de Matt se curvó en una sonrisa—. ¿Y nunca me ayudaste con las mías? ¡El tiempo libre que habríamos podido tener todos esos años!

Él alzó un dedo.

—Es el primer motivo por el que no quería contártelo cuando éramos niños. No quería estar sujeto a tus caprichos. Era un joven impresionable y me habrías coaccionado para que les gastara bromas a los granjeros.

Hice un aspaviento.

—¡Claro que lo habría hecho!

Matt sacudió la cabeza con una sonrisa, luego se puso serio y me lanzó una mirada severa cuando recordó que se suponía que estaba enfadado conmigo.

—Venga, admítelo —continué—. Has tenido muchas oportunidades para estar en una relación. Tú eras el que se apartaba.

—No dejé que ni una pizca de amargura tiñera el tono—. No es culpa mía que no expandieras horizontes más allá de mí.

Matt se puso en pie de un salto y me señaló a la cara con el dedo.

—¡No lo entiendes! Barthly llevaba reinando veinte años cuando nosotros nacimos. Destruyó nuestro reino. Asoló los reinos vecinos. Provocó una guerra. Asesinó a miles de personas. ¡Y lo hizo con magia!

Ah, no, no estaba para esa regañina ni para la diferencia de altura. Planté las manos en el borde de la mesa y me levanté. La cabeza me dio vueltas y se me nubló la vista por los bordes, pero al menos había ganado altura. Como poco podía manejar el enfado justificado de Matt desde este ángulo.

—Soy consciente de ello, gracias. Puede que sea un frívolo, pero no un ignorante. ¿Qué tiene que ver una cosa con la otra?

Matt dejó escapar una risa cruel y mordaz. Su respiración se entrecortó y le tembló la mano cuando me dio un empujón en el pecho. El contacto me quemó a través de la túnica.

—Durante una generación entera, Barthly era lo único que conocían los campesinos sobre la magia. No las brujas de los pantanos que hacían pociones curativas y que él había perseguido y asesinado durante los primeros años de su reinado. No las hadas y las otras criaturas mágicas del bosque que se escondieron de su ira. Ni siquiera los cuentacuentos como Bethany, que desaparecieron porque entretejían la magia en sus canciones. No. Nuestro pueblo solo conocía al Malvado, todo lo que había hecho y todo lo que pensaba hacer. Y no importaba lo bueno, inocente o amable que fuera, porque asociarían mi magia con él. No importaba que la utilizase en beneficio del pueblo. Solo veían el mismo poder flotando por mis venas, al igual que en él. Tuve suerte de que solo me expulsaran del pueblo.

Me latían las sienes, pero el dolor físico no tenía importancia en comparación con la ira y la aflicción que me sacudían el pecho.

—Ah.

—No es que no quisiera tener una relación. Es que no podía tenerlas. No podía permitir que nadie se acercara. —Matt se encogió de hombros—. Salvo tú. No me diste la oportunidad de alejarte.

Se me formó un nudo en la garganta.

—Bueno, quería hacerme amigo del chico raro incluso si no me confiaba su mayor secreto.

—No podía confiar en ti. No cuando acabábamos de conocernos. Y tampoco más tarde, cuando no sabía si podrías guardarlo para ti en vez de largárselo a la primera cara bonita que te pusiera ojitos.

—No es justo. —Era totalmente justo.

Matt arrugó la expresión y negó con la cabeza.

—Incluso ahora todo gira en torno a ti. Y no en torno a mí y a cómo me sentía.

—Bueno, puede que esté un poco preocupado por que mi consejero más cercano no confíe en mí. —Cuanto más alzaba la voz, más me dolía la cabeza. Me agarré a la mesa; los nudillos se me pusieron blancos—. ¿Confías en mí ahora, Matt? ¿Eh?

Presionó los labios hasta formar una línea fina. No respondió.

—¿Y bien?

—¡Claro que sí, Arek! —gritó—. Pero ¿lo entiendes? Tenía un amigo. —Volvió a empujarme. Trastabillé hacia atrás y los dedos sudorosos se me resbalaron por la madera lacada hasta que conseguí agarrarme al borde—. ¡Uno! Una persona que incluso fingió que le gustaba, y no podía arriesgarlo. Por nada del mundo.

Me quedé paralizado antes sus palabras. ¿Era posible que...? ¿Estaría hablando de nuestro presente? ¿Tenía miedo de que mi afecto hacia él arruinase nuestra amistad? Sobre todo desde que había dejado claro que no correspondía a mis sentimientos. Lo entendía. Yo tenía el mismo miedo, que era una de las razones por las que me lo había guardado mientras estábamos en la misión, pero no me gustaba. No me gustaba en absoluto que tuviese tanto miedo de perder mi amistad. Respiró hondo y continuó hablando antes de que pudiera responderle.

—Tú les gustabas a todos, igual que tu padre. Todos querían ser amigos tuyos y yo fui muy afortunado de que me permitieras entrar en tu círculo. Después de que mi madre murió, me convertí en el huérfano del pueblo. La *carga* del pueblo. Que me aceptases lo significó todo. Me brindó oportunidades y ni siquiera te dabas cuenta; la gente me dejaba que le hiciera recados de vez en cuando solo porque me veían paseando contigo por la plaza. No podía imaginar qué habría sido de mi vida sin ti. Habría sido mucho peor si hubiesen demostrado que los rumores sobre la magia eran ciertos.

Se me ruborizaron las mejillas de la vergüenza. Matt tenía razón. Ahí estaba yo, obcecado en mis propios sentimientos cuando él estaba delante de mí abriéndome el corazón sobre sus dificultades, de las cuales ni me había percatado en casa.

—No lo sabía.

Matt esbozó una media sonrisa.

—No. Ya lo sé.

—Lo siento.

Se encogió de hombros, se metió las manos en los bolsillos y se balanceó sobre los talones. Se alejó un paso y solo entonces me di cuenta de lo cerca que habíamos estado, cómo nos habíamos gritado a la cara.

—Ya pasó. Ahora ya no se puede cambiar.

—No. Bueno, sí, podría. Soy el rey. Puedo hacer muchas cosas, quizá, técnicamente. —Sacudí la cabeza, lo cual fue una mala idea. Inmovilicé las rodillas para no caerme. Era una conversación importante y no quería desmayarme—. Pero siento no haberlo sabido. Siento que tuvieras que pasar por eso. Siento no haber sido lo bastante observador como para darme cuenta y hacer algo para facilitarte las cosas.

—Hiciste bastante solo con ser mi amigo.

—Eso es poner el listón muy bajo, Matt.

Volvió a encogerse de hombros.

—Le partiste el labio a Bodin cuando me lanzó contra los cerdos. Ese es un gesto de amistad sólida.

—Se lo merecía. Los cerdos son peligrosos, y qué teníamos, ¿diez años? Eras muy pequeño y podrías haber salido malherido.

Matt sonrió, esta vez de verdad, y mi mundo se enderezó. Bueno, no literalmente. Aún lo veía todo borroso y estaba en peligro de perder la batalla contra la conciencia, pero Matt seguía siendo mi mejor amigo y ahora entendía cosas sobre él que no había comprendido antes. Ah. Puede que la proximidad y los silencios largos también funcionaran con los amigos, no solo con los enemigos.

—Siento no poder ayudarte más —dijo en voz baja. Entrelazó los dedos—. No quiero que te debilites. Pero tampoco creo que cortejar a nuestros amigos sea el único plan que debas tener.

—Vale. Es justo. Pensaremos en un plan de emergencia. Solo por si acaso.

Matt asintió.

—Vale. Haré lo que pueda para ayudar. Con la magia y... —Arrugó la nariz—. Con el flirteo.

—Gracias —suspiré—. Además, no todo es tan malo. Quiero decir, el hijo del tabernero...

—¡Arek! —dijo Matt exasperado y guapísimo; las comisuras le tironeaban hacia arriba en una sonrisa incrédula.

Sonreí.

—Deberíamos haber hablado de todo esto hace tiempo.

—Pues sí.

—Ah —dijo Matt con la voz entrecortada—. La puerta.

Me di la vuelta y vi que se había abierto.

—No han pasado muchas horas, ¿no?

—No. —Matt se ruborizó—. Yo... eh... incluí otra condición en el hechizo. Supongo que la hemos cumplido.

—¿Qué era? Y no me mientas —añadí cuando a Matt se le cambió la expresión.

—La puerta se abriría cuando las personas atrapadas dentro se entendieran de verdad. ¿Contento?

Ah, bueno. Mira por dónde. Mi plan no era tan horrible después de todo.

—Sí, está abierta.

—Claro. Vamos a buscar al médico de la corte. Creo que te has hecho más daño del que quieres admitir.

—No voy a discutírtelo.

—Algo es algo.

Matt pasó mi brazo por sus hombros y salimos de la torre, apoyados el uno en el otro mientras bajábamos los escalones. Hacía mucho tiempo que no me sentía tan ligero —emocionalmente hablando, no físicamente, por si los apuntes de Matt sobre la comida opulenta y los reyes confundidos no fueran señal suficiente—, pero al menos seguía teniéndolo a él, y estábamos más cerca que antes. También tenía la confirmación de que el plan de cortejar a mis amigos podía funcionar. Necesitaría un par de ajustes, claro, pero sentía un atisbo de esperanza; sentía que encontraría a mi alma gemela a tiempo, aunque no fuera la persona que quería en realidad.

Capítulo 14

—**M**e he dado cuenta —dije unos días más tarde durante la cena— de que todavía estamos un poco... —arrugué la nariz y agité la mano— inquietos.

Habíamos mantenido la tradición que empezamos la primera noche en el castillo: cenar todos juntos en una de las salas de reuniones.

Rion apartó la mirada del trozo de carne que tenía en el plato.

—¿A qué te refieres?

—De los nervios.

—No tengo ni idea de qué estás hablando —dijo Lila mientras mordisqueaba una manzana—. Yo no lo estoy.

—Claro, y ayer tampoco estuviste a punto de apuñalar a alguien cuando te llevaron el almuerzo a tu habitación.

Ella se encogió de hombros.

—Deberían haber llamado a la puerta.

—Lo hicieron. Y también se anunciaron. Y por cómo lo cuentan, te abalanzaste sobre ellos desde la cama gritando como una banshee con el cuchillo en alto. Tuvieron que usar la bandeja en defensa propia.

—Intentaba echarme la siesta.

Bethany ladeó la cabeza.

—¿En mitad del día?

—Necesitaba algo que hacer. Estoy aburrida. —Una daga apareció en la mano de Lila y utilizó la punta para limpiarse debajo de las uñas.

—¿Así que decidiste apuñalar a alguien? —preguntó Matt con incredulidad—. Lila, ¿te das cuenta de que esa es la definición de estar tenso?

—Ni confirmo ni desmiento —dijo.

—En cualquier caso —interrumpí—, como decía, todos estamos un poco con los nervios a flor de piel. Quiero decir, nos hemos pasado meses evitando a los tipos que querían matarnos. Hemos estado a punto de morir como seis veces. Nuestras reacciones a ese estrés son válidas. Dicho esto, debemos parar de asustar a los sirvientes.

Meredith carraspeó. Miré en su dirección. Estaba de pie junto a la pared con una jarra de vino aferrada entre sus dedos delgados. Se mordió el labio y asintió enérgicamente.

—¿Lo veis? —La señalé—. Asustamos a la gente.

Bethany se llevó una mano al pecho con un aire de inocencia fingida.

—No he hecho nada por el estilo, Arek. He sido el culmen de la profesionalidad desde que hemos llegado.

—¿No encantaste por accidente a una de las ayudas de cuadra para que se golpease contra la pared repetidamente?

—¿Quién ha dicho que fuera un accidente?

Entrecerré los ojos y enderecé la corona.

—Bethany.

—¡Vale! Se parecía a la mujer que intentó envenenarnos con el estofado aquella vez. ¿Os acordáis? En aquel pueblo. Rion se pasó horas vomitando.

Puaj. Desearía poder olvidarlo. Fue unos días después de haber conocido a Rion y de que se hubiese cumplido la parte de la profecía en que debíamos reunir a todos los miembros de la misión. El envenenamiento fallido fue el primer intento de asesinato. De alguna forma, Barthly se había enterado de la profecía y había intentado matarnos de forma discreta con veneno. Rion se tomó una cucharada del estofado contaminado y aquello fue todo. Por suerte, a la asesina no se le daba bien su trabajo. De otra forma, Rion habría muerto en lugar de haberse puesto realmente enfermo. El vómito nos puso rápido sobre aviso de manera que nadie más se vio afectado, pero la situación nos hizo ver que estábamos en peligro de verdad, que nuestra aventura había pasado de ser algo divertido a una misión seria.

—Bueno, ¿era ella? —preguntó Sionna. Había permanecido callada hasta entonces, analizando la sala, sobre todo a Meredith, la única sirvienta que había con nosotros. Parecía distraída, y eso era raro en ella.

—No. —Bethany puso mala cara—. No lo era.

—Pues... —Matt alargó la vocal—. Reaccionaste de forma exagerada al percibir una amenaza.

Se retiró el pelo del hombro.

—¿Y?

—Y no hay de qué avergonzarse —dije al tiempo que pinchaba una patata—. A todos nos está pasando. Yo no puedo dormir. Sionna casi se carga a Matt en la escalera el otro día.

—¿Qué?

—¿En serio?

—Matt, ¿estás bien?

Matt me lanzó una mirada fulminante y yo esbocé una sonrisa amplia. Al mencionarla, Sionna se sobresaltó e hizo una mueca al golpearse la rodilla contra la mesa. Su nerviosismo aparente era un ejemplo asombrosamente perfecto de lo que estábamos hablando.

—No pasó nada —dijo Matt—. Fue un malentendido. Aunque coincido con Arek. Todos estamos inquietos a pesar de haber estado relativamente a salvo durante unas semanas.

—Y como estamos a la espera hasta que recibamos noticias de otros reinos y del pueblo, deberíamos intentar mantenernos ocupados.

Meredith volvió a asentir con vehemencia desde la esquina donde se encontraba. El vino se agitó peligrosamente en la jarra, amenazando el bonito color crema de su vestido al tiempo que unos mechones de pelo rubio se le salían de la larga trenza y le enmarcaban el rostro.

Sionna volcó la copa.

—¡Lo siento! —La puso derecha tan rápido que el mantel solo quedó salpicado por unas gotas. Limpió aquel desastre a toquecitos con la servilleta; luego, se aclaró la garganta—: ¿Qué decías?

Matt arqueó las cejas, pero respondió:

—Arek se ha tomado demasiado tiempo antes de anunciar que vamos a celebrar un banquete y que todos vais a estar tan ocupados organizándolo que no tendréis tiempo de asustar sin querer a los sirvientes.

Según los registros de la época anterior a Barthly que habían sobrevivido, incluyendo el diario de la princesa, los banquetes eran celebraciones muy comunes. ¿Y qué mejor celebración que tener un nuevo rey? Por no mencionar que podría seleccionar a personas de repuesto para cortejarlas, si no daba resultado con mis amigos. A Matt y a mí se nos había ocurrido la idea como un «plan B» después de haber dejado la torre, y yo me apuntaba siempre y cuando no tuviese que organizarlo.

Bethany levantó la cabeza de golpe.

—¿Un banquete?

—Tú eres la que dices que el castillo está vacío.

—¡Porque lo está! —A Bethany le brillaron los ojos de la emoción—. Tenemos que invitar a todos los lores y las damas de las tierras y los reinos vecinos al castillo. Y debemos mandar mensajeros como muestra de buena fe.

—¿Y esperar que no los maten? —dijo Sionna tapándose la boca.

Matt resopló.

Bethany continuó como si no los hubiese oído:

—Y luego daremos un baile de máscaras —dijo con un grito ahogado.

—Eh... ¿qué? —Tenía la ligera impresión de que esto estaba a punto de irse de las manos—. Eh... espera. Estaba pensando solo en un banquete, con montañas de comida —dije.

—Porque piensas como un campesino.

Parpadeé; me sentía ligeramente insultado.

—Imagínatelo —continuó Bethany con las manos extendidas frente a ella, como si enmarcara un cuadro—. La sala del trono decorada entera y llena de gente con bonitos vestidos, capas ondeando, máscaras... Bailando. A la suave luz de las velas. Un montón de vino. Una música bonita llenando los pasillos. —Chilló de placer.

—Muchos bolsillos que robar —añadió Lila.

—No. —Matt le lanzó a Lila una mirada poco impresionada.

—Como dueña y señora de las finanzas de esta corte, creo que es mi deber saber qué tiene la gente en los bolsillos —dijo con delicadeza imitando a Bethany a la perfección.

Matt puso los ojos en blanco.

—Repito: no.

Lila se cruzó de brazos.

—Qué aburrido eres.

—Por mucho que me duela admitirlo, Matt tiene razón —dijo Bethany con un suspiro—. El motivo del baile es establecer buenas relaciones y confianza, algo que no podemos hacer si les robamos. —Lila gruñó por lo bajo—. ¡Pero! —continuó Bethany con alegría—. Tendremos ocasión de divertirnos de otras muchas maneras en la fiesta.

—Y muchos rincones oscuros para los asesinos —añadió Sionna—. Los bailes de máscaras son peligrosos. Todavía no tenemos un cuerpo de seguridad para sostener algo tan complejo.

Matt y yo intercambiamos una mirada. No habíamos pensado en ello.

Bethany frunció el ceño y cruzó los brazos imitando a Lila.

—Vaya. Qué forma de dejar que me haga ilusiones para luego desbaratarlas, Sionna.

—Aun así, ofreceremos el banquete —dije. Bethany hico un puchero. Suspiré—. Bueno, un baile. Una celebración. Pero supongo que tendremos que esperar hasta que Sionna diga que estamos listos. —Contuve un mohín. Matt no tuvo tanto éxito. Posponer el banquete me desbarataba el plan por completo, pero Sionna tenía razón.

Ella asintió.

Rion, que había permanecido en silencio durante la discusión, tamborileó los dedos sobre la mesa.

—Esto saca a relucir otra cuestión que he tenido en mente.

—¿El qué?

—Podrías centrarte en fortalecer tu capacidad de luchar, Arek. Con espada. Con el arco. Cuerpo a cuerpo.

Bethany sonrió con satisfacción.

—Oh, chúpate esa, Arek.

—¿No tienes que estar en algún sitio, Bethany?

—No.

Presioné los labios.

—Rion, los deberes reales me impiden abarcar nada más.

—Dijiste que no consigues dormir —dijo Matt con suavidad. Me tocó el brazo—. Puede que te canse.

—A lo mejor. Lo tendré en cuenta. —Lo haría, pero el cortejo era lo primero que tenía en mente y aquello me ocuparía buena parte de mi tiempo. Sobre todo si quería encontrar a alguien que se uniese a mí en menos de tres meses. ¡Ja!

—Rion tiene razón con lo de perfeccionar tus habilidades en la lucha —continuó Matt—. No deberíamos relajarnos solo por estar tras los muros del castillo.

—¿Tenemos que hacerlo todos? —preguntó Lila. Se volvió en la silla para mirarme—. ¿Es una orden, *alteza*?

Nunca me acostumbraría a que esta gente me llamase «alteza», ni siquiera si era con sarcasmo. Al menos, esta vez contuve la mueca.

—No es una orden. Es una sugerencia encarecida.

Meció el cuchillo con un gesto perezoso y se acomodó en la silla, manteniendo el equilibrio sobre dos patas.

—Está bien.

—¿Sionna? —Apoyé la cabeza en la mano y compuse mi expresión más adorable. Ella me ignoró, concentrada en el plato mientras mutilaba una patata. No era normal que estuviese tan distraída y callada durante una conversación sobre lucha con espadas—. ¿Algo que añadir?

Frunció el ceño con aire meditativo.

—No sé bailar —murmuró.

—Bueno y ¿qué tiene eso que ver con...?

—¡Yo, sí! —saltó Meredith.

Sionna levantó la cabeza de golpe y clavó sus penetrantes ojos en Meredith, que seguía en la esquina. Ella se sonrojó tanto que pensé que se le había roto una vena.

—¡Yo te enseñaré! Si quieres.

La expresión seria de Sionna mutó en una suave y afectuosa. Unas motas de rubor se extendieron por sus mejillas y sus ojos oscuros brillaron alegres.

—Me encantaría.

¿Qué cojones acababa de pasar?

—¡Podemos empezar esta noche! Tras la cena, por supuesto. —Meredith se apresuró a alejarse de la pared. Dejó la jarra de vino con un golpe seco junto al codo de Rion—. Me reuniré contigo en la salita de las dependencias de los criados. Es decir, si te viene bien.

—Allí estaré.

Meredith se escabulló de la habitación en un remolino de faldas amarillas y pelo rubio. Cerró la puerta de golpe con las prisas, lo bastante fuerte para que repiqueteara la cubertería de plata. Entonces, un silencio pasmoso se instaló en la sala.

—Por los espíritus, ¿qué acaba de pasar? —quise saber.

Bethany estalló en una carcajada. Lila se unió a ella y se envolvió el estómago con los brazos. Rion, Matt y yo nos mirábamos totalmente confundidos.

—Sionna tiene una cita —canturreó Bethany.

Sionna se puso roja hasta la coronilla mientras que el rostro de Lila se contorsionaba en algo inhumano cuando sonrió enseñando todos los dientes.

—¿Cómo? ¿Tú y Meredith? —Señalé a Sionna y luego al lugar donde Meredith acostumbraba a permanecer de pie durante la cena—. ¿Eso es lo que acaba de pasar?

—Sí. Es decir, ¿puede? Eso espero.

Me desplomé contra el respaldo de la silla.

—Ajá.

—¿Qué? ¿Su majestad no lo aprueba?

—¿Eh? ¿Qué? Ah, no; quiero decir, sí, de todo corazón. Ve a por ella. Disfruta tu... baile. —Esto era un obstáculo monumental en mi plan. Tendría que tachar a Sionna de mi lista de personas a cortejar.

Bethany resopló y puso los ojos en blanco.

—Sí, disfruta del baile con la encantadora Meredith. Estaremos esperando los detalles en nuestra próxima reunión.

—Eh, oye, no vamos a... No necesitamos que... Nos alegramos por Sionna, pero no hace falta dar detalles.

—Habla por ti —dijo Lila—. Yo quiero saberlo todo.

—Lo mismo digo. Vivo a través de los demás porque los espíritus saben que nadie aquí ha mostrado el menor interés en esto. —Bethany señaló su figura; debo decir que estaba muy bonita con aquel vestido azul entallado.

—No te preocupes, Bethany —dijo Matt alzando la copa—. Estoy seguro de que tendrás que quitarte a los pretendientes de encima con un palo en cuanto tengamos visita de los reinos vecinos y lleguen los caballeros y los soldados. Eres preciosa. —Echó la cabeza atrás y se bebió el vino de un trago.

Puf. Y Matt decía que no se le daba bien flirtear. Me atravesó un ramalazo de celos, seguido rápidamente por el dolor de que Matt lo hiciera delante de mis narices cuando era bastante probable que supiese cómo me sentía.

Bethany se rio.

—Si no te conociese mejor, pensaría que estás volviendo a tirarme los tejos, Matt.

Lila apretó los labios e hizo una pedorreta.

—Como si Matt...

—Para —dije levantando la mano—. Vale, cambiemos de tema o comamos en silencio. Lo que sea menos hablar de esto.

Aquella conversación hizo que se me revolviera el estómago. Sinceramente, estaba un poco decepcionado de haber perdido la oportunidad con Sionna, si es que la había tenido alguna vez. De verdad que me alegraba de que tuviese una cita con Meredith, todo sea dicho. Era bonito. Y estaba en parte aliviado. Salvo que ahora tendría que empezar con el proceso del cortejo otra vez.

—Oh, pobre Arek. —Bethany apoyó la barbilla en la mano—. Si te sientes solo, sé de alguien que aprovecharía la ocasión de...

—Bethany —la interrumpió Matt con un tono afilado y le dirigió una mirada verdaderamente molesta.

Espera, no me importaría saber más de ese alguien que podría estar interesado en mí, pero conociendo a Bethany, seguro que era una especie de cumplido con doble sentido o una pulla.

Ella y Matt tenían una extraña afición a interrumpirse, así que por supuesto que tenía que ser él el primero en saltar en cualquier rencilla verbal con ella.

—Matt —respondió Bethany con un tono monótono y una sonrisita juguetona—, ¿te estás presentando voluntario para ayudarme a organizar el baile?

—No. —Imitó su sonrisa—. Estaré leyendo e investigando en la biblioteca. Básicamente para encontrar toda la información que pueda sobre la magia y mantenernos con vida.

—Lo veo justo —dijo ella.

Terminamos la cena en silencio. Sionna fue la primera en salir y Bethany la siguió pisándole los talones.

—No te preocupes —dijo esta última mientras le enroscaba a Sionna un mechón tras la oreja—. Haremos una paradita rápida en tu habitación para que te cambies de ropa y quizá maquillarte un poco.

Sionna se señaló el cuerpo.

—¿Qué tiene de malo esto?

—Ay, cariño —dijo Bethany—. Nada. Es maravilloso si lo que pretendes es matar a alguien. Pero es una cita y quieres impresionar un poco a Meredith, ¿verdad?

—¡Ah, yo también quiero! —Lila se levantó de sopetón de la silla, saltó sobre la mesa, plantó el pie en el borde, hizo una voltereta y aterrizó junto a la puerta.

—Creída —murmuré.

Salió detrás de Bethany y se llevó la mano a la espalda para hacerme un corte de mangas.

—Bueno —dijo Rion mientras se limpiaba con la servilleta las comisuras de la boca a toquecitos—, al menos no van a intentar apuñalar a nadie.

Alcé la copa.

—Siempre mirando el lado positivo, Rion. Se agradece. —Beberme lo que quedaba de vino no me calmó el estómago. Cortejar a Sionna estaba descartado. Eso me dejaba con Bethany, Lila y Rion... y con poco tiempo de tantear una relación con cualquiera de ellos antes de que anunciase el compromiso.

Tendría que acelerar el juego.

Capítulo 15

Quedarme mirando el dosel de la cama se había convertido en un hábito molesto que, al parecer, no podía dejar. No entendía por qué no conseguía dormir. Tenía una habitación con todas las comodidades que un rey pudiera permitirse y a pesar de que estaba físicamente agotado, mi mente no se apagaba.

Me rendí, tomé el diario de la princesa y seguí por donde lo había dejado.

El pícnic en el bosque tras el muro exterior y la parte baja del pueblo fue idea suya. Traer los caballos y los arcos para cazar fue mía. Los bandidos que nos atacaron fueron una sorpresa añadida, pero desde siempre me han enseñado a defenderme sola. Los ahuyentamos entre las dos. Después de que los que podían correr se marcharan gritando y los que no permanecieran inconscientes en el suelo, se desmayó en mis brazos. La sostuve y la bajé al suelo del bosque. El corazón me latía con fuerza por miedo a que estuviese herida, pero era una treta. Me sonrió cuando entré en pánico y entrelazó la mano en mi cabello. Me acercó y ella...

El sonido de alguien llamando a la puerta hizo que me sobresaltase y salté de la cama.

Oí que alguien giraba el pomo, así que me volví para buscar la espada mágica, apoyada contra la mesita de noche. Agarré la empuñadura y la enarbolé frente a mí.

Matt soltó un chillido.

—¡Matt!

—¿Es una espada o es que te alegras de verme?

Bajé la punta y solté el aire de los pulmones. El corazón me martilleaba en el pecho y el subidón repentino de adrenalina me dejó temblando.

—¿Qué haces aquí?

—Deberías echar el pestillo.

—Pensé que lo había hecho.

—Sé que éramos pobres, pero al menos deberías saber cómo funcionan las puertas.

Lo empujé al pasar por su lado, cerré la puerta y forcejeé con el pestillo. Apoyé la espada contra la madera con la punta hacia abajo para que se mantuviese en equilibrio.

—¿Estabas dormido? —me preguntó Matt mientras se paseaba por la habitación. Se sentó de un salto en un lado de la cama y rebotó en el borde.

—Sabes que no.

—Creo que deberías hacerle caso a Rion y entrenar con la espada.

Había pasado una semana desde que Rion me había traicionado al decir que necesitaba mejorar mi habilidad con la espada, pero aquel ultraje todavía dolía.

—Creo que tengo cosas más importantes de las que preocuparme —dije al tiempo que señalaba el diario.

—Creo que si te cruzas con alguien que sea mejor espadachín y quiera el trono, ya no tendrás que preocuparte por vincular tu alma.

Abrí la boca, pero la cerré.

—Bien visto. —Me dirigí hacia la mesa que había junto a la pared. De alguna manera, siempre había un bol de fruta fresca y una jarra. Llené la copa y tomé un sorbo de agua a temperatura ambiente—. ¿Qué te trae por aquí?

—Bueno, Sionna y Meredith, ¿eh? Qué fastidio. No para ellas. Es bonito. Sino para ti. ¿Qué vas a hacer?

—Pasar a Bethany.

—¿En serio? ¿Ni siquiera vas a llorar por lo que podría haber sido?

Miré a Matt con los ojos entrecerrados. Tenía las mejillas un tanto sonrojadas y los ojos vidriosos.

—Eres un bocazas horrible. ¿Estás borracho?

Alzó un dedo.

—No —hipó—. Pero Rion y yo hemos bebido mucho vino.

—Rion, ¿eh?

Matt cerró un ojo y se me quedó mirando.

—Intentamos pintar mientras tomábamos vino para desestresarnos. —Formó un marco con las manos—. Cuanto más bebíamos, mejor quedaban nuestros cuadros.

—Tiene sentido a su manera.

—Mis dotes artísticas dan pena, así que puede que no esté tan borracho.

Sacudí la cabeza y volví a llenar la copa.

—Ya, borracho no, pero sí que estás completamente achispado. —Crucé la habitación para acercarme a la cama—. Toma, deberías beber o mañana te dolerá la cabeza.

Matt aceptó la copa. Me metí en la cama a su lado y me recosté sobre la almohada.

—¿Qué plan tienes?

—Bethany dijo que quería que un héroe apuesto la rescatase para desmayarse en sus brazos fornidos. Tengo que encontrar la manera de que eso ocurra, pero es asequible.

Matt subió las piernas a la cama. Se quitó las botas con los pies y se retorció hasta apoyarse contra el cabecero; su cadera quedaba justo al lado de mi cabeza. Cruzó los tobillos. Todo me recordaba a cómo estábamos antes de que todo esto ocurriera; era como si nada hubiera cambiado entre nosotros. Su postura relajada señalaba lo fácil que era para él volver a como estábamos antes de mis torpes intentos de tantearle; en cambio, mi cuerpo entero temblaba por su proximidad.

—Podríamos contratar a unos bandidos.

—No vamos a hacerlo.

Matt frunció el ceño mirando la copa.

—Creo que te prefiero vivo más que muerto. Por mucho que me duela, creo que tendremos que contratar bandidos.

—¿Desde cuándo soy yo el responsable de esta relación? ¿Y te duele? ¿Por qué? ¿Porque crees que es un engaño?

—Sí. Eso es.

—Vale —dije alargando la vocal—. Termínate eso y échate. No quiero que merodees por el castillo así de ebrio.

Matt se rio, pero hizo lo que le dije y se terminó la copa. Eso consolidaba el hecho de que estaba más borracho que achispado. Dejó la copa en la mesita de noche y se apretujó hasta posar la cabeza sobre la almohada. Me dolió el pecho. Era muy consciente de los escasos centímetros que había entre nosotros y anhelaba alargar la mano, acurrucarme a su lado como había hecho miles de veces antes. Sin embargo, me quedé quieto; no quería invadir su espacio, pero la calidez de su cuerpo se extendía por las sábanas y eso era tanto un alivio como una tortura.

Me palmeó la cara con torpeza y me acarició los ojos con la yema de los dedos.

—Cierra los ojos —dijo con un bostezo—. Duérmete.

Se me secó la boca.

—Es más fácil decirlo que hacerlo. —Las palabras me salieron en un susurro entrecortado. Matt pareció no darse cuenta.

—Estoy aquí. Siempre te duermes cuando ando cerca.

No se equivocaba. Incluso cuando éramos pequeños, pasábamos más tiempo juntos que separados. Desde que estábamos en el castillo, habíamos estado más tiempo que nunca sin compartir cama.

—Mañana tengo muchas cosas reales que hacer.

—Como todos.

Con una risita forzada, nos tapé a los dos con la manta.

—Eres un desastre, Matt. Duérmete, hablaremos por la mañana.

—Eso lo he dicho yo —dijo a la vez que bostezaba—. Pero está bien.

Sus suaves ronquidos eran la nana que necesitaba. Miré el dosel un rato, tamborileando los dedos sobre el pecho mientras dejaba que mis pensamientos se calmasen y me concentraba en la respiración profunda y rítmica de mi mejor amigo. Cerré los ojos y no tardé en quedarme dormido.

A la mañana siguiente me desperté cuando llamaron a la puerta con fuerza. Abrí los ojos y, de inmediato, los volví a cerrar por la luz penetrante que se colaba entre los postigos. Bizqueé y me di la vuelta para hacerle un comentario sarcástico a Matt, pero su sitio estaba vacío. Acaricié las sábanas arrugadas, pero su calor se había esfumado. Las únicas pruebas de que Matt había estado allí era la copa de agua sobre la mesita de noche y las sábanas arrugadas.

Me atravesó una sensación extraña de pérdida por su ausencia.

—Alteza —llamó Harlow al otro lado de la puerta—. Arriba. Tenemos mucho que hacer hoy.

—Ya voy —grité mientras me zafaba de las sábanas. En vez de dirigirme a la puerta, pasé por los aposentos de los criados comunicados con mi cuarto para ir al lavabo. Harlow seguía llamando con insistencia, pero lo ignoré mientras me aliviaba. Cuando terminé, me tambaleé hacia la puerta.

—Para el carro, Harlow.

Abrí la puerta y me lo encontré al otro lado. Como siempre, parecía que acababa de chupar un limón.

—Buenos días.

Harlow pasó junto a mí al entrar con un montón de tela doblada sobre el brazo.

—Hoy es vuestro primer día de peticiones y debéis vestiros para la ocasión.

—¿Peticiones? —Me pasé las manos por el pelo y se me entrecerraron los ojos al volver a bostezar. Los restos de saliva que tenía junto al labio se agrietaron. Me froté la cara con la manga del pijama, con lo que me gané una mirada cargada de desdén de Harlow.

—Ya lo hemos discutido, alteza —dijo al tiempo que dejaba la pila de ropa a los pies de la cama—. Una vez al mes, el pueblo está invitado al castillo para pedirle al rey que resuelva disputas o para solicitarle ayuda. Es vuestra primera aparición pública como soberano de esta tierra. Es un día importante.

Mientras exponía aquello, la puerta de mis aposentos se abrió de par en par y entró un sirviente con una bañera grande. Se sentó en el suelo junto a la chimenea y más sirvientes con cubos a rebosar de agua limpia se desperdigaron por la habitación. En cuestión de minutos, habían avivado el fuego, la bañera estaba llena y los sirvientes habían desaparecido tan rápido como habían venido.

—Báñese, alteza. Volveré en breve para ayudarlo a vestirse.

—Sé vestirme solo, Harlow.

Él resopló.

—A duras penas.

—¡Espera! —Se detuvo junto a la puerta—. ¿Estarán los demás conmigo?

—Por supuesto, alteza.

—¿Y también les han ofrecido un tratamiento real esta mañana?

—He pedido que les llevasen una bañera y ropas elegantes a todos.

Me reí disimuladamente y me quité el pijama.

—Excelente. Gracias.

Hizo una reverencia y se fue.

El agua del baño estaba fría a pesar de que se encontraba junto al hogar. No tenía aquella calidez vaporosa que Matt conseguía con magia. Pero al menos estaba limpia y el jabón que habían traído los sirvientes tenía un fuerte olor a especias. Me froté entero, hasta detrás de las orejas y las plantas de los pies. Satisfecho, salí de la bañera y me envolví en la toalla que Harlow había dejado.

Temblé y se me puso la piel de gallina por el aire fresco de la mañana mientras buscaba una camisa entre la ropa. O unos pantalones. O algo que se pareciese a cualquier cosa que hubiese llevado antes. Una sensación de pánico me atravesó cuando me di cuenta de que los atuendos reales que había traído Harlow eran túnicas. Y no solo eso, también había una capa de pelo, cadenas de oro, encaje y mangas abullonadas.

Ay, no.

Abrieron la puerta con tanto ímpetu que golpeó contra la pared y me asustó. Se me cayó la piel de armiño que sujetaba entre los dedos mientras Lila entraba como un torbellino de tela, el pelo hecho un desastre y lazos arrastrándose. Se dio la vuelta, saltó hacia la puerta y se apoyó contra ella. El sonido de unos golpes llamando al otro lado reverberaron en aquel pequeño espacio.

—¿Qué demonios, Lila?

—Vienen a por mí.

Alarmado, me anudé la toalla con más fuerza a la cintura y empuñé la espada. Cuando la tuve en la mano, corrí hacia la puerta y me apoyé contra ella para mantener la amenaza al otro lado.

—¿Quiénes?

—¡Las doncellas!

Parpadeé, confundido.

—¿Las doncellas? ¿Por qué huyes de las doncellas?

—¡Quieren torturarme!

Me fijé en los lazos y las telas que le colgaban a Lila de los brazos y en que tenía el pelo revuelto de tal forma que parecía un peinado a medio hacer.

—¿Llevas un vestido?

—¡Una tortura! —gritó—. Es un castigo cruel y aberrante. ¡Protesto!

La adrenalina me abandonó de golpe y me dejé caer contra la puerta.

—Lila.

Ella agarró un puñado de tela roja y la sacudió frente a mí. La falda abullonada se elevó y dejó al descubierto un par de piernas pálidas y delgadas enfundadas en sus botas suaves y hasta la pantorrilla, como de costumbre.

—¡Un vestido! ¿Cómo se supone que voy a correr con esto? Y escucha. —Movió la cintura y la tela sonó con un frufrú—. ¿A ti te parece que esto es silencioso? ¿Cómo crees que voy a seguir a hurtadillas a alguien con esto?

Me tapé la cara con una mano para ocultar la sonrisa. Por los espíritus. Pensaba que había un asesino. Pero no, era una ladrona con un vestido rojo.

—¿Por qué estás desnudo? —preguntó Lila.

—Porque acabo de bañarme.

Un golpe sordo resonó por toda la habitación. Llamaron con tanta fuerza que sentí la vibración de la madera en la espalda.

—No te atrevas a abrirla. Esas doncellas han intentado hacerle algo a mi pelo. —Se señaló la maraña encrespada que tenía en la cabeza.

—¿Te refieres a peinártelo?

Se tensó.

—Me lo cepillo todas las noches y me lo trenzo. ¡Debería bastar!

—Sujeta esto. —Le tendí la espada con un suspiro.

Ella la agarró por la empuñadura y apuntó a la puerta con aire amenazador. El cuello del vestido se resbaló y le dejó al descubierto las clavículas marcadas.

—¿Asustada? —me burlé.

—No. Solo soy... precavida.

Llamaron de nuevo.

Rodeé a Lila, agarré el pomo y abrí la puerta una rendija. Eché un vistazo por la pequeña apertura y atisbé a Matt; la tensión de los hombros se me relajó al verlo.

Estaba en el pasillo rodeado de una bandada de doncellas. Apenas alcanzaba a ver sus brazos cruzados sobre el pecho debido a la cantidad de tela que lo envolvía. El báculo sobresalía de la cara interna del codo. La túnica le llegaba al suelo e iba arrastrándola como una cola. Era azul marino con el dobladillo plateado y un sombrero pomposo feo de narices con una pluma magnífica también plateada le pegaba el pelo a la frente. Daba golpecitos con el pie y parecía extremadamente molesto.

—Pensé que había hablado claro con respecto a las túnicas.

No pude evitarlo. Me eché a reír.

—Por los espíritus —dijo Lila—. ¿Qué te ha pasado?

—¿A mí? —respondió Matt con voz aguda—. ¿Qué te ha pasado a ti? ¿Eso es un vestido? ¿Y rojo? Nunca te he visto llevar nada que no fuera negro, verde o marrón.

Lila señaló con el dedo a las tres doncellas apelotonadas.

—Fue idea suya. —Una de ellas soltó un chillido.

—¿Qué está pasando aquí? —Harlow apareció de pronto por la esquina.

Sofoqué las carcajadas y me las apañé para recuperar un semblante contenido. Me rasqué la nuca y se me marcó el torso. Las doncellas estallaron en risitas y Lila puso los ojos en blanco. Me dio un manotazo en el abdomen.

—Esconde eso, Príncipe Encantador. Vas a hacer que se desmayen.

—¿Eh?

El rostro de Harlow se contrajo como si le hubiera llegado un tufillo.

—Está desnudo en el pasillo, alteza.

Casi me da otro ataque de risa porque las plumas del sombrero de Matt se le habían caído sobre la cara y el vestido de Lila casi no se mantenía en su sitio, a las doncellas desde luego estaba a punto de darles un soponcio y Harlow... Bueno, su expresión desaprobadora era lo mejor que había visto en toda la mañana.

—Al parecer —dije, esbozando una sonrisa tan amplia que estoy seguro de que parecía al borde de la locura—, tenemos ciertas dificultades con nuestra indumentaria.

—No pienso llevar un vestido.

—Si ella no lleva vestidos —intervino Matt señalando a Lila—, yo me niego a llevar túnicas.

Me encogí de hombros y el borde de la toalla se me deslizó hasta por debajo del ombligo.

—Lo siento. Yo también debo declinar el uso de túnicas.

Harlow se atragantó y la piel cetrina se le puso de un color rojo teñido de morado.

—Debe reinar con un mínimo de decoro. —Nos señaló a los tres, en medio del pasillo: mi desnudez, la desnudez de Lila y el rostro atractivo y enfadado de Matt—. Esto es inapropiado. Roza lo escandaloso. Los rumores de que han visto al rey, a la responsable de las finanzas y al mago de confianza desaliñados en el pasillo se propagarán como el fuego.

Lila soltó una carcajada. Incluso Matt, que había permanecido con el rostro pétreo, resopló divertido. Alcé una mano para calmar a Harlow y las doncellas soltaron una risita nerviosa. Vale, algo de razón tenía.

—Harlow, te prometo que me estoy tomando esto en serio. ¡De verdad! —dije cuando volvió a poner cara de limón—. Pero hasta hace unas semanas, éramos campesinos. Nunca hemos llevado túnica y no quiero tener que preocuparme por tropezarme en el estrado. Creo que Matt podría estrangularse a sí mismo con tanta tela y la pluma solo va a conseguir que estornude. No queremos que le prenda fuego a algo por accidente solo por estornudar, ¿cierto? Y pedirle a Lila que se ponga un vestido solo puede acabar con un asesinato. Esperemos que no sea el mío, pero nunca se sabe.

Él resolló.

—Era broma —aclaré—. No me mataría. Estoy bastante seguro.

Harlow no parecía divertido.

Vale, era hora de probar esa diplomacia de la que tanto había oído hablar.

—Llevaré mis mejores pantalones y una camisa e incluso me pondré la capa.

Matt se rio por lo bajo. Le pisé los dedos del pie.

—¿La capa lila con los bordes peludos?

—Sí, si es lo que debo hacer.

Él asintió con firmeza y dio una palmada.

—Eso servirá. —Se dio media vuelta y se dirigió a las doncellas—: Escoltad a la señorita ladrona a sus aposentos y ayudadla a encontrar un atuendo adecuado, y enviad una vestimenta distinta a la habitación de lord Matt.

—¿Ves? —dije y le di unas palmaditas a Harlow con fuerza en el antebrazo—. No hay nada malo en dejar que la gente se exprese como quiera.

Él gruñó algo acerca del decoro y la tradición, pero lo ignoré. Si romper la tradición significaba que Matt y Lila estuvieran cómodos, que así fuera.

Capítulo 16

La capa era un poco demasiado, pero soporté el frufrú de la tela mientras caminaba hacia la sala del trono. Al menos me habían dejado ponerme pantalones en vez de una túnica, aunque eran más suaves y ceñidos de lo que estaba acostumbrado. Menos mal que la capa me cubría la parte de atrás, ya que el miedo a que se me rompieran por la mitad cuando me sentase en el trono no dejaba de crecer.

Harlow insistió en que fueran color marrón oscuro y la camisa, bastante ceñida, de color blanco, que en mi antiguo pueblo me habría durado solo un día. La espada y unas botas recias marrones completaban mi atuendo de rey. Eso y la corona de oro. De alguna forma, Harlow se las había apañado para colocarla de forma que me aplastara alguno de los mechones que tendían a quedarse de punta. No eran tan malos como el remolino de Matt, pero casi.

Me sentía como un pavo real. Un pavo real muy poco preparado. No. Un pavo vestido de pavo real. Un pavo que se acabaría convirtiendo en cena porque, en cuanto todos vieran el engaño y que no era un pavo real, querrían comérselo. Genial. Ahora, curiosamente, tenía hambre.

¿Por qué el universo me había elegido para esto?

Al doblar una esquina, empujé las puertas laterales que daban a la sala del trono y atravesé el suelo de piedra hasta una alfombra rectangular que cruzaba la estancia desde el estrado hasta las puertas que conducían al atrio exterior.

Los otros ya estaban allí. Matt estaba de pie a la derecha del trono y parecía más él mismo vestido con una camisa y unos pantalones sencillos y con el báculo en la mano. La expresión seria y poco impresionada de su boca no escondía su ridículo atractivo o la magia que manaba de él. Sionna y Rion estaban a la derecha e irradiaban un aire intimidante. Rion parecía un caballero de la cabeza a los pies con aquella armadura tan pulida que el brillo hacía daño a los ojos. Sionna había optado por su armadura de cuero, un estilo parecido al que había llevado durante nuestro viaje, aunque esta versión era más nueva, limpia y decorada.

Lila estaba en el primer escalón bajo Sionna y Rion enfundada en su capa verde. Tenía el cabello completamente oculto debajo de la capucha y me pregunté si, en un acto de rebeldía, se habría negado a peinárselo.

Bethany estaba en el escalón más cercano a Matt con el arpa en la mano; llevaba un vestido color ciruela de escote peligrosamente bajo y estaba guapa, con una expresión serena y carismática. Aunque no se me removió nada por dentro cuando la miré, como me había pasado con Sionna, sería una compañera maravillosa para ayudarme a gobernar el reino. Sí. Astuta e inteligente. Diplomática y encantadora. Era una buena segunda opción en mi lista de personas a cortejar. Quizá demasiado buena para mí. Pero estaba claro que tenía madera de reina.

—Parecéis las fichas de un juego —dije en voz alta a medida que me acercaba—. O como esas marcas en el mapa que hay en la sala de guerra. ¿Estamos jugando a un juego de estrategia?

Todos me fulminaron con la mirada. Lo cual era impresionante. Casi nunca me las arreglaba para molestar al grupo entero a la vez. Riendo, pisé la alfombra.

—¡Larga vida al rey Arek!

Me sobresalté y me tropecé; me agarré la tela de la camisa sobre el corazón, que latía descontrolado.

—¿Qué demonios?

—Protocolo —dijo Matt alegremente a modo de venganza. Hizo un gesto con la cabeza en dirección a Harlow, que estaba junto a la puerta al fondo de la estancia—. Larga vida al rey Arek —respondió en un tono monótono. Hizo una reverencia. Los otros lo imitaron.

—Vale, no volváis a hacerlo.

—Es la tradición. —Bethany me guiñó el ojo—. O eso nos han dicho.

—Pues vamos a romper la tradición y a empezar la nuestra. —Recuperé la compostura y retomé el camino al trono. Le di a Lila en la cara con la capa cuando me giré con aires de grandeza antes de sentarme. Me habría gustado haberme asegurado de que hubieran limpiado las manchas de sangre. La primera orden después de aquello sería que lo reemplazaran todo con algo menos amenazador—. Tampoco quiero que me hagáis reverencias. Nunca. Siento que nos conocemos demasiado bien como para llegar a eso.

Bethany resopló.

—Un poco demasiado bien —dijo con una sonrisa de medio lado—. Por ejemplo, no debería saber que tienes un lunar justo encima de...

—Vale, no es necesario. —Y también era ingeniosa. Estaría a la altura de mis ocurrencias. Sí. Era un buen plan. Miré a Matt y la pequeña sonrisa que había esbozado desapareció. Sip. Un plan... excelente.

—Despedidos. Estáis todos despedidos. —Moví los hombros en círculo—. Ahora, caras serias. Fingid que sabéis lo que estáis haciendo y que lo tenéis todo bajo control. —Apoyé los brazos en lo que quedaba a ambos lados de la silla y miré a la sala amplia y vacía—. Harlow, haz que pasen los solicitantes.

Harlow abrió las puertas.

No sé qué esperaba. Pero la mariposa solitaria que entró revoloteando y dio un par de vueltas antes de marcharse... no.

—Eh... ¿La gente es invisible?

Harlow sacó la cabeza por la puerta y miró en derredor.

—No hay solicitantes, alteza.

—¿Por qué?

—Creo que no han venido.

—Gracias por la observación. Ya veo que no han venido. Mi pregunta es por qué.

—¡Ja! —Lila señaló a Harlow con el dedo—. Casi me haces llevar un vestido para nada.

—Harlow —dijo Sionna con tranquilidad—, ¿acudían solicitantes durante el reinado anterior?

—Sí, durante varios años hasta... hasta... que tuvieron demasiado miedo —dijo al tiempo que negaba con la cabeza.

—Tiene sentido —murmuró Matt.

—¿Sabían que podían venir hoy? —continuó ella—. ¿Les hemos avisado?

Harlow tragó saliva y la nuez se le movió.

—Es... la tradición.

Me entró una punzada de dolor tras los ojos y me froté la frente.

—Tradición —dije—. Supongo que no habremos anunciado por ahí que los solicitantes son bienvenidos a volver al castillo en este día en concreto, ¿no es así?

—El quinto día de la tercera semana del mes siempre ha sido...

—¿Cuándo fue la última vez que un solicitante se atrevió a visitar el castillo?

Unas arrugas aparecieron en la frente de Harlow.

—Hará unos seis años, alteza.

—¿Y qué pasó?

—Se los comió el monstruo del foso.

—¿Lo dices en serio? —Hice un aspaviento—. ¿Al último solicitante se lo comió el monstruo del foso y nos preguntamos por qué nadie ha aparecido hoy?

—Es la tradición.

Me levanté, frustrado.

—Estamos creando nuestras propias tradiciones. Nos hemos puesto esta ropa ridícula —dije al tiempo que agarraba la capa púrpura—. Hasta nos hemos *bañado*. Hoy vamos a recibir a gente.

—Arek...

—Seguidme. Si ellos no vienen a nosotros, nosotros iremos a ellos.

—¡Alteza!

—¡Excursión al campo! —gritó Lila.

No miré hacia atrás para comprobar que todos me siguieran porque estaba seguro de que lo harían. Los sentía ahí, protegiéndome al igual que habían hecho durante los últimos nueve meses. Puede que estuviésemos vestidos como piezas de ajedrez, pero seguíamos siendo ese grupo de tontos andrajosos que habían acabado con el régimen más oscuro y vil en cinco generaciones y habían vivido para contarlo.

—Bethany —dije mientras salíamos del castillo y atravesábamos la fortaleza hacia el muro exterior con el puente levadizo. Las puertas pesadas de madera estaban abiertas de par en par, habían subido la verja y el puente levadizo se extendía sobre las profundidades del foso que había entre el muro del castillo y el camino que conducía al pueblo—. Magnifica mi decreto.

—Ah, me encanta cuando das órdenes. —Me guiñó el ojo.

—Bethany.

—Ya voy. —Alzó el arpa y rasgó las cuerdas. El aire reverberó con la magia e hizo que mis palabras cobrasen vida.

—Ciudadanos de Ere del reino de Chickpea —dije en voz alta—. Yo, rey Arek...

—El Amable —dijo Sionna y los ojos oscuros le brillaron cuando me dio un codazo en el costado.

—El Amable —añadí y puse los ojos en blanco—, decreto que el quinto día de la tercera semana del mes es día de peticiones. Sois bienvenidos a visitar el castillo para hacerle peticiones al rey y a su consejo en cuestiones relativas a cualquier asunto, así como para resolver disputas. El castillo estará abierto hoy hasta la puesta de sol. —Me volví ligeramente para mirar al grupo—. ¿Os parece bien?

—Perfecto —dijo Matt. Rion asintió y la cota de malla tintineó con el gesto.

—Vale, mándalo, Bethany.

Nunca me acostumbraría al poder de Bethany o puede que lo hiciera si acababa siendo mi alma gemela, pero el sonido de mi voz resonando como un eco por todo el país —llevado por las alas de la canción y la magia— hizo que me estremeciera.

—¿Y ahora qué? —preguntó Matt.

—Esperamos.

Reunidos al final del puente levadizo, nos quedamos esperando como unos idiotas peripuestos. Me apoyé en el hombro de Matt para mantener el equilibrio mientras me rascaba el gemelo con la puntera de la bota.

—¿Cuánto más tenemos que esperar? —susurró Rion.

—Un poco —dije con toda la confianza de alguien que no tenía ni idea de lo que estaba haciendo. No las tenía todas conmigo respecto de que alguien quisiera acercarse al castillo—. Démosles algo de tiempo.

Aparte de los jardines del castillo, no había estado tras sus muros desde que nos colamos, y las vistas desde el borde del puente eran bastante bonitas. El color de las hojas había cambiado, la brisa era recia y su frescor se sentía maravilloso contra mi piel acalorada. Puede que fuera mi imaginación, pero la atmósfera en general parecía más ligera que bajo el reinado de

Barthly. Las hojas rojas y doradas resplandecían a la luz del sol, la hierba era más verde, el cielo más azul, e incluso el foso —oscuro como boca de lobo cuando lo cruzamos— había pasado de ser negro a un marrón oscuro. Puede que la muerte de Barthly hubiese traído una era de renovación. Puede que su magia se hubiese desvanecido y eso se reflejara en los cambios en la tierra y el cielo.

Respiré hondo con las manos en las caderas.

—No está tan mal. Se está bien aquí fuera.

Lila se agachó, colocó la palma sobre el suelo y enterró los dedos.

—Es maravilloso.

Matt inclinó la cabeza hacia atrás y los rayos del sol acariciaron sus rasgos resaltando sus mejillas afiladas y las pecas desteñidas sobre el puente de su nariz.

Bethany me dio un tironcito de un mechón.

—Te luce mucho el pelo con esta luz. Nunca lo había visto tan rojo.

—Porque está limpio.

Me retorcí cuando Bethany me pasó las uñas por el cuero cabelludo hasta que los nudillos chocaron con la corona.

—¿Hola? —llamó una voz distante.

Aparté la mano de Bethany y miré el camino. Al otro lado del puente levadizo había una pequeña congregación de personas encabezadas por un hombre vestido con una camisa sencilla y un par de pantalones de trabajo. Estrujaba un sombrero de paja entre las manos y parecía inquieto mientras se acercaba con paso cauteloso.

—Hola —respondí—. Bienvenidos.

—¿Sois...? —titubeó—. ¿Sois el rey Arek? ¿Alteza?

—Sí, soy el rey Arek.

Se le mudó la expresión y elevó las cejas.

—Pero sois tan joven, si me disculpáis.

—No te preocupes. Sí, soy joven, pero derroté a Barthly, eh, quiero decir, al Malvado, con mis consejeros aquí presentes. —Señalé a mis espaldas—. Lo cual me convierte en el legítimo soberano de este reino.

—Todos sois bastante jóvenes.

—Pues sí —confirmó Lila.

—Ella es feérica.

—Mestiza.

—¿Y él es un mago?

—De los pies a la cabeza, sí.

Matt puso los ojos en blanco.

—¿Cómo sabemos que no sois como él? —La voz de una mujer brotó entre el grupo—. Hemos oído los rumores, pero tenéis una barda. Podríais estar manipulándonos.

—Sí, tengo una barda, pero es de total confianza. Somos buena gente. Bueno, lo intentamos. No somos perfectos, pero tampoco somos malvados. Somos buenos la mayor parte del tiempo.

—Menudo trabajo de oratoria estás haciendo para metértelos en el bote —murmuró Matt—. Bien podrías decirles que solo mataremos a la mitad de ellos.

—No me ayudas —susurré con brusquedad. Le di un pellizco en el brazo y él me pisó el pie.

El delegado del grupo dio un paso adelante. Los talones de sus botas resonaron sobre la madera.

—¿Y nos dejaréis entrar en el castillo?

—Sí, justo como declaré en... mi declaración. Me han comentado que es tradición permitir que la gente de este reino le haga peticiones al rey.

Tras mis palabras, la línea tensa de sus hombros se relajó. Se rascó la barba.

—Es tradición. O lo era antes de que yo naciera.

¿Antes de que naciera? El tío parecía un guante viejo. ¿Cómo podía tener menos de cuarenta años? Vaya. Han sido tiempos duros.

—Bueno, ha vuelto. Y si queréis pasar, tenemos una sala del trono muy bonita donde podemos hacer las peticiones.

El hombre dio otro paso en el puente. Echó una ojeada a sus espaldas, asintió al grupo tras él y se volvió para mirarme.

—Gracias, rey Arek. Estoy deseando...

Un tentáculo blanco y largo se alzó del pozo, se desenrolló, envolvió al hombre y lo arrastró por el puente hacia las aguas turbias bajo nosotros antes de que pudiésemos parpadear.

—¿Qué demonios? —gritó Matt—. ¿Qué demonios?

—¡Henry! —gritó alguien—. ¡Henry!

—Oh, mierda. —Desenvainé la espada mágica y luego corrí hacia la mitad del puente mientras me quitaba la corona en el proceso. El tentáculo apareció con el hombre gritando y empapado en su poder. No fui capaz de ver a qué estaba unido aparte de a una membrana blanca y llena de protuberancias justo bajo el nivel del agua, pero sabía que no podía quedarme ahí y ver cómo el monstruo del foso devoraba a un campesino que confiaba en mí.

Di unos pasos hacia atrás y tomé aire.

—¡Arek! ¡No!

No escuché. Con la espada en alto, corrí al borde y salté.

Capítulo 17

Sabía que lo de la capa no era buena idea.

Sentí el bofetón del agua helada cuando me golpeó la piel. Me quedé sin aliento y se me agarrotaron los músculos. La cadena de la capa se me clavó con fuerza en la garganta, asfixiándome, mientras la tela pesada flotaba tras de mí en el agua. Por suerte, se rompió tras unos tirones bruscos; si no hubiera sido así, aquel salto imprudente habría conducido a una muerte imprudente.

Bajo la superficie, el agua estaba más turbia de lo que parecía desde el puente, pero incluso con los ojos entrecerrados distinguí al monstruo del foso en todo su esplendor aterrador. Con él frente a frente, me di cuenta de dos cosas. Una, parecía una versión gigante de la criatura representada en un cuadro enmarcado del castillo cuya leyenda rezaba: *Destrucción de un velero*. Segundo, que probablemente saltar al agua había sido una decisión impulsiva y cuestionable.

Pero en cuanto estuve justo frente al monstruo, me arriesgué y di una estocada en su dirección sin apuntar a ningún lugar en concreto. Su chillido atravesó el agua. ¡Sí! Le había dado. ¡Punto para mí! Salvo que parecía haberme ganado su atención y, a pesar de que intenté alejarme a nado, yo también me vi atrapado por uno de sus apéndices carnosos.

Me propulsó hacia arriba. Al salir a la superficie, di una bocanada en busca de aire, aunque mi caja torácica apenas tenía espacio para expandirse y la inhalación sonó más como un grito ahogado. El tentáculo me estrujó con tanta fuerza que me crujieron los huesos.

—¡Arek! —Era la voz de Sionna.

—¿En qué estabas pensando? —Y ese era Matt.

—¿Qué? —les grité como respuesta. Me pasé un brazo por los ojos para apartarme el pelo mojado y los chorros de agua de la cara—. ¿No os gusta mi plan?

—¡Id a por las armas!

—¡Aguanta!

—¡Lila!

—Estoy en ello.

El monstruo agitó los tentáculos y, además de marearme muchísimo, me dejó a poca distancia del pobre campesino llamado Henry, que parecía tan aterrado como yo. Cuando estuvo a mi alcance, clavé la espada en un punto cualquiera del brazo que lo sostenía. La hoja se hundió profundamente en la carne y un chorro de sangre azul brotó de la herida. Liberé la espada y volví a lanzarle una estocada; me alivió ver que el tentáculo aflojaba el agarre del pobre Henry.

—Cuando te suelte —le dije tan alto como pude casi sin poder respirar—, cae al agua y nada hasta el otro lado del puente.

Henry emitió una especie de grito estrangulado que entendí como que estaba de acuerdo con el plan.

—Prepárate. —Con ambas manos, liberé la espada del tentáculo, que no dejaba de retorcerse.

Pero un segundo antes de que golpease, me alejó en dirección contraria; estuvo peligrosamente cerca de rasparme la cabeza contra el muro exterior del castillo. Con un gruñido intenté empujar la carne esponjosa con la mano para hacer palanca. No funcionó.

—¡Un poco de ayuda! —grité.

Una flecha salió disparada desde la orilla y se incrustó en la la cabeza de la criatura, que había emergido a la superficie. Otra se hundió en un tentáculo. Volví la cabeza y vi que Sionna había requisado un arco y flechas de uno de los campesinos. Qué apañada.

Con un bramido de dolor, el monstruo me mandó disparado cerca de Henry. En lugar de arponear el tentáculo, enarbolé la espada sobre la cabeza e hice uso de toda mi fuerza para cercenar el brazo. La hoja recién afilada —porque ya había aprendido la lección, muchas gracias— atravesó el apéndice. Henry cayó como un fardo en el agua y desapareció en medio de una ola espumosa de tinta. Unos instantes después, vi que su cabeza salía a la superficie.

Vale, un problema menos. Ahora el segundo, que consistía en que mi estómago se estaba familiarizando demasiado con mi columna vertebral. Grité cuando el tentáculo me apretó con más fuerza y los espectadores en la orilla respondieron del mismo modo. En cuanto Henry estuvo fuera de peligro y lejos de los tentáculos, analicé la situación. El monstruo había salido por completo a la superficie y estaba sobre un montón de rocas con las ocho extremidades ondeando de forma un tanto caótica. Lila saltó sobre una de ellas con su ligereza habitual y la recorrió por completo hasta patinar por la cabeza redonda. Daga en mano, apuñaló el montículo corpulento y la sangre azul salpicó en todas direcciones.

Genial. Ahora la posibilidad de que vomitase se había vuelto real. Entre el movimiento, el olor y la compresión, estaba a punto de sufrir una sobrecarga sensorial.

En la orilla, Bethany utilizó el arpa para tranquilizar a la multitud y encantarlos para que se alejaran de la criatura mientras Rion sacaba a Henry del agua. Sionna desenvainó la espada para luchar contra algo que había en la hierba baja, pero desde mi posición, que empeoraba por momentos, no vi lo que hizo que se agazapase en posición de lucha con la espada manchada de la misma sangre como la tinta que bañaba la mía. Matt resplandecía de poder con el báculo entre las manos; la joya en el extremo superior brillaba con intensidad cuando liberaba ráfagas mágicas en dirección a la criatura.

—¡Arek! —gritó Lila—. ¡Suéltate o te aplastará! ¡O te comerá!

Cierto. Jamás se habían pronunciado palabras más ciertas.

El ángulo en el que me sujetaba el monstruo no era el ideal para liberarme a espadazos. La fuerza con que aferraba la espada disminuía por momentos y la empuñadura cubierta de sangre pegajosa se me resbalaba de las manos. Como la energía me estaba abandonando, opté por rebanarlo para soltarme. Pero a medida que se me oscurecía la visión y me esforzaba por respirar, me di cuenta de que no iba a conseguirlo por mi cuenta.

En la orilla, Rion, Sionna y Matt estaban enfrascados en una lucha con un ejército de pulpos más pequeños que habían salido del foso y ahora amenazaban con superarlos. *¡Eran monstruos bebés! ¡Qué monos! No. Espera. Está claro que no son monos.* No eran para nada adorables mientras trepaban agresivamente por la armadura de Rion, se enroscaban en las piernas de Matt y cubrían a Sionna de un fluido viscoso y negro como la tinta.

Los encantamientos de Bethany no funcionaban con criaturas mágicas —lo habíamos descubierto con el hada— y se mantenía lejos de la batalla para proteger a los campesinos.

—¡Arek! —gritó Lila. Mantenía el equilibrio en un tentáculo que no paraba de retorcerse—. ¡Ya voy!

Avanzó un paso, pero mamá monstruo no dejó que llegara muy lejos. Dirigió un tentáculo en su dirección. Lila saltó por encima, pero se le enganchó el pie y cayó al agua. Apenas salpicó, pero no subió a la superficie.

Mierda. Vale. Eso no era bueno. Se me iban a salir las tripas por la boca, literalmente, si no hacía algo. Lila estaba en el foso;

los otros, acorralados. Mi reinado sería muy corto si no salía de esta y ayudaba a mis amigos.

—¡Matt! —grité con las últimas fuerzas que me quedaban.

Levantó la cabeza de golpe mientras los pequeños capullos esponjosos le subían por las piernas. Abrió los ojos de forma desmesurada y su rostro quedó desprovisto de color. Golpeó a uno de esos minimonstruos en la cabeza con el báculo y se lo quitó de encima antes de enarbolar la punta de madera debajo de otro para intentar despegárselo del cuerpo. Cuando soltó los tentáculos se le escapó el báculo, que dio de lleno contra la armadura de Rion, provocando un fuerte sonido metálico.

Las criaturas recularon. Las dos que se aferraban a Rion serpentearon hacia el suelo. Incluso el agarre de la madre se aflojó una pizca.

Matt se detuvo; una idea comenzaba a abrirse paso en su mente. Se abalanzó hacia la espada de Rion y se la quitó de las manos. Golpeó la hoja plana contra la placa dura que le cubría el pecho. Otro sonido discordante. Otro chillido de las criaturas, que no paraban de retorcerse.

El ruido.

Eran vulnerables al ruido.

—¡El ruido! —grité—. ¡Bethany!

Fue todo lo que necesitaron. Bethany corrió junto a Matt mientras rasgaba el arpa. La joya azul del báculo de Matt se iluminó y él pronunció unas palabras que no entendí; apenas podía oír nada por encima del poder que se iba acumulando. El viento arreció y la atmósfera se comprimió. Matt golpeó el báculo contra el suelo y provocó otro estallido fuerte que sonó aún más alto con el arpa de Bethany.

Nunca había oído algo tan ensordecedor. Solo podía comparar aquel ruido con cuando las rocas se desprendían en las montañas cercanas y se precipitaban hacia abajo en una avalancha.

Estoy bastante seguro de que aquello provocaría serios problemas acústicos, pero funcionó. Joder, menos mal que funcionó. El pulpo se retorció. La sangre manó de las heridas que Lila y yo le habíamos infligido en una exhibición excepcionalmente asquerosa. Tanto que puede que Bethany vomitase y luego se desmayase en mis brazos. Sería su héroe al sobrevivir al tentáculo estrangulador del monstruo del foso. Pero solo si sobrevivía.

El ruido continuó y por fin, por fin, el agarre se aflojó y me soltó. Caí al agua. Mis pies golearon primero y luego me sumergí por completo. Pasar de apenas respirar a no poder hacerlo en absoluto fue traumático, pero no ser capaz de ver por la tinta espesa bajo el agua me provocó un miedo totalmente distinto. El agua se me clavaba como agujas en la piel y la sentía helada contra la cara y las manos.

Luché por nadar hacia lo que suponía que sería hacia arriba, pero casi no hacía ningún progreso y empezaban a arderme los pulmones. Maravilloso. No iba a morir a manos del monstruo. Iba a ahogarme. El rey Arek el Amable, acabado por haber necesitado aire para respirar.

Una criatura sobrenatural, envuelta en nubes de cabello rubio, apareció frente a mí. Sus ojos claros me contemplaron a través de la oscuridad y nadó en mi dirección, se colocó bajo mi brazo y nos propulsó hacia arriba.

Salimos a la superficie.

—¿Estás bien, rey Arek el Impulsivo?

Tosí y me dolió el pecho cuando Lila tiró de mí hacia la orilla.

—Gracias a los espíritus, eres tú. Hoy no estoy para sirenas.

Ella resopló.

—Es asqueroso. Por cierto, nunca accedí a esto.

—Estoy de acuerdo. Totalmente de acuerdo. —Me aparté el pelo empapado de agua y tinta de la cara—. Puaj. Esto ya es repugnante a otro nivel. —Por la expresión de Lila, debía de parecer un demonio.

—Tú no vomites.

Meciéndonos en el agua, nadamos hacia la orilla mientras el pulpo daba azotes, chillaba cerca de nosotros y se retorcía de dolor ante el ataque sonoro que emitían Matt y Bethany. Poco a poco, sus arrebatos disminuyeron y las extremidades se hundieron en su muerte agónica.

Al vernos en el agua, Sionna abandonó la tarea de apuñalar a los monstruos más pequeños y corrió hacia la orilla. La vadeó y me agarró el brazo para izarme hasta que mis pies volvieron a tocar tierra firme. Me arrastré por la hierba húmeda, pero solo di unos pasos hasta que me cedieron las piernas. Me tumbé de espaldas y me quedé mirando al cielo azul y sin nubes.

—¡Arek!

Matt bajó el báculo y aquella fue la ocasión que necesitaba el pulpo. En un último ataque desesperado, sacudió un tentáculo y atizó a Matt en el torso.

La fuerza del golpe mandó a Matt volando de espaldas. El grito de sorpresa cortó el aire y cesó de pronto cuando colisionó contra el único árbol que había en el camino que conducía al pueblo. Un crujido enfermizo resonó con fuerza entre los jadeos y los gritos de los espectadores cuando el cuerpo de Matt se quedó inerte.

Me puse de pie de un salto y trastabillé hasta donde yacía inmóvil, abriéndome paso entre aquellos que se interponían entre nosotros, mientras el cuerpo me temblaba de miedo. Se me paró el corazón. Se me cortó la respiración. Mi cerebro dejó de pensar. Lo único que me funcionaban eran los pies y la sangre que me palpitaba en los oídos.

—¡Matt! —grité aturdido—. ¡Matt!

Él gruñó.

Una sensación de alivio me inundó cuando vi que se sacudía, rodaba sobre el estómago y se levantaba. Milagrosamente, se había aferrado al báculo y apoyaba su peso en él.

—Ay —dijo, se dobló por la mitad y se agarró el estómago. Se acercó a mí a trompicones.

—Gracias a los espíritus, estás vivo.

Él sonrió con los labios apretados y tan blanco como la leche.

Lo sujeté del brazo para que se estabilizara, aunque era yo quien lo necesitaba. Tenía las rodillas débiles por el cansancio y el brote de pánico.

—¿Estás bien?

No respondió.

—¿Matt?

Levantó la mano temblorosa y se limpió la comisura de la boca. Dejó un reguero de sangre por su mejilla. El rojo intenso resaltaba contra la palidez de su piel.

Los dos nos quedamos mirando la sangre.

—¿Matt? —Mi voz sonó apocada a pesar del silencio que había entre los dos.

Me miró y me dedicó una sonrisa débil; luego se le pusieron los ojos en blanco y se desmayó justo en mis brazos.

Capítulo 18

Nos bajé a los dos al suelo con la cabeza de Matt apoyada en mi antebrazo y el resto de su cuerpo acunado contra mi pecho. Hundí las rodillas en la tierra blanda. La mancha de sangre parecía un cometa que le cruzaba la mejilla. Tenía más en la parte interna del labio; esperaba que tan solo se hubiese mordido la lengua en lugar de la alternativa. La alternativa era que tuviera los pulmones aplastados o se hubiera perforado algún órgano. La alternativa era que tuviera las costillas rotas o el corazón dañado. La alternativa era la muerte, y yo no podría vivir con eso.

—¿Matt? —Le di unos golpecitos en las mejillas. La cabeza le cayó a un lado; el remolino moreno casi no se distinguía de las manchas de tinta de mi camisa, antes de un blanco inmaculado—. ¿Matt? —Le acuné la mejilla con los dedos fríos y arrugados por el agua. Tenía la piel caliente contra mi palma y el aliento cálido contra la yema de mi pulgar—. Venga, Matt. Despierta.

No despertó. Sus ojos permanecieron cerrados con cabezonería. Otro hilillo de sangre goteó de la comisura de sus labios. Se me formó un nudo en la garganta. Los ojos se me anegaron de lágrimas. El temor se instaló en mi estómago como una piedra.

—Matt, por favor.

No hubo respuesta.

—Ayuda —dije; apenas me salía la voz. Volví la cabeza hacia donde estaban los otros a unos metros de distancia—. ¡Ayuda!

—grité alzando la voz, aguda y temblorosa—. ¡Necesita ayuda! ¡Por favor! ¿Hay algún curandero? ¿Alguien?

Me volví hacia él y apoyé la mano sobre su pecho mientras la gente se acercaba pisoteando la tierra y hablando en voz alta por el pánico. La mano se me elevaba cuando Matt inhalaba y luego descendía; aunque resollaba y sus respiraciones eran irregulares, al menos respiraba.

—Alteza —dijo alguien, vacilante. No sé quién fue y lo ignoré. Tenía los ojos clavados en el rostro flojo de Matt mientras intentaba reanimarlo, rezando por una señal de que despertaría. Necesitaba que estuviese bien. Necesitaba que se despertara, me sonriera e hiciera un comentario mordaz, que se burlase de mí por haberme preocupado demasiado por él, que me diese un empujoncito y me llamase «tarugo». *Por favor, ponte bien. Por favor, ponte bien. Por favor. Por favor. Por favor—. Alteza.*

—¡Arek!

Levanté la cabeza de golpe y me fijé en que Sionna, Bethany y una mujer a la que no conocía estaban de pie junto a mí.

—Es la curandera del pueblo. Deja que le eche un vistazo.

—Sí —grazné—. Sí. Por favor.

—Bajadlo, alteza, por favor. Podré explorarlo mucho mejor si está tendido.

Con las manos temblando, lo deposité en el suelo y me senté sobre los talones. Alguien me apoyó una mano en el hombro mientras la curandera hacía su trabajo. Cuando volví la cabeza, vi a Rion de pie junto a mí. Me dio un apretón. Lila estaba a su lado; le castañeaban los dientes y sujetaba con fuerza un abrigo grueso.

Claro. Estaba helado. Los temblores eran una mezcla de agotamiento, miedo y frío por el foso. Me envolví el cuerpo tiritando con los brazos para detener el estremecimiento y evitar caerme a pedazos.

La curandera se arrodilló junto a Matt y extendió los dedos sobre él, cerniéndose a un centímetro sobre la tela arrugada de sus mejores galas. Susurró unas palabras y un resplandor irradió de sus brazos y se acumuló bajo las palmas en sendos focos brillantes de luz dorada. Las movió por todo el torso de Matt. Su respiración se entrecortó y yo apreté los puños. Entonces puso las manos a ambos lados de la cabeza de Matt y le presionó las yemas de los dedos contra las sienes. El brillo se deslizó sobre su piel, que pareció iluminarse desde dentro antes de que la luz desapareciera bajo la ropa. Bethany observó con interés por encima del hombro de la mujer con el ceño fruncido y los labios apretados.

Bethany. Me había olvidado de ella. Habría sido una situación perfecta para que se hubiese desmayado en mis brazos después de habérmelas dado de héroe apuesto. Había sangre, algo que ella no soportaba de manera notable, y hubo heroicidades que desafiaban a la muerte. Casi había muerto, dos veces, pero había salido victorioso. Puede. No estaba seguro. ¿Qué había pasado con el monstruo? En cualquier caso, había perdido la oportunidad y, bueno, en verdad no me importaba. No podía importarme. Porque Matt... Matt...

—Se pondrá bien.

—¿La sangre?

Tocó el labio de Matt con un dedo; la piel se hundió.

—Es por una herida en la lengua. Nada serio. Ya se ha cerrado.

La multitud dejó escapar un suspiro colectivo. Me dejé caer a un lado, débil por el alivio, y bajé las rodillas hasta quedar sentado.

—Tiene heridas profundas y habrá que atenderlo durante varios días.

Hice una inclinación con la cabeza y me pasé la mano por los ojos. Tenía que recobrar la compostura. Tenía que enfrentarme al grupo. Tenía que dar órdenes y explicaciones. Tenía que gobernar.

—Llevadlo al castillo —dije contemplando el lugar donde la mano de Matt descansaba sobre la hierba—. Necesitaremos una camilla y...

—Oye. —Lila se agachó a mi lado. Me dio un empujoncito en el hombro—. Mira hacia arriba.

Tragué saliva y respiré para tranquilizarme antes de levantar la vista hacia la multitud que me rodeaba. Solo que ya no estaban de pie. Se habían... arrodillado.

—¿Qué está pasando?

—Creo que te están mostrando su respeto. —Se encogió de hombros.

—Ah. —Me humedecí los labios; sabían al agua del foso. Me estremecí—. Creo que debería ponerme de pie.

—¿Puedes?

—No lo sé.

Rion me agarró del brazo y entre él y Lila consiguieron levantarme. Me dolía la espalda. El dolor me recorrió todo el cuerpo, pero me dirigí a la multitud:

—Por favor, no lo hagáis. —Extendí las manos—. De verdad, estoy muy cansado de las formalidades.

—Habéis saltado al foso tras mi compañero. —Un caballero fornido y muy alto se separó del grupo—. Lo habéis salvado.

—En realidad, no.

Lila volvió a darme un codazo.

—Acepta el cumplido, idiota.

—Quiero decir, cualquiera lo habría hecho.

El compañero de Henry negó con la cabeza.

—No, ningún rey lo habría hecho. —Miró de reojo a Matt—. Y tampoco se habría preocupado tanto por su amigo.

La necesidad de interponerme entre Matt y la multitud, de ocultarlo de su mirada, era muy intensa, pero me contuve. No estaba seguro de haberlo conseguido sin la ayuda de Rion.

—Matt es mi mago y mi mejor amigo. Yo no estaría aquí sin él. Al igual que los otros. Bethany, Lila, Rion y Sionna... Ellos son quienes han permanecido a mi lado a pesar de todo. Son la razón de que hayamos podido derrotar al Malvado. —Hablando de eso, ¿dónde cojones se me había caído la espada?

—Entonces estamos agradecidos de que hayáis sido vos y vuestro grupo de amigos quienes nos liberasen de su reinado.

Resistí la tentación de hacer un gesto para desestimarlo y de emitir un comentario frívolo. Pero Matt estaba inconsciente en el suelo y Rion soportaba buena parte de mi peso. Y sí, literalmente había saltado al foso para salvar a alguien de un aterrador monstruo con tentáculos. No era momento para frivolidades ni bromas. Era serio.

—Gracias. Haremos lo que podamos para merecer vuestra confianza.

Él inclinó la cabeza.

—Gracias, rey Arek el Amable.

Ay, por los espíritus.

Antes de que tuviera la oportunidad de arruinar el momento, un sirviente del castillo apareció con una camilla. Entre Sionna, Bethany y la curandera pasaron a Matt con cuidado del suelo a la tela estirada con fuerza entre dos varas largas. El compañero de Henry se colocó entre las varas del final y otro tipo de aspecto fuerte de la multitud la agarró por delante. Entre los dos, elevaron a Matt y caminaron con firmeza hacia el castillo.

Harlow los dirigió a través del puente levadizo y la curandera, Sionna y Bethany los seguían de cerca. Yo los contemplé antes de intentar moverme, ya que no estaba seguro de que mis pies siguiesen unidos a mi cuerpo. El nombre de Matt retumbaba de fondo en mi cabeza, pero la curandera había dicho que se pondría bien. Me aferraba a eso. Me aferraba con tanta fuerza que era lo único que me mantenía en pie.

Lila y Rion me prestaron su apoyo y los tres caminamos por el patio despacio. Lila llevaba el báculo de Matt. Encontramos mi espada entre la hierba.

—Veo que la has afilado —aprobó Rion.

—He aprendido. —La hoja estaba embadurnada de una sustancia negra pegajosa. Apestaba. La bilis me subió por la garganta.

El cadáver del monstruo del lago estaba medio sumergido en el agua y sus bebés, esparcidos a su alrededor. Aquella imagen me entristeció un poco, pero luego recordé que había intentado comerme y se me pasó la empatía.

—¿Qué vamos a hacer con eso?

—No creo que debamos preocuparnos —dijo Rion.

La gente del pueblo ya estaba recogiendo los cadáveres más pequeños y echándolos a un carro. Otro grupo de campesinos había enganchado una cuerda alrededor de algunos tentáculos que flotaban en el agua y comenzaban a tirar.

—Genial —dije—. Por cierto, en cuanto los perdamos de vista, me voy a desmayar.

Rion me sujetó de la cintura con más fuerza.

—Apuntado.

Fiel a mi palabra, tan pronto entramos por la verja levadiza abierta y doblamos la esquina, cedí ante la oscuridad que me emborronaba la visión y me desmayé en brazos de Rion.

Capítulo 19

No me dejaban visitar a Matt.

Al parecer, tragar agua fría del foso y tinta de pulpo y luego quedarse con la ropa mojada puede enfermar a cualquiera. Me entró una tos horrible, lo que de por sí no era malo; lo horrible era el hecho de estar envuelto en mantas y confinado en mis aposentos. La tos me irritó la garganta y me dejó con dolor de costillas. La curandera no estaba segura de si era contagioso y no quería arriesgarse a que Matt pillase una tos similar teniendo en cuenta el estado de sus heridas.

Me había dado un té para aliviar los síntomas, pero no aplacaba mi irritabilidad.

Era el tercer día de confinamiento y, aunque me habían asegurado que Matt se había despertado y que estaba lo bastante bien como para amenazar a todo el mundo con convertirlos en sapos, me hormigueaba la piel de las ganas que tenía de hablar con él. No lo había visto desde que se lo habían llevado en la camilla, inerte y lleno de sangre. No me gustaba que fuera la última imagen que tenía de él.

Aburrido, pasé las hojas del diario de la princesa sin entusiasmo. Había llegado a la increíble conclusión de que cortejar a alguien era demasiado peligroso. Bethany quería alguien que la salvase, pero ella había sido la salvadora con el monstruo del foso.

Había protegido a los campesinos y amplificado la magia de Matt lo suficiente como para matar a la criatura. Matt había sido quien se desmayó en mis brazos y ese momento fue una mezcla extraña de mis esperanzas más profundas y mis peores pesadillas.

Lógicamente sabía que debía continuar con el plan del cortejo, pero mi corazón decía lo contrario. Ver a Matt herido arrojó más luz al hecho de que siempre sería él. No importaba lo que ocurriese, él era quien más me importaba. Pero mis sentimientos no cambiaban el hecho de que debía encontrar a otra persona o pasarían cosas malas, así que, a regañadientes, continué con la investigación.

Leí por encima las páginas del diario hasta que encontré un pasaje que podía serme de ayuda.

Ha fingido que no sabía bailar. Me di cuenta de que era mentira. Todas las damas aprenden a bailar a una edad temprana para no hacer el ridículo en los eventos reales. Pero prometí enseñarle y mostrarle los pasos de los bailes tradicionales. Nos reunimos en los establos; el olor del heno fresco estaba tan presente en el ambiente como la tensión entre nosotras. Al principio, le enseñé la postura; le rodeé la cintura con las manos, recorrí sus brazos para posicionarlos, para corregirla y darle apoyo mientras nos movíamos. Presioné mi cuerpo contra su espalda mientras bailábamos y mi aliento le acariciaba el cuello. Llevé la cuenta en voz baja —un, dos, tres; un, dos, tres—, con una mano extendida por su torso bajo la elevación ceñida de su corpiño y sujetándole el codo con la otra. Su ardid no duró mucho y pronto se volvió con rapidez entre mis brazos y me empujó apasionadamente contra la pared del establo. Me besó como si le faltase el aliento sin mis labios presionados contra los suyos.

Tosí y dejé el diario a un lado. Se me había acelerado el pulso y no era el plan, y menos con el sudor que ya me recorría las sienes de lo ceñidas que tenía las mantas.

Alguien llamó a la puerta.

—¿Qué? —Parecía un ganso asustado y estrangulado.

—¿Arek?

Con un suspiro, acomodé las mantas, me hundí en el colchón mullido y escondí el diario bajo la almohada.

—¿Sionna? Pasa.

Entró con pasos silenciosos y cerró la puerta con suavidad tras de sí. Ya había una silla junto a mi cama de cuando los demás me habían visitado. Sionna no dudó en acomodarse en el borde.

—¿Cómo lo llevas?

—Estoy bien —dije e hice un gesto para restarle importancia. Entonces me sobrevino una tos asfixiante y traicionera—. En serio, estoy bien. Un día más y estaré como nuevo.

—Me alegra oírlo.

—¿Cómo está Matt?

—Dolorido —dijo Sionna, pero me sonrió para tranquilizarme—. Duerme la mayor parte del día gracias a las pociones que le ha preparado la curandera. Pero se está recuperando.

Solté un suspiro de alivio.

—Entonces no está muerto.

—No, no está muerto. —Me sonrió y se apartó un mechón de pelo oscuro del hombro—. Y tú tampoco, a pesar de que saltaste de un puente para luchar contra un monstruo.

Me encogí de hombros.

—Solo reaccioné antes que vosotros.

—A la gente del pueblo le alegrará saber que estás bien. Todos han estado preocupados.

—Seguramente porque quieren reprogramar el día de las peticiones lo antes posible.

Sionna puso los ojos en blanco.

—No es la única razón. Te llaman «rey Arek el Valiente».

—¡Gracias a los espíritus! Es mucho mejor que «rey Arek el Amable».

Ella negó con la cabeza.

—Me gustaba «rey Arek el Amable». Hay fuerza en la amabilidad.

—También en la valentía.

—Bueno, hay un grupo bastante numeroso que se refieren a ti como «rey Arek el Joven».

—Esa tampoco es buena. Habría que cambiarla si voy a vivir para siempre.

Sionna se rio y se tapó la boca con una de sus manos delicadas.

—¿Qué tal Meredith?

Sionna lanzó un suspiro como una brisa de invierno, soñadora y silenciosa.

—Es maravillosa. Yo... me gusta mucho.

Rebosante de alegría, estiré el brazo y le di unas palmaditas en la mano que había apoyado en la cama.

—Me alegro mucho por ti.

—¿De verdad?

—Claro, ¿por qué no iba a hacerlo?

—Pensé que quizás estarías... —Su voz se fue apagando y bajó la cabeza.

Ay, no. Ay, no. Al parecer, Sionna se había dado cuenta de ciertas erecciones inoportunas por ella. Mmm... puede que no fuese tan poco observadora en ese aspecto como había esperado. Bueno, ya no había de qué preocuparse.

—¿Qué? ¿Celoso? ¿De ti o de Meredith? Porque debo decir... Ella me atizó la pierna.

Me reí.

—No, me alegro mucho por ti. —Un rubor se extendió por mis mejillas—. Era un muchacho de pueblo que nunca había conocido a alguien como tú; claro que me pillé por ti como un niño cuando nos conocimos.

Frunció el ceño y los labios.

—¿Qué? —pregunté.

—¿Te enamoraste de mí?

—Sí. Durante un tiempo. Ya no. Espera, ¿a qué te referías?

—Eh...

—¿Sionna? ¿A qué te referías?

Se removió en la silla, pero no me miró a los ojos.

—Solo que yo he encontrado a alguien y tú... ¿no? Que estás... solo.

—¿Crees que me siento solo?

—¡No!

—Entonces, ¿qué? —Se me heló la sangre—. ¿Has hablado con Matt?

—¿Has hablado tú con Matt? —preguntó ella con cautela.

La señalé.

—Ha desembuchado, ¿verdad? ¿Te ha contado lo de la ley de unión mágica?

Ella se quedó inmóvil.

—¿Qué ley de unión mágica?

Ay, mierda.

—Nada. —Por los espíritus, ¿a qué se refería?—. ¿De qué estás hablando?

—¿De qué estás hablando tú? ¿Qué ley de unión mágica?

—¿Hay eco aquí? —contraataqué—. ¿Por qué iba a disgustarme por lo tuyo con Meredith?

Abrió la boca y luego la cerró.

Llegamos a un punto muerto en el que ambos nos miramos perplejos, pero ninguno habló. Ella ladeó la cabeza. Yo alcé la barbilla y me crucé de brazos. Ella se recostó en la silla e imitó mi postura.

Después de mirarnos a los ojos intensamente durante un rato, desvié la vista.

—Sionna...

—La ley de unión mágica —dijo, y por su tono no admitía discusión—. Explícate.

Bueno, ¿qué sentido tenía ser rey si no podía ser inflexible?

—No.

Ella arqueó la ceja.

—Arek.

—Soy el rey. Y digo que lo dejes. —Me humedecí los labios—. A menos que quieras explicarme a qué te referías.

Ella entrecerró los ojos.

—Ah, mira qué hora es. Debo irme. Tengo reclutas nuevos que entrenar. —Se levantó y se encaminó hacia la puerta.

¿Reclutas nuevos? ¿Qué?

—Un momento, Sionna. ¡Espera!

Me incorporé demasiado deprisa y la tos que había estado conteniendo se descontroló y me raspó la garganta. Me doblé del dolor y agarré la taza de té que había sobre la mesita de noche. Ella me la quitó antes de que se me cayese y me tendí sobre las almohadas hasta que el ataque pasó. En cuanto me estabilicé y pude respirar, me envolvió la mano en torno a la taza.

—Bebe, Arek.

Se había enfriado, pero me suavizó la garganta al tragar. Le di unos sorbos y la dejé en la mesa.

—¿Reclutas?

—¿No te lo ha dicho nadie?

Negué con la cabeza; desconfiaba de que la tos no volviera.

—Después de tus heroicidades temerarias, cerca de una docena de personas aparecieron en la puerta al día siguiente para unirse al ejército. Vinieron más al día siguiente. Y hoy han llegado más. Les hemos ofrecido habitaciones, el primer sueldo y hemos empezado el entrenamiento. —Se le iluminó el rostro—. Rion está con ellos ahora; los está equipando con los uniformes, las armas y los suministros.

—Vaya. ¿De verdad?

Ella asintió con entusiasmo; le brillaban los ojos marrones.

—Ambos coincidimos en que pueden empezar como guardias del castillo para proteger a nuestro rey imprudente.

—No soy imprudente.

—Sí, lo eres, asesino de monstruos.

—Matt y Bethany lo mataron. Yo solo le corté algunos tentáculos.

Ella me dio unas palmaditas en la cabeza y me alisó los mechones pelirrojos rebeldes.

—Lo que tú digas. —Me apoyó la mano en el hombro y me dio un apretón—. Tengo que irme, pero deberías visitar a Matt.

Me señalé, revestido con las mantas.

—No me dejan. Me han dicho que me quedase aquí.

Ella arrugó la nariz.

—Pensaba que eras el rey.

Cerró la puerta con suavidad al marcharse.

¿Qué había querido decir con lo de Matt? ¿Le había dicho algo que le hiciera pensar que no aprobaba su relación? ¿Por qué no lo haría? Meredith era adorable. A Sionna le gustaba y la hacía feliz. Eso me bastaba.

Me quedé dormido pensando en ello y me desperté horas más tarde con el sol poniéndose en el horizonte. Me había perdido el almuerzo y el sirviente que me atendía me lo había dejado cerca en la mesa bajo un cubreplatos abrillantado. No tenía hambre, pero estaba inquieto.

Sionna tenía razón. Era el rey. Podía tomar mis propias decisiones.

Levantarme no fue tan difícil. Vestirme fue casi una tortura y me dejó sin aliento. En lugar de enfundarme las botas, me puse las zapatillas. Me abstuve de ponerme la corona, pero me decidí por una capa gruesa; me envolví los hombros con ella y me puse la capucha para cubrirme el rostro.

Abrí la puerta una rendija, salí a hurtadillas y atravesé el pasillo. En cuanto entré en el ala residencial principal, me di cuenta de que no tenía ni idea de cuál era la habitación de Matt. Llevábamos casi un mes viviendo en el castillo y nunca la había visto; eso decía más de mí de lo que me habría gustado.

Vale, conocía a Matt. Conocía a los otros. Basándome en las puertas que había a ambos lados del pasillo, debería ser capaz de averiguar cuál era la suya. La de Rion no estaría aquí porque querría quedarse en los aposentos de los caballeros, los cuales estaban en otra parte del castillo. La de Lila tampoco, ya que le gustaría estar en algún sitio con mucha luz y ventanas. La de Bethany sería la más grande. La de Sionna estaría en un punto estratégico, así que la de Matt tenía que ser... Me detuve frente a una puerta humilde en medio del pasillo.

Me mordí el labio. Ay, pero ¿qué demonios? Empujé la puerta.

La habitación estaba ordenada en comparación con la mía. La cama ocupaba fácilmente la mayor parte del espacio y una cómoda grande, el resto. El báculo de Matt estaba apoyado junto a la cama, donde dormía la siesta. A su lado había una silla, y un montón de vendas y un tarro con ungüentos en una mesita cercana.

Cerré la puerta a mis espaldas tan despacio como pude y, en vez de sentarme en la silla, la rodeé y me senté en el borde de la cama. El cabello oscuro le caía sobre la cara y se le enroscaba en las orejas. Le aparté un mechón de las pestañas para que no le molestase al despertar. Estaba envuelto en vendas desde la cinturilla de los pantalones hasta las axilas, de donde asomaban hematomas amarillentos, azules e incluso púrpura oscuro.

—Joder, Matt —suspiré—. No me han dicho que estuvieras tan herido.

Él se removió y entreabrió los ojos.

—No pareces sospechoso en absoluto.

Claro. Me quité la capucha.

—¿Mejor?

Él asintió.

—Les dije que no lo hicieran —dijo arrastrando las palabras.

—¿Por qué?

—No querían que salieras de la cama con este frío.

Las palabras le salieron atropelladas, una solapándose con la siguiente, consecuencia del sueño o de las pociones. Pero le entendí y puse los ojos en blanco, aunque él los había cerrado.

—Bueno, no lo habría hecho —mentí. Habría estado justo ahí, temblando y quejándome, pero a tu lado.

—Mentiroso.

Maldita sea. Era bueno.

—Bueno, ahora estoy aquí y hay un huequecito de la cama que no está ocupada por tu cuerpo desgarbado y, mira, hay mantas, almohadas y todo lo que necesito para estar calentito y echarme una siesta.

—Adelante. —Gesticuló con la mano. La agitó como si no tuviera huesos, pero el gesto estaba claro. Él se había ofrecido y si no le resultaba raro, a mí tampoco.

Sacudí los pies contra la cama para quitarme las zapatillas. Los metí bajo la manta y agarré otra que estaba doblada a los pies de la cama. Nos tapé a los dos y me acurruqué a su lado. Su cama era más fría que la mía, pero la piel de Matt emanaba calor a causa del sueño y su respiración era regular y profunda y, aunque acababa de despertarme hacía tan solo unos minutos, estaba listo para volver a echar una cabezada. Esas semanas en las que no había dormido bien se me vinieron encima.

—Siento que estés herido. —No me atreví a tocarlo o a abrazarme a él como quería, como habíamos hecho tantas veces—. Gracias por haberme salvado.

Se le elevó la comisura del labio perezosamente.

—Saltaste de un puente.

—Sí.

—No vuelvas a hacerlo.

—No lo haré.

—Mentiroso.

Resoplé por la nariz, listo para defenderme, pero las pretensiones ofensivas de las que había hecho acopio se desvanecieron cuando se le arrugó la frente al fruncir el ceño.

—No me hagas reír —jadeó.

—No he dicho nada.

—Lo has pensado.

—Eso sí.

Él resopló y luego hizo un mohín.

—Vuelve a dormirte, no quería despertarte.

A Matt no le gustaba que le diesen órdenes, pero que por una vez me escuchase era testimonio de lo dolorido que estaba. Exhaló y entre una respiración y la siguiente, se le relajaron las facciones y se quedó dormido.

Apoyé la cabeza en la almohada junto a la suya y lo contemplé: su rostro horrible y maravilloso, el cabello rebelde, las pecas de su nariz, ese lunar en el cuello, la cicatriz en la barbilla de cuando habíamos jugado con las horcas simulando que eran espadas y sin querer le había dado con uno de los dientes.

Habíamos pasado por situaciones aterradoras, pero ver a Matt catapultado como si fuese una roca había sido de lejos la peor. Peor que el hijo amoroso del tabernero. Peor que el hada que quería alimentarse de su magia. Peor que cuando los seguidores del Malvado nos habían amenazado con cuchillos, espadas, pociones, pájaros y perros. Peor que los abusones del pueblo y el hechicero que le había prometido a Matt libertad, poder y todo lo que quisiera bajo la endeble premisa de la profecía. Peor que cuando Matt dijo que no me quería.

Mientras lo observaba y el sol se hundía en el horizonte, me quedé dormido y la imagen de él pálido como un muerto quedó reemplazada por una de sus mejillas sonrosadas y los labios separados dormitando por la tarde; entero, vivo y hermoso. No había dormido tan bien en semanas.

Capítulo 20

—¿Rion, entonces? Matt estaba más despierto que los días anteriores. Desde aquella noche en que me había escabullido de la habitación, lo había visitado a menudo y me quedaba con él tanto tiempo como podía: comía con él, le leía libros e incluso dejé de lado algunas de mis tareas como monarca. No habíamos pasado tanto tiempo juntos desde la muerte de Barthly y lo disfruté, incluso si los fantasmas de las heridas graves y el hecho de que casi habíamos muerto nos acechaban.

Recostados en la almohada, Matt picoteó los huevos que nos había traído el servicio. Habían dejado una bandeja para nosotros en la cama junto con una tetera para cada uno. La suya para el dolor. La mía para la tos, que casi había desaparecido por completo, al igual que las heridas más graves de Matt.

—Ese es el plan —dije con la boca llena.

—No te funcionó lo del desmayo, ¿eh?

Arqueé una ceja.

—La única persona de esta habitación que se desmayó fuiste tú.

Con las mejillas rojas, Matt apartó los huevos y tomó un panecillo.

—Eso no es lo que me ha dicho un pajarito.

—¿Qué te ha contado Lila?

—Que perdiste el conocimiento y Rion te llevó a tu habitación.

—Habla demasiado.

Matt se rio por lo bajo, compuso una mueca y se encorvó un poco.

—Bueno, piénsalo así. —Partió un pedazo de pan y me lo tendió—. Te desmayaste en sus brazos. Es un extra para tu plan.

—Cierto. Aunque creo que fue más vergonzoso que adorable.

Con un mohín, Matt se metió el resto del pan en la boca.

—No puedes avergonzarte frente a Rion. Es la personificación literal de los buenos modales y no se reiría de un alma a menos que estuviese seguro de que está permitido.

—Eso es verdad. —Tamborileé los dedos sobre el labio—. Puede que eso no nos convierta en una buena pareja.

—Puede pasar cualquier cosa.

—Estás de buen humor.

—Estoy sentado. Hubo un momento en que pensaba que me convertiría en uno con el colchón.

—Eso habría sido desafortunado —dije mientras rebotaba en el borde—. Me gusta tu colchón.

Matt quiso pegarme en el hombro con el brazo, pero falló.

—Auh —dijo encorvándose sobre sí mismo.

—Eso debería decirlo yo.

—Cállate.

Hice como que me cerraba la boca con una cremallera y Matt sacudió la cabeza. Quería preguntarle por la conversación que había tenido con Sionna el otro día. Pero no tenía agallas. Fuera lo que fuere, era cosa de ellos y si Matt quería que lo supiera, me lo diría. Viniendo de mí, era una forma sorprendentemente madura de ver la situación, pero era el rey; había madurado. Un poco. Casi. Bueno, todavía no celebraría una fiesta en mi honor por llegar a la edad adulta. Primero, porque me moriría al no encontrar a mi alma gemela. Y segundo, sería mayor de edad en dos meses. En dos meses muy cortos.

—Explícame otra vez cómo piensas acercarte a Rion.

—¿No querías que me callase? —Matt me dedicó una de sus miradas poco impresionadas, pero sonreí a pesar de ello—. Está bien. En el diario, la princesa describe que la dama fingió no saber bailar para seducirla. Yo voy a fingir que no sé luchar con la espada.

—Es que no sabes luchar con espada.

—Algo sé.

—No lo bastante como para que el monstruo del foso no te espachurrara hasta casi morir.

—¡Circunstancias atenuantes!

—Claro.

—Oye, liberé a Henry. Decapité a Barthly. Tengo algo de destreza.

—Tienes un don de suertes cuando enarbolas un trozo pesado de metal contra las cosas.

Entrecerré los ojos.

—Menuda falta de respeto.

Matt sofocó una risa e hizo una mueca; se recostó en la almohada e inclinó la cabeza hacia atrás. Miró al techo y respiró.

—No me hagas reír.

—No lo intento. Pero hablando de mi increíble destreza con la espada, Sionna me dijo que tenemos nuevos reclutas a los que entrenar debido al incidente del monstruo del foso.

Matt resolló.

—Eso es hasta más gracioso.

—Deja de reírte —lo regañé.

—Pues deja de decir cosas graciosas.

—Solo te lo he dicho porque eso significa que podemos empezar a hacer planes para el banquete y el baile y lo que sea que quiera Bethany. Nuestro plan de emergencia sigue adelante.

Matt arrugó la frente y la pequeña sonrisa que sobrevolaba sus labios desapareció, remplazada por el ceño fruncido.

—¿Matt? ¿Necesitas tumbarte?

—Nunca más, gracias.

—Pues va a ser complicado a la hora de dormir.

Matt cerró los ojos.

—Estoy bien así.

—Vale, esa es mi señal. —Con cuidado me bajé de la cama y me tambaleé. Me apoyé en el poste para estabilizarme mientras me hormigueaba el pie derecho.

—¿Qué haces? —preguntó Matt.

—¡Nada! —Me quité la zapatilla. Sentía un cosquilleo en los dedos del pie y entonces brillaron como si fuesen translúcidos. Tragué saliva, sacudí un pie y lo apoyé en el suelo. Veía la alfombra a través de mi piel. Parpadeé y luego agité los dedos. Se volvieron sólidos. Para nada muerto de miedo, me solté del poste y retiré la bandeja del desayuno del regazo de Matt y la dejé en el suelo junto a la puerta.

—¿Me estás robando el desayuno?

—Es para que estés más cómodo. —Tomé el bol con fruta cortada y la dejé en la mesita de noche de Matt por si todavía tenía hambre—. Te estás quedando dormido.

—No es cierto.

—Mentiroso.

—¿Arek?

—Duérmete —le dije. Le tapé el torso vendado con la manta que había a los pies de la cama y le remetí los bordes con cuidado en torno a su cuerpo. Volví a comprobar el pie y me puse la zapatilla. Todo estaba en su sitio. Ah. A lo mejor me había sentado en una postura rara para que me hormiguease así. Y lo del brillo habría sido un efecto de la luz que entraba por la vidriera.

—Sé amable con Rion —dijo Matt con el ceño fruncido—. Es un buen tipo.

—Lo es. Seré tan adorable como siempre. Lo prometo.

Con un resoplido, Matt esbozó una ligera sonrisa.

—Idiota.

—Una falta de respeto, avisado quedas. Te he dejado fruta en la mesa. Volveré más tarde.

Por toda respuesta, Matt roncó.

En silencio, salí de la habitación y cerré la puerta tras de mí. En cuanto estuve en el pasillo, me recosté contra ella y apreté el pie contra la piedra. Nada. Un estremecimiento por los nervios. La refracción de la luz. Una oleada de cansancio y preocupación.

Pero, solo por si acaso, debía darme prisa y poner en marcha el plan para cortejar a Rion. Antes de que fuera demasiado tarde.

Capítulo 21

—Me alegro de que me hayas pedido volver a entrenar con la espada —me dijo Rion mientras lo seguía del castillo hacia el campo de entrenamiento de los caballeros.

La capa se mecía a mis espaldas al caminar. La corona brillaba a la luz del sol. Después del incidente con los pulpos, había evitado llevar ropa demasiado ajustada o con encaje, pero como intentaba impresionar a un compañero en potencia a quien cortejar, le había pedido a Harlow mis mejores galas con las que pudiera moverme con mayor libertad. Además, había pensado en conocer a los nuevos soldados reclutas y no sería bueno para ellos que me viesen con mi camisa y mis pantalones habituales.

—Bueno, después de lo del monstruo del foso, decidí aceptar tu oferta.

—Excelente. Empezaremos con las espadas de madera de entrenamiento y poco a poco pasaremos al acero.

Rion me lanzó una de ellas. Casi no la atrapo, pero giré la empuñadura en la mano con una floritura.

—Vale, entonces, ¿por dónde empezamos?

—Despacio —dijo—. Estuviste enfermo hace poco.

Hice un ademán para restarle importancia.

—Estoy bien. —Estiré los brazos por encima de la cabeza y moví el cuerpo para calentar las extremidades—. ¿Lo ves? Sanito y coleando.

Rion arqueó una ceja.

—¿Estás seguro?

—¿Estás cuestionando a tu rey? —le pregunté en broma y le guiñé el ojo.

—No. —Rion sonrió—. Empecemos, pues.

Nunca habría tomado a Rion por un tirano. Había imaginado que nuestra sesión se parecería mucho a lo que ocurrió entre la princesa y la dama en el diario, pero no era para nada lo que él tenía en mente. Para empezar, practicamos el manejo, el agarre, la pisada, el bloqueo y las estocadas. Cada vez que consideraba que mi manejo era descuidado o poco preciso, no me rodeaba con sus brazos fuertes y musculosos para colocar con delicadeza mis extremidades en la posición correcta. No. En vez de eso, utilizaba la punta de la espada de madera para darme toquecitos y pincharme hasta que me colocaba en la postura adecuada. Para cuando terminara la sesión, tendría el cuerpo lleno de pequeñas magulladuras.

—Da un paso al frente, Arek.

Me temblaban los músculos, pero lo hice.

—Más lejos. —Me golpeó con la parte plana de la hoja en la corva de la rodilla para que me inclinase más—. Ahí. Ahora mantén.

Me dolía el pecho. El sudor me recorría la espalda. Estaba tan dolorido como si fuese el primer día de recolección del heno y me lo hubiera pasado segándolo y amontonándolo. Un mes en el castillo y había perdido forma física. Apreté los dientes y seguí las instrucciones de Rion hasta tener la camisa empapada y la cara tan roja como mi pelo.

—Excelente, alteza.

¿*Alteza*? Me puse derecho.

—Rion, eso...

—Vamos a pelear.

Dio unos toquecitos en la tierra con la punta de la espada y luego se preparó en posición. Lo imité. Ataqué primero porque esperaba sorprenderlo con la guardia baja. Funcionó durante un instante antes de que apartara mi espada de un golpe y me diera una estocada con la suya. Me las arreglé para desviarla y me alejé riendo. El entrechocar de las espadas de madera llenó el patio junto con mi risa y la respiración agitada, además de las instrucciones de Rion cuando hacía algo mal y sus felicitaciones cuando ejecutaba bien algún movimiento. Era como un baile, una serie de movimientos acompasados. Se me aceleró el pulso. Sentía el latir rápido de mi corazón martilleándome la cabeza y la mandíbula. Unos minutos después, me desarmó con una floritura y mi espada de madera salió volando por los aires.

Sonreí con las manos en las caderas.

—Ha sido divertido.

Oí unos aplausos a mis espaldas y cuando me volví, descubrí que tenía espectadores. Varios de los reclutas habían estado mirando. Los saludé. Todos se quedaron paralizados y algunos se apresuraron a hacer una reverencia.

—Una sesión excelente, alteza.

Le di un apretón a Rion en el hombro.

—Y por eso sir Rion es uno de vuestros instructores —le dije al grupo—. Él y la generala Sionna son los dos mejores guerreros a esta edad.

Rion se sonrojó.

—¿Mañana a la misma hora? —pregunté. Él asintió—. Genial. Nos vemos entonces.

Esa noche estaba de muy buen humor. Después de haber cenado con Matt y haberle contado el entrenamiento con pelos y señales, me di un baño caliente para intentar mitigar el dolor que inevitablemente sentiría al día siguiente. Aunque me llevó mucho tiempo dormirme, en cuanto lo hice, descansé bien.

Al día siguiente volví sin capa ni corona. Y al siguiente. Y al siguiente. Y al siguiente también. Antes de darme cuenta, había pasado una semana y buena parte de la segunda, y Rion aún no me había tocado durante las sesiones, salvo con la espada de entrenamiento. Pero descubrí que no me importaba. Había dejado de enredarlo a propósito y empecé a disfrutar de aprender el arte de la espada y los beneficios del ejercicio físico. Dormía mejor. Estaba de mejor humor. Descubrí que estaba deseando entrenar un rato después de pasarme horas sentado en el trono, estudiando o aprendiendo las normas y la etiqueta. Pasamos de la madera al acero y añadimos escudos; pronto, Rion me enseñaría a utilizar una lanza.

Sin embargo, hoy me molió a palos el brazo del escudo.

—Espera —dije con la mano en alto—. Necesito un minuto.

Me tambaleé arrastrando el escudo hacia el cubo de agua que teníamos cerca del campo. Lo dejé sobre la hierba y me serví un tazón. Bebí y el agua me cayó por las comisuras de la boca y por el cuello abriendo un reguero entre el sudor y la suciedad. Cuando terminé, me sequé la boca con la manga. Jadeando, me recosté contra un poste de madera que, según me había explicado Rion, utilizaban para amarrar un muñeco de entrenamiento. Se podían apreciar las bocanadas de aire y mi cuerpo emitía vapor por el calor.

—Estoy agotado.

—Podemos dejarlo por hoy, alteza. Si quieres.

—No. —Negué con la cabeza. Tenía el pelo empapado de sudor, al igual que la ropa. Me remangué la camisa hasta los codos para moverme mejor y se me tensaron los antebrazos cuando recogí la espada y la giré en la mano—. No. Quiero pelear otra vez.

—Estás mejorando.

—Tampoco podía ir a peor.

Con una sonrisa, Rion cruzó los brazos musculosos. Era más alto que yo, pero solo un centímetro o así. El pelo rubio oscuro le llegaba al mentón, aunque cuando practicábamos se lo ataba con un trozo de cuero. Recogido, pude apreciar la línea marcada de su mandíbula, la barba recortada y los rasgos de su cara. Desde que lo conocí, se había vuelto más atractivo a lo largo de los meses y podía imaginarnos gobernando el reino juntos. Su estabilidad y su sinceridad eran buenos contrapuntos a mi impulsividad y sarcasmo. Salvo que no había mostrado ningún interés. Ni siquiera una pizca. Todo el contacto que había entre nosotros lo iniciaba yo o era fruto de la necesidad, como ayudarme a levantarme después de haberme derribado.

—No, no creo que pudieras.

¡Una broma! Buena señal.

—¡Qué falta de respeto! —Moví un dedo en su dirección, aunque mi sonrisa desmentía cualquier atisbo de enfado—. ¡Menuda insolencia!

Rion agachó la cabeza e hizo una ligera reverencia con los brazos extendidos.

—Mis disculpas, alteza.

Vale, fue muy mono. ¿Estaba flirteando? ¿Estaba Rion flirteando conmigo?

—Bueno —dije con la cabeza ladeada intentando seguirle el coqueteo—, ¿qué crees que debería practicar ahora? Sé que no he dominado nada, pero he mejorado. ¿Cuál es el siguiente nivel?

Rion se frotó la barba.

—Enseñarle algo a alguien, si puedes.

Eso no era lo que esperaba. Arqueé las cejas.

—¿Qué?

A Rion se le iluminaron los ojos al ocurrírsele una idea y me señaló.

—Sí. Es perfecto.

Cada día se congregaban más espectadores para ver nuestro entrenamiento. No me importaba. Los soldados necesitaban ver que Rion era alguien en quien confiaba y que sabía de lo que hablaba, de forma que estuvieran abiertos a aprender de él. Pero ahora sí me importaba. Y mucho, porque Rion recorrió la multitud con la mirada. Chasqueó los dedos.

—¡Lord Matt!

Me volví de golpe para encontrarlo, sorprendido de que se hubiese levantado de la cama. El otro día había podido caminar por su habitación, pero no sabía que estuviera en condiciones de salir al campo. Lo atisbé entre la multitud, apoyado en el báculo y vestido con una camisa sencilla pero con los hombros envueltos en una capa gruesa. Los reclutas se percataron de quién estaba entre ellos y susurraron mientras se separaban como las aguas de un río en torno a una roca, al tiempo que él caminaba hacia nosotros.

—Es el mago —murmuró uno lo bastante fuerte como para que yo lo oyese—. Ese tan poderoso que destruyó al monstruo del foso.

—Pensaba que lo había matado el rey Arek.

—El rey Arek salvó a Henry, pero fue lord Matt el Magnífico quien lo derrotó.

¿El Magnífico? ¿*El Magnífico*? ¿Cómo es que a él lo llamaban «lord Matt el Magnífico» y a mí me encasquetaban «rey Arek el Amable»?

Matt se acercó con cautela, con los ojos brillando de diversión, ya que él también había oído la conversación.

—No —le dije a Rion—. Es una mala idea. Acaba de recuperarse.

—Lo que significa que, como su instructor, tendrás que ser amable con él y asegurarte de que no se haga daño al ejecutar los movimientos.

Matt alzó la barbilla.

—Puedo sujetar una espada, Arek. Sobre todo si te ayuda a aprender a mantenerte con vida más tiempo.

La multitud soltó una risita nerviosa.

—Ha llamado al rey por su nombre —susurró el que hablaba fuerte.

Puse los ojos en blanco, atravesé el campo y saqué una espada de entrenamiento del barril. No podría enseñar a Matt y presionar su cuerpo con la espada de madera igual que había hecho Rion conmigo, así que tendría que pensar en otra cosa. Matt dejó el báculo apoyado contra la valla del perímetro, se sacudió la capa y se reunió conmigo en el centro del campo. Le tendí la empuñadura y él curvó sus dedos larguiruchos en torno a ella.

—Así no. —Coloqué mi mano sobre la suya y la acomodé sobre la empuñadura en la posición correcta—. Sostenla como si le estuvieras dando un apretón de manos. Actúa como si fuese la primera vez que la ves.

Los labios de Matt se curvaron en una sonrisa.

—Pues encantado de conocerla, espada.

—Eres ridículo.

—Cuidado, Arek. Estás en el lado de la punta que no es.

Con una carcajada me coloqué detrás de él.

—Esa ha sido buena. —Puse el brazo de Matt en la posición correcta. Le sostuve el codo con la palma y apoyé la otra mano a mitad de su espalda—. Vale. Ahora pon bien los pies. —Le di un golpecito en la pierna con la rodilla—. Sí, esa, muévela un poco hacia delante.

Matt cambió los pies hasta que estuvieron más o menos en el sitio correcto.

—¿Así?

—Sí. Está bien.

—Excelente —dijo Rion, que estaba frente a nosotros observándonos. Él también tenía una espada y alzó la punta en dirección a

Matt—. Ahora voy a hacer como que ataco desde arriba, así que mueve a Matt en la posición correcta. —Rion bajó la espada despacio.

Me incliné hacia delante, recorrí el brazo de Matt con la mano y coloqué la espada en la posición correcta de defensa. Lo agarré por el hueso de la cadera contraria y lo acerqué con delicadeza.

—Echa el pie atrás. No, el otro pie —dije y sofoqué un «uf» cuando me pisó—. Así. Bien. Mantente erguido.

Lo envolví con el brazo y presioné mi mano contra su pecho para estabilizarlo. Su corazón latía como un colibrí bajo mi palma. Se le erizó la piel de la nuca y me di cuenta de que exhalé como Rion me había enseñado, pero justo sobre el hombro de Matt y junto a su oreja. Antes de que pudiera murmurar una disculpa, la espada de Rion entrechocó con la de Matt. A pesar de lo flojo que había sido el golpe, a Matt se le fue el brazo y me apresuré a sujetarle la muñeca para afianzarlo y evitar que se le doblara.

—Bien, ahora desvía el golpe y atácame.

El cuerpo de Matt era un bloque cálido frente a mí. Las temperaturas se habían enfriado de manera considerable, pero había estado sudando durante el entrenamiento con Rion y me había quitado las capas exteriores. Sin embargo, ahora la humedad me enfriaba la piel y la brisa me hizo temblar. Me apreté más a él, absorbiendo su calor mientras le enseñaba a desviar el ataque y a preparar luego el suyo.

—Vale, un paso adelante. —Le rocé la parte de atrás de la pierna con la rodilla y él avanzó—. Ahora da una estocada con el brazo de la espada.

Al mismo tiempo, seguí la trayectoria de su brazo con la palma para corregir la técnica y luego la apoyé en sus costillas.

Matt tomó aire con brusquedad.

Retiré la mano como si me hubiese quemado.

—¿Estás bien? —pregunté, temeroso de haber tocado alguna de las heridas sin curar.

—Sí —dijo—. Estoy bien.

—¿Estás seguro?

Se tensó entre mis brazos.

—No soy débil.

—Nunca dije que lo fueras —respondí—. Pero estabas herido.

—Creo que he acabado. —Matt soltó la espada y se deshizo de mi abrazo. Me eché a temblar por la falta repentina de su calor corporal, me desenrollé las mangas y me envolví el torso con los brazos.

Sonrojado del cuello hacia arriba, Matt se pasó una mano por el pelo.

—Creo que me quedo con la magia. —Miró a los espectadores—. Pero pienso que por ahí podrías encontrar a algún voluntario dispuesto a terminar.

No quería encontrar a un voluntario dispuesto. Quería... Bueno, qué más daba. Obviamente Matt no se sentía cómodo con nuestra cercanía física si había gente alrededor. En nuestras habitaciones no pasaba nada y, de hecho, la iniciaba él; primero, se había metido en mi cama y luego me invitó a la suya cuando estaba herido. Y yo me sentía agradecido de que aquello no hubiese cambiado entre nosotros. Pero aquí fuera, delante de Rion y los nuevos reclutas, se sentía incómodo y yo debía respetarlo.

—Yo también he acabado por hoy. —Lo seguí mientras él recogía la capa y el báculo; no quería que aquello acabase con una nota amarga—. Te acompaño de vuelta.

Él arqueó una ceja.

—¿Quién dice que voy a volver a mi cuarto? He dicho que he terminado de jugar con espadas, no que había dado la salida por terminada.

—¿En serio? ¿Y a dónde se dirigirá ahora lord Matt el Magnífico?

—¿Por qué? ¿Acaso el rey Arek el Amable va a seguirme por el castillo?

—Sí.

Los soldados estallaron en susurros mientras presenciaban aquel intercambio, embelesados y con los ojos como platos.

Claramente divertido, Matt se ciñó la capa sobre los hombros.

—Al jardín, pues, *alteza*.

Admiraba cómo era capaz de hacer que aquel título sonara como un insulto.

Recogí mis cosas, me puse la chaqueta y me ajusté el cinto con la espada mágica a la cadera. Me pasé una mano por el pelo empapado de sudor. Qué asco. Más tarde necesitaría darme un baño.

El grupo reunido se apartó cuando pasamos entre ellos y dejamos el campo de entrenamiento. Matt llevaba el báculo en una mano y se arrebujó bajo la capa con la capucha forrada de piel puesta.

—Qué elegante —bromeé.

Él resopló.

—Dice el hombre que lleva un manto.

—Fue una vez. Bueno, dos veces —dije—. Pero me arrepentí en el momento en que salté al foso.

Con una risilla, Matt me condujo a través de un laberinto de arbustos frondosos, hierba alta y matorrales repletos de nidos de pájaros. Había varias partes de los terrenos que se habían descuidado durante años, así que tomé nota mental para contratar jardineros para la primavera.

—¿A dónde vamos? —pregunté mientras pasaba por un hueco tan apretujado que las espinas de un rosal se me engancharon en la tela de la chaqueta.

—¿Cómo ha ido todo con Rion? —preguntó Matt en lugar de responder.

—¿Con Rion? —dije—. Ah, sí, Rion. El cortejo. Mmm. Ese hombre está hecho de piedra. Tampoco es que le haya puesto mucho empeño. Quiero decir, lo he intentado porque no quiero morir. —Debería contarle a Matt la cosa rara que me pasó en su habitación, cuando me desaparecieron los dedos del pie. Todavía quedaban seis semanas para mi cumpleaños. Ya me preocuparía más tarde—. Pero no hay nada por su parte.

—¿Y por la tuya?

—Es guapo —suspiré y me encogí de hombros—. Y agradable. Y es un buen amigo. Pero no es para mí.

Matt asintió. Se dio unos golpecitos en la boca con la yema de los dedos.

—Entonces, ¿debería asumir que vas a pasar a Lila?

—Supongo que sí. Aunque Lila... es reservada. Literalmente no sabemos nada de ella salvo que es medio feérica y que es capaz de robarte los calzoncillos si te despistas.

—Sabemos más que eso.

—¿Ah, sí? ¿De verdad?

Matt agitó la mano en dirección a una puerta vieja y ajada que se abrió hacia dentro. Me condujo a través de un jardín interior que, de alguna manera, estaba más enmarañado y descuidado que los otros por los que habíamos pasado. Y hacía mucho más calor.

—Claro que sí. Te siguió en la batalla. Corrió por el tentáculo del monstruo del foso para salvarte. Y se quedó. —Matt se detuvo junto a un parterre con flores—. Ella fue la primera en sugerir que se iría y, aun así, se quedó.

Me tironeé del cuello de la camisa. El aire era húmedo y cálido, como cuando se largaba un chaparrón en el día más caluroso del año y las gotas se evaporaban al caer. Las plantas de vivos colores reptaban por los muros de piedra hacia el cielo; eran las más altas que había visto nunca y le conferían al lugar una luz verdosa.

—Quedarse es poner el listón muy bajo.

—¿Lo es? —Matt me dedicó una mirada intensa—. Quedarse es el acto de lealtad más grande que cualquiera de ellos ha mostrado. Una cosa es seguir una profecía que tiene punto final y otra es quedarse de manera indefinida, sin un final cerrado, sin saber qué te deparará el futuro ni cuál será tu papel.

—Ya les di su función, ¿recuerdas?

—Y fue lo más inteligente que has hecho hasta ahora. Darles un propósito.

—Gracias por el cumplido. Pero ¿qué tiene eso que ver con Lila?

—Lila siempre ha sido cauta. No sabemos nada de su familia ni si tiene una. No sabemos sus motivaciones aparte del dinero y las riquezas. Pero confiamos en ella.

—Sí. Confío en ella. Saltó sobre una bestia que no dejaba de retorcerse para intentar salvarme. —Me quité la chaqueta—. Por los infiernos, ¿por qué hace tanto calor aquí?

—Está encantado —dijo Matt con un ademán—. Cuando lo descubrí, el hechizo se estaba debilitando. Lo he reforzado para que aguantase unos años más. Entre las cuatro paredes de este jardín siempre hará el calor suficiente para que cultivemos lo que necesitemos.

—¿De verdad? —dije con voz aguda por el asombro. Me alejé de Matt y exploré lo que pude. El área no era grande, más bien del tamaño de uno de los comedores del castillo, pero estaba provisto de hierbas, flores, enredaderas y todo lo que pudieras imaginar. Acaricié la piedra, cálida al tacto, y me maravillé ante la habilidad de Matt—. Es increíble.

—Las hierbas y las plantas son para las pociones y los ungüentos del médico de la corte. Los árboles frutales, en caso de que los necesitemos en invierno. Y esto... —Movió una hoja con el extremo del báculo y dejó al descubierto un grupo de flores pequeñas y de un rojo vivo.

—¿Qué son?

—La verdad del corazón.

—No sé qué es eso.

—Leí sobre ellas en un pergamino de la biblioteca. Es una flor poco común. Su polen hace que una persona sienta la necesidad de revelar lo que alberga en el corazón.

Se me abrieron los ojos de forma desmesurada.

—¿Cuándo las has encontrado?

—Antes de lo del monstruo del foso. —Se mordisqueó el labio inferior—. En realidad, no quería utilizarlas. Pero te estás quedando sin tiempo. Tenía esperanzas en Sionna, Bethany y Rion, pero preferiría que no malgastases dos semanas intentando cortejar a Lila si no siente nada por ti.

Me incliné sobre las plantas para estudiarlas. Al fijarme, vi que los pétalos rojo sangre tenían forma de corazones diminutos.

Matt me empujó el pecho con la punta del báculo.

—No te acerques demasiado, a menos que quieras revelarme lo que desea tu corazón.

Me erguí.

—¡Ja! —La risa me salió más bien como un estallido de pánico. Intenté disimular con una tos mientras me alejaba de la planta, pero por la ceja arqueada de Matt vi que no había colado. Pero vaya. No quería tocarla porque le haría un soliloquio a Matt sobre su cara y sus pecas y su... Todo acabaría en vergüenza y lágrimas. Me aclaré la garganta—. Estoy seguro de que quieres oír lo mucho que ansío seguir con vida. Y sobre el pastel que tomamos la otra noche.

—Paso —dijo Matt con sequedad—. En fin, te sugiero que planees una salida con Lila. Yo prepararé las flores.

—¿Y luego qué? ¿Se las echo en la bebida? ¿Las espolvoreo sobre su tostada? ¿Se las tiro a la cara?

—Ya pensaré en algo. —Matt frunció el ceño—. Solo necesitas estar cerca para hacerle las preguntas correctas.

—Está bien. —Con las manos en las caderas, volví a maravillarme ante lo ingenioso que era aquel lugar cálido. La vitalidad de los verdes y las flores de distintos colores eran preciosas. El peso de la densa humedad me empapaba la piel. El calor era bienvenido en comparación con el frío del otoño ya avanzado al otro lado de la puerta—. Es brillante, Matt. En serio. Un jardín perenne.

—No fue idea mía. —Giró el báculo en la mano mientras la punta se enredaba con la hierba—. Yo solo lo reforcé.

—Aun así, está claro que eres Matt el Magnífico.

—Y tú Arek el Amable —resopló.

—Uf, para. —Eché el cuello atrás y miré al cielo. El sol tenue vertía una luz neblinosa a través del cúmulo de nubes—. Tú también, no.

—No sé por qué no te gusta el nombre. Es mucho mejor que «Arek el Temible», «Arek el Feo», «Arek el Despiadado», «Arek el Repulsivo», «Arek el...».

—Para. Por favor, deja de describirme.

Matt se rio y me dio un empujoncito con el hombro.

—Qué dramático. No te estoy describiendo, solo te daba ejemplos de lo que podrías ser. Son cosas malas. Ser amable, no.

—Hace que parezca débil.

—Ser amable no es una debilidad. —Matt hizo un mohín—. Después de todo por lo que hemos pasado, sería fácil ser un cínico, darles la espalda a todos y preocuparnos solo por nosotros mismos. Porque ¿quién se ha preocupado por nosotros? ¿Eh? ¿Quién, además de nuestros padres, se ha preocupado alguna vez por nosotros? Me echaron de mi pueblo natal por un *rumor* relacionado con la magia. A ti te eligieron para completar una misión que nunca quisiste. Nos han perseguido, herido, aterrorizado, envenenado, golpeado y casi nos matan. Incluso ahora te enfrentas a tu posible muerte.

Suspiré y me crucé de brazos.

—Riesgo laboral por ser rey, supongo.

—Sí —dijo y puso los ojos en blanco—, no eres amable en absoluto. Nada altruista. Ni siquiera un pelín completamente leal hacia un pueblo que ni siquiera sabía tu nombre hace dos meses. Ni el rey más generoso que esta tierra haya tenido en años.

—Para ser justos —dije sosteniendo el índice en alto—, mi reinado compite con el de Barthly, así que tampoco es muy difícil subir el listón. Y segundo, solo me puse la corona porque me insististe y porque pensé que había una princesa en una torre que podría tomar las riendas después de que yo reinase un total de, bueno, de una tarde. No es como si me hubiera propuesto ser de repente la persona a la que todos acuden para arreglar las cosas. —Con una sonrisa, le di un codazo a Matt en el costado. Luego me acordé de sus heridas en cuanto puso una mueca ante el contacto.

—Lo sé —espetó Matt; ya no quedaban rastros de humor en su tono ni en su expresión—. Si no te hubiera dicho que te pusieras esa estúpida corona, no te habrías vinculado al trono y no estarías obligado a unir tu alma. No hace falta que me lo recuerdes.

Levanté las manos.

—Ey. Matt, está bien. No lo decía en serio. Era una broma. No te culpo.

—¡Pues deberías! Tienes razón. Fui yo quien te dijo que le quitaras la corona a Barthly y te la pusieras. Hasta bromeé con eso. Todo esto es por mi culpa. Es culpa mía.

—¡Matt! No es culpa tuya. Ha sido un error.

—¡Un error que te va a cambiar la vida para siempre! ¡O a acabar con ella!

Se me aceleró el pulso. La humedad, que había agradecido cuando entramos en el espacio cerrado, ahora se sentía claustrofóbica.

—¿Desde cuándo sigo tus órdenes? ¿Eh? Podría haber elegido no escucharte. Lo hago todo el rato, ¿o es que no te acuerdas de casi toda nuestra infancia? Soy un idiota impulsivo. Ambos lo sabemos. Solo porque me dijeras que me pusiera la corona no significa que no lo hubiera hecho y me hubiese sentado en el trono de todas formas. Probablemente lo habría hecho después de que lo hubiesen limpiado.

Una tormenta parecía fraguarse en el rostro de Matt. Tenía los nudillos blancos de apretar el báculo. El rubor comenzaba a reptarle por sus mejillas y por el cuello bajo la túnica.

—No mientas para hacerme sentir mejor.

—¡Que no! —Se me rompió la voz. Levanté tanto los hombros que me llegaron a las orejas—. No te estoy mintiendo. Lo juro.

Matt compuso una expresión escéptica.

—No te sientas culpable, por favor. —Fue lo peor que podía haberle dicho.

—¡No me siento culpable! —explotó—. ¡Me siento estúpido! ¡Me siento inútil! ¡Me siento atrapado!

Me quedé paralizado. Sentí el pulso latiéndome en los oídos.

—¿Atrapado?

—No importa. No quería decir eso. Nada de eso iba en serio. —Se pellizcó el puente de la nariz entre el índice y el pulgar—. Estoy cansado y dolorido. No soy yo mismo. Volveré a mi cuarto.

¿Se sentía atrapado en el castillo por mí? ¿Preferiría estar en otro sitio? La cabeza me daba vueltas.

—Voy contigo.

—¡No! —Negó con la cabeza—. No. Estoy bien solo. No necesito tu ayuda. —Tragó con fuerza y desvió la mirada. El cabello castaño le cayó sobre el rostro oscureciendo sus facciones. Me dio una punzada en el corazón—. Tú asegúrate de quedar con Lila en unos días. Tendré el polen listo.

—Matt...

Se alejó, báculo en mano. Dejó el jardín encantado y la puerta se abrió y se cerró sin que la tocase. Me quedé mirándolo. Había sido un cambio tan brusco con respecto a un instante antes que una sensación de frío me recorrió el cuerpo a pesar del calor. De repente, eché tanto de menos a Matt que sentí como si me atravesaran el pecho con una lanza. Me hormiguearon los dedos. Con la boca seca, alcé la mano y miré a través de la palma.

Capítulo 22

—¿Quieres saber cómo estamos todos o soy un caso especial? —preguntó Lila con sequedad mientras me guiaba por el castillo.

La capa oscura ondeaba tras ella al caminar con paso rápido y ligero de la sala del trono a uno de los patios. Tenía un morral de cuero en las manos, pero no me dijo para qué era, solo que lo necesitaba para nuestra salida.

—Solo tú. —Me salió en un tono más mordaz que burlón, pero eso se debía a mi estado de ánimo antes que a cualquier cosa que hubiera dicho o hecho Lila.

Desde el altercado con Matt hacía dos días, apenas habíamos hablado, solo para intercambiar información sobre el polen y la cita con Lila de hoy. No estaba seguro de qué había hecho mal. Si es que había hecho algo. Pero estaba enfadado conmigo y, por tanto, yo estaba irritado con él.

—No confías en mí.

—Sí confío en ti en cosas como salvarme la vida y repartir bien el dinero. En otros asuntos, puedes llamarme desconfiado de forma justificada.

Se apartó un mechón de pelo rubio del hombro.

—Lo veo justo. —Me miró con los ojos entrecerrados sin prestar atención a dónde nos dirigíamos. En vez de eso, estudió mi rostro mientras se movía con una elegancia innata por los pasillos—. ¿Estás bien? Tienes cara de que alguien te ha robado el trozo de tarta.

Me pellizqué la nariz.

—¿Me has robado mi trozo de tarta?

Se llevó la mano al pecho y puso una expresión afectada e inocente, algo que seguro que había aprendido de Bethany pero que no terminaba de funcionar con sus rasgos finos.

—¿Yo? —Esbozó una sonrisa de tiburón—. No. No he robado ninguna tarta. ¿Por qué habría de hacerlo cuando puedo pedirle a la madre de Meredith que nos haga una? Es maravillosa, por cierto.

—¿Y a dónde vamos exactamente? No lo has dicho.

—Ya lo verás.

—¿Tiene algo que ver con muerte y destrucción?

Se dio unos golpecitos en la barbilla.

—Mmm, no.

—Me inquieta que hayas tenido que pensarlo.

—Y a mí me inquieta —dijo clavándome el dedo en el pecho— que estés huraño. ¿Tiene que ver con Matt? Él también ha estado de mal humor.

No me digas. Era perfectamente consciente de que había estado enfadado. Pero el hecho de que Lila lo supiera también me molestaba.

—¿Ah, sí? Cómo iba a saberlo.

—Ah, entonces sí tiene que ver con él.

—No todo gira en torno a Matt.

—Pero esto sí.

¿Cuándo se había vuelto perceptiva? Obviamente era influencia de Sionna.

—¿Podemos seguir con esto, por favor? —Vale. Este cortejo no era bueno. Hasta yo lo sabía. Pero no podía dedicarle mis energías cuando todos mis pensamientos estaban enfocados en Matt. En su rostro horrible y atractivo, su magia estúpida y perfecta y sus comentarios sarcásticos y desternillantes. Me molestaba que se sintiera culpable por mi problema. Me molestaba que se sintiese atrapado en el castillo. Todo lo relacionado con él me molestaba: lo listo que era, que se preocupase por todo el mundo, que se pusiera en peligro por mi bien, que me siguiera cuando me escapé, la forma en que me miró cuando el pulpo lo lanzó por los aires, que hubiese cultivado flores solo por mí, que temblara cuando le sostuve el brazo al hacer la estocada con la espada de prácticas, que el calor de su cuerpo me debilitara las rodillas y provocara que me diera vueltas la cabeza. Que él era el único a quien quería, pero estaba totalmente seguro de que él no me quería a mí.

Lila chasqueó los dedos frente a mí.

—¿Dónde demonios estabas?

—Justo aquí.

—Ya, claro.

Cuando miré a mi alrededor vi que Lila me había llevado cerca de los establos. Atravesó el patio de piedra, abrió las puertas de par en par y desapareció en el edificio en sombras. Los caballos relincharon en su interior y unos pajarillos revolotearon entre los travesaños. Un gato grande y naranja se estiró sobre un fardo de heno y movió la cola mientras me observaba con sus ojos amarillos brillantes.

—¿Lila?

—Espera.

Sabía lo que ocurría en los establos. Bueno, lo que había oído en historias y anécdotas obscenas de tabernas. No creía que eso fuera lo que quisiera Lila, pero quién sabe. Siempre había sido un misterio.

—Bueno, Arek, te presento a Cuervo.

Lila salió por la puerta a la luz del sol. En su brazo estirado se posaba el pájaro más grande que había visto en toda mi vida. Sus garras eran tan grandes como las de un oso y el apéndice central rodeaba por completo el brazo delgado de Lila, clavado en el cuero recio con el que se había recubierto la manga. Las plumas eran tan negras como el carbón, pero tenía la cabeza desnuda y rosada y su pico poblaría mis pesadillas. Definitivamente, no era un cuervo, sino pariente de los buitres o de otra especie de ave de presa de gran tamaño, una hecha para cazar y comer cosas grandes. Como vacas. O personas.

—Cuervo —dijo con tono serio. Este volvió la cabeza hacia ella y los ojos castaños rojizos brillaron con el sol—. Dile «hola» a Arek.

Cuervo no graznó ni chilló. No, siseó. Desconcertado, di otro paso atrás.

—¿Qué cojones, Lila? ¿Qué es eso?

—¡Es mi mascota! —dijo con voz alegre—. Lo encontré encerrado en una jaula en el castillo. Después de visitarle unos días y darle de comer carne cruda, nos hicimos amigos. Ahora vive en el establo.

Por los espíritus. Había encontrado al familiar del Malvado, su esbirro de desmembramientos o el monstruo de las tormentas y se había hecho su amiga. Ese pájaro demonio era su mascota. Ese navío aterrador al inframundo era su *amigo*.

—Lila, no estoy seguro de que Cuervo sea una mascota.

—Tienes razón. —Le rozó el pico con el dedo y le acarició las plumas del pecho. El pájaro le dio un picotazo y ella apartó la mano tan rápido que su cuerpo se desdibujó. Lo arrulló. Si se hubiera tratado de otra persona, habría perdido el dedo—. Es un compañero.

Agaché la cabeza y me froté la cara con las manos.

—Por los espíritus.

—¿Qué? ¿Qué pasa?

—¡Nada! Nada. —Me apresuré a tranquilizarla, no fuera a ser que Cuervo interpretase que la había ofendido de alguna forma tanto a ella como a él y decidiera sacarme los ojos después de destriparme con esas garras. Gesticulé con gesto derrotado al pájaro de la muerte—. Es mono.

Se me quedó mirando con los ojos abiertos, sin parpadear, como si sondease mi alma. Me entraron ganas de encogerme y llorar.

—¿A que sí?

Me mordí la lengua y me guardé para mí cualquier comentario desdeñoso porque Lila parecía terriblemente encantada. ¿Cuidar a un pajarraco destructivo muy grande era mejor que apuñalar a la gente por accidente cuando se sobresaltaba? No lo sabía. ¿Cómo iba a saberlo? No estaba preparado para ello.

—¿Cuervo hace algún truco?

Lila jadeó espantada.

—¿Trucos? Claro que no. No es un bufón. No está aquí para divertirte.

—Ah, lo siento.

—Era broma. Claro que los hace. ¿Quieres verlo traer algo?

No quería ver nada más.

—Claro.

—Cuervo —dijo Lila. Él apartó la mirada de mí para posarla en ella. Ladeó la cabeza de una forma espantosamente humana—. Busca un palo. Tráelo.

Siseó y extendió las alas. Su anchura total superaba la altura de Lila. Al batirlas, se le dobló el brazo entero bajo su peso cuando se alzó en el aire. Voló en círculos por el patio varias veces proyectando una sombra aterradora; luego, desapareció tras la cima de la torre oeste.

—Mmm. ¿Dónde ha ido?

—A buscar un palo.

—¿Cuándo volverá?

Ella se encogió de hombros.

—Cuando encuentre uno.

—¿No te preocupa que traiga algo que no sea un palo?

—¿Como qué?

—¡Como un niño pequeño!

—No haría eso. No es malo.

—¿Estás segura? Porque parece la encarnación del mal. Parece como un terror ancestral que ha vuelto para cobrarse su venganza. Es lo que les quita el sueño a los niños por la noche. Es la criatura que inspira los cuentos admonitorios.

Lila se cruzó de brazos y alzó la barbilla.

—Es un pájaro, no un ser malévolo.

—Ah, pues vale. Ahora me siento mucho mejor. Ha sido esclarecedor y me alegro de que hayas encontrado una mascota. Pero no puedo no expresar mi preocupación por que hayas acogido a un pájaro asesino.

Lila frunció el ceño.

—Cuervo no es un pájaro asesino. —Arqueó una ceja—. ¿Lo estás juzgando por su apariencia?

—No. Claro que no. —Sí. Sí lo hacía—. Es solo que no está hecho para algo que no sea matar otras cosas. Es un presagio de destrucción. Es...

Un chillido de pánico interrumpió mi monólogo. Me erguí e intercambié una mirada con Lila, momento en que ambos arqueamos las cejas y nos hablamos sin palabras. Volvimos a oír el grito, esta vez más agudo, y en un acuerdo silencioso corrimos hacia la conmoción. Alcancé la espada a la cintura y Lila blandió la daga mientras corríamos al extremo del patio y atravesábamos a toda velocidad el camino exterior que conducía a una pequeña zona de hierba. Patinamos cuando me detuve en seco al frescor de la sombra de un edificio.

Había una manta de pícnic extendida en el suelo. Sobre ella, había una cesta y dos copas. Matt estaba al lado sujetando el báculo con ambas manos mientras intentaba zafarse de un Cuervo agitado y agresivo. El pájaro había agarrado la punta del báculo —la que tenía la joya— con el enorme pico y batía las alas como loco para arrebatárselo a Matt.

—¡Te voy a lanzar un rayo! ¡No creas que no lo haré! —Matt tironeó, pero Cuervo aguantó con su fuerza sobrenatural. Cada vez que batía las alas con toda su envergadura levantaba una ráfaga de aire que hacía que Matt se tambalease—. ¡Suéltalo, pavo gordo!

—¡Cuervo! —gritó Lila—. ¡Ese palo, no!

¡Ah! Cuervo había encontrado un palo. Un palo que resultó ser el báculo de Matt y quería llevárselo a Lila. Si Cuervo no fuese tan aterrador, habría llorado de risa porque, francamente, era desternillante. Sin embargo, tal y como era, corrí detrás de Matt, lo envolví con mis brazos y agarré el báculo para añadirle mi fuerza a aquel tira y afloja.

—¡Dile que pare, Lila! —grité junto al oído de Matt.

Él se sobresaltó. Su cuerpo entero tembló en contacto con el mío y aflojó el agarre por la sorpresa. El báculo se nos escurrió unos centímetros de nuestras manos unidas.

Cuervo siseó en señal de triunfo y agarró el cuello del báculo con sus garras gigantescas. Salté hacia delante y la cabeza de Matt chocó contra mi clavícula, pero logré aferrar la madera más adelante y tiré.

Cuervo volvió a sisear con los ojos rojos abiertos y brillantes. Las garras arañaron la madera y dejaron muescas. El sonido y el chillido indignado de Matt me dieron escalofríos.

—¡Suelta mi báculo!

La atmósfera se volvió densa por la magia, como si se estuviera formando una tormenta sobre nuestras cabezas. La joya ardió mientras forcejeábamos. Cuervo dio un fuerte picotazo y por poco le acierta a Matt en el brazo al atravesarle la tela de la manga.

Así era como iba a morir. Lo sabía. Lo sabía sin más. No iba a desvanecerme porque no encontraría a mi alma gemela. No iba a morir a manos de uno de los seguidores enfadados del Malvado. No iba a quedarme dormido en mi cama y no despertarme cuando fuera viejo. No. Iba a morir así, bajo las garras de Cuervo, la mascota terrorífica de una de mis mejores amigas. O debido a la estela de un torrente de haces mágicos si Matt se ponía lo bastante nervioso como para hacer estallar a Cuervo y no dejar ni las plumas.

—¿Qué hacéis aquí? —gritó Matt.

—¿Nosotros? ¿Qué haces tú aquí? —contraataqué.

—Luchar contra este monstruo para quitarle el báculo. ¿Qué demonios es esa cosa?

—Eso. Es. La. Mascota. De. Lila —dije con los dientes apretados. Tenía las palmas resbaladizas por el sudor, y el báculo de Matt estaba suave por los años y no había sitio por donde agarrarlo. Se me raspaban las manos con cada tirón de Cuervo.

—¿Su mascota? —El peso denso de la magia que se había acumulado en torno a nosotros disminuyó un tanto. Matt entrecerró los ojos mientras estudiaba al pájaro—. Cómo no —murmuró.

—¡Cuervo! ¡Suéltalo! —Lila dio un pisotón. Estaba entre nosotros y Cuervo, a un lado del mango. Agitó las manos frente al pájaro.

Cuervo no escuchó que Lila le pedía que soltase el palo y decidió que, como tirar hacia atrás no funcionaba, empujaría hacia delante. El extremo del báculo le dio a Matt en el estómago y se dobló por la mitad.

—¡Suéltalo ya! —gritó Lila haciendo aspavientos.

—¿Quién? ¿Él o nosotros? —espeté a modo de respuesta.

—¡Tú!

—¡No! —Matt retorció el báculo adelante y atrás intentando arrebatárselo a Cuervo—. No puedo permitir que el báculo caiga en malas manos.

—¡Confía en mí!

Cansado de jugar con nosotros, Cuervo emitió un chillido que mandó un escalofrío por mi espalda. Dio un picotazo. Mierda. Solté el báculo. Matt volvió la cabeza y me miró con una expresión de traición al tiempo que Cuervo tiraba hacia arriba, los pies de Matt dejaron de tocar el suelo dejando surcos con la punta de las botas en la tierra.

—¡Suéltalo!

Con el rostro contraído, Matt negó la cabeza.

—¡No! Dile que se busque su propio báculo.

—Eso es lo que está haciendo. —Lila se lanzó hacia adelante y agarró a Matt por los brazos. Su peso añadido bajó a Matt de nuevo al suelo. Su cuerpo se sacudió y las rodillas se le doblaron tanto que casi se cae.

—Eh, déjalo. —Aunque yo había soltado el báculo, no iba a quedarme de pie y ver cómo Matt salía herido de nuevo. Me metí en la refriega, agarré a Matt por la camisa con una mano y el báculo con la otra. Entre los cuatro, luchamos mientras nos gruñíamos y gritábamos el uno al otro o, en el caso de Cuervo, emitiendo los sonidos más graves, guturales y perturbadores.

—¿Por qué no me escuchas? —gritó Lila.

—¿A quién le gritas? —Afiancé al grupo, sin tirar ni empujar, tan solo me mantuve firme con los talones clavados en el suelo. A Matt y Lila se les enredaron los pies con la manta bajo nosotros. La cesta de pícnic se volcó. Las copas de plata rodaron.

—¡Otra vez tú! —replicó y dio un tirón fuerte.

Matt trastabilló hacia delante. Pisó una de las copas justo cuando Cuervo daba un tirón oportuno con un siseo. Se le resbaló el pie y pasó de estar de pie a caerse de espalda de un momento a otro. Sin su agarre, Lila y yo soltamos el báculo. Cuervo salió volando victorioso con él.

—¡Matt! —Lila se arrodilló a su lado y le puso la mano en el hombro—. No te preocupes. Lo traerá de vuelta. Te lo prometo. Estamos jugando a buscar.

Entre gruñidos y resoplidos, Matt rodó de costado y un sonido de cristal rompiéndose acompañó sus maldiciones. Se quedó paralizado y luego se sentó rápidamente; su cabeza chocó contra la de Lila antes de ponerse en pie mientras se sacudía la tela de la camisa y se palmeaba el torso.

—Mierda. Mierda.

Giró en círculos. Mientras buscaba frenéticamente, una nube de polen rojo flotó de su bolsillo justo a la cara de Lila y luego hacia arriba.

Polen. Rojo. La verdad del corazón.

Me tapé la nariz y la boca con la mano y retrocedí deprisa para alejarme de él. Vi horrorizado cómo Matt y Lila lo inhalaban, Matt por el agotamiento de haber forcejeado contra el pájaro asesino y Lila porque no se había dado cuenta. Ella inhaló el polen por la nariz y Matt por la boca.

Metió la mano en el bolsillo y sacó las esquirlas del cristal; en la palma, tenía los restos de un vial roto y partículas rojas brillantes.

—¿Qué es eso? —preguntó Lila cuando se puso de pie. Se inclinó sobre la mano de Matt con el ceño fruncido.

Matt alzó la cabeza y me miró, con su rostro desprovisto de color y la expresión más aterrorizada que había visto en la vida.

—¿Matt? —preguntó Lila—. ¿Arek? ¿Qué está pasando?

Los dos la miramos.

—¿Por qué me miráis como si tuviera algo en la cara? —Se señaló la nariz—. ¿Tengo algo? Antes me comí un bollito de fresa. —Se frotó la boca con la manga y el polen le manchó el labio superior—. ¿Tengo glaseado en la cara y no me lo habíais dicho? ¿Qué clase de amigos sois?

De la peor clase, Lila. Los peores.

Cuervo planeó sobre nosotros con el báculo de Matt aferrado con fuerza entre sus garras. Lila extendió el brazo y Cuervo descendió, soltó el báculo de Matt sobre la manta retorcida y aterrizó con elegancia en el cuero que le cubría el antebrazo.

—Buen trabajo, Cuervo. —Le frotó el lomo al pájaro—. ¿Ves? Te dije que lo traería de vuelta.

Matt tenía los ojos como platos. Recogió la cesta y vertió los restos de cristal y polen en ella antes de cerrarla de golpe. Se limpió la palma en los pantalones y dejó una mancha roja en la tela. Sacudió la cabeza, me miró y se llevó la mano limpia a la boca.

—En serio, ¿qué os pasa? ¿Hemos pisado algo? —Lila levantó la bota y miró la suela—. Matt, ¿qué hacías aquí...? —Dejó de hablar. Se le pusieron los ojos vidriosos. Las pupilas se le dilataron y se quedó con la boca abierta al exhalar.

—Matt —dije aún con la boca tapada; sabía que él también sucumbiría pronto al polen—. Llévate el báculo y ve corriendo a tu cuarto. ¡Vamos! —grité cuando vi que estaba a punto de protestar—. Antes de que reveles algo que no quieras. Yo me ocupo de esto.

Matt no esperó a que se lo dijera dos veces. Recogió el báculo y salió corriendo desesperado. En cuanto estuvo a salvo, bajé la mano y me acerqué despacio a Lila, aunque Cuervo me miraba como si fuera un ratón ciervo... o incluso un ciervo. No sabría decirlo. Podría comerse un ciervo si quería, eso seguro.

Lila bajó el brazo. Sorprendido, Cuervo cayó en una maraña de plumas negras y siseó. Habría sido muy divertido. Pero no lo fue porque Lila apretó la capa en un puño sobre el corazón y sus rasgos se retorcieron del dolor.

—Lila —dije como si hablara con un unicornio asustado—. Lila, ¿me oyes?

Abrió la boca; le relucía el labio inferior. Me miró fijamente, o sin verme, con los ojos brillantes y confusos.

—*Rion.*

—Mmm. No. Soy Arek. —Mierda. Mierda. Mierda. Era peor de lo que había imaginado.

Ella negó con la cabeza.

—No. *Rion* —Una lágrima le rodó por la mejilla—. Rion.

Me detuve en seco. Espera. ¿Qué? La verdad del corazón de Lila era... ¿Rion? Parpadeé.

—Está en el campo de entrenamiento.

Salió corriendo como catapultada. Lila siempre había sido más rápida que el resto de nosotros, de pies ligeros y capaz de moverse sin hacer ni un ruido. Ahora se convirtió en un borrón. Me dejó allí plantado con Cuervo sobre la manta de pícnic.

Ya. No.

Corrí tras ella. Cuervo me siguió volando, pisándome los talones como un pájaro del averno famélico. Aunque estaba bastante seguro de que no me seguía a mí, sino a su dueña, su amiga, la persona que le había liberado y alimentado. Hum. Puede que fuera su mascota y no un ave de caza asesina con voluntad propia.

Gracias al régimen de entrenamiento de Rion, no estaba sin aliento cuando llegué al patio, pero iba varios metros y segundos por detrás de Lila, que se deslizaba sobre la piedra hacia Rion antes de que incluso pudiera gritar su nombre. Al menos estaba ahí para explicarlo todo luego y presenciar la destrucción inevitable.

—¡Lila! —grité.

Ella no me escuchó. Pasó como una bala por el destacamento de soldados que estaban entrenando, con el cabello rubio como la estela de una cometa y los pies ligeros como plumas. El grupo no tenía ninguna posibilidad de detenerla, ni siquiera si se hubieran dado cuenta, pero pasó sin que nadie la tocase ni detectase hasta que se detuvo en seco frente a Rion.

Si lo sorprendió con la guarda baja, no lo pareció salvo porque se le crispó el rostro de manera apenas perceptible y porque apretó la mandíbula, pero fue tan sutil que solo sus amigos cercanos lo habrían notado. Sin duda, Lila se fijó.

—¿Lila? ¿Va todo bien?

Yo no era tan rápido ni silencioso, así que todos los soldados se dieron la vuelta cuando pasé corriendo por su lado zigzagueando entre ellos, intentando alcanzar a Lila para detener lo que fuera que estuviese a punto de suceder. Cuervo era como un pájaro de mal agüero a mis espaldas que golpeaba a los soldados ignorantes en la nuca y en las mejillas con sus enormes alas. Me sobrepasó y luego se elevó en el aire dando vueltas.

—¿Lila? —Rion le dio un empujoncito.

La agarré del brazo.

—No es ella misma, Rion. Ha habido un error con cierto polen. ¿La verdad del corazón? ¿Has oído hablar de él? Bueno, Matt y yo encontramos un poco, estábamos haciendo el tonto y se le rompió el vial en el bolsillo. A Lila le roció por accidente. Necesita dormir la mona —balbuceé—. Estará mejor por la mañana.

—Arek, ¿qué está pasando? ¿Está bien?

—Está bien —mentí—. Mejor que bien. Lo prometo. —Le tiré del brazo—. Vamos, Lila. Vamos a robar algo. Te hará sentir normal. ¡Mejor! Te sentirás mejor. No normal. Ya eres normal. Bueno, no eres normal.

—Te quiero.

Rion alzó las cejas. Me llevé la mano a la cara.

—Te quiero, Rion —repitió Lila. Había una franqueza en su rostro, en su lenguaje corporal, en su aura, que no había visto antes. Incluso se había retirado la capa y se le había caído la capucha, lo cual le dejó los hombros al descubierto—. Te quiero desde que salvaste al conejo de la trampa.

—¿Qué? ¿Qué conejo? —pregunté.

—Nos moríamos de hambre y él atrapó uno para cenar. Pero luego lo soltó. Lo supe en ese momento. —Tragó saliva. Le brillaban los ojos.

Recordaba aquella noche. Sentía pellizcos en el estómago del hambre y los otros estaban igual. Habíamos atrapado un conejo.

Uno solo. Pero Rion lo soltó por accidente. Bueno, eso fue lo que dijo. Al parecer, lo dejó ir. Lo señalé con el dedo.

—¿Lo soltaste por ella?

Lila volvió la cara hacia Rion.

—Sabías que no me gustaba verlo sufrir. Sabías que los otros se enfadarían contigo. Y aun así lo soltaste. Me sorprendió que te importase tanto.

—Como un rayo —dije con suavidad. Eso fue lo que me había dicho Lila aquel día, hacía semanas, sobre cómo sería enamorarse para ella. Como si te atravesase un rayo. Instantáneo. En un momento.

Rion se sonrojó. Se quitó el guante con los dientes y lo tiró al suelo. Con la delicadeza de la nobleza, le colocó un mechón de pelo a Lila tras la oreja puntiaguda. Le acunó la mejilla y le acarició el pómulo con el pulgar.

—Nadie me importa más que tú.

De repente, estaba en medio de una historia de amor y caballería. No sabía cómo había ocurrido. Bueno, sí lo sabía. El polen, eso había ocurrido.

Cuervo aterrizó sobre el maniquí de prácticas en un extremo del campo y plegó las alas gigantescas a ambos lados. Ladeó el cuello y también observó aquel intercambio, pero con un brillo astuto en los ojos. Los gritos ahogados de los aprendices aterrorizados ante su aparición validaron mi malestar general sobre él, pero no envidiaba su presencia. Él también era amigo de Lila, aunque era nuevo en el grupo, y debería poder ser partícipe de la historia de amor que florecía frente a nosotros.

Le solté el brazo a Lila y me alejé varios pasos. También justo a tiempo porque Rion inclinó la cabeza, Lila se puso de puntillas y se besaron.

Los aprendices aplaudieron y silbaron con suavidad. No fui capaz de contener la sonrisa, pero me contuve de gritar mi apoyo y aplaudí con educación. No podía olvidar que era el rey de estas personas. Asentí para darles mi aprobación real al tiempo que se me encogía el corazón.

Estaba contento por mis amigos, pero de repente me di cuenta de que Lila había sido la última oportunidad de resolver mi situación de forma amistosa. Estaba jodido. Todavía llevaba la corona. Todavía estaba atado por magia a un trono al que no le tenía especial cariño. Y necesitaba vincularme a un compañero o me desvanecería. Noté un retortijón en el estómago. Me quedaba poco tiempo. Tenía pocas opciones. Me hormiguearon los pies.

Luego, mis piernas cedieron.

Capítulo 23

Sionna y Bethany me miraron con la mayor de las expresiones desaprobadoras. Les habían contado por encima lo que había pasado cuando los reclutas habían arrastrado mi trasero desmadejado al castillo y me habían dejado en la silla de la sala de reuniones. No sabían la historia completa, pero sí que pasaba algo porque era imposible que Lila corriese a los brazos de alguien para confesarle su amor por voluntad propia.

Por cierto, Lila y Rion no estaban presentes. Ni Matt. Matt y Lila se habían encerrado hasta que se les pasara el efecto de la verdad del corazón, mientras que Rion me había abandonado a mi suerte, algo no muy propio de él, con estas dos mujeres que daban miedo y me miraban cruzadas de brazos como si fuese una hormiga que les hubiese arruinado el pícnic.

—Puedes empezar a explicarte cuando quieras —dijo Sionna señalándome con el dedo.

—¿Qué te hace pensar que tengo algo que ver con lo que ha pasado?

Bethany entrecerró los ojos.

—Porque te conocemos.

—Eres mala, Bethany.

—Y porque todo el mundo te vio perseguir a Lila —añadió Sionna—, que luego le confesó su amor a Rion. Delante de una multitud. De personas. Mientras tú y un buitre la perseguíais.

Alcé un dedo.

—Se llama Cuervo. Es su mascota. Y él no la perseguía de manera malintencionada. La adora.

—Arek. —La voz de Sionna tembló con un tono entre homicida y sufrido. Decidí reducir las pérdidas potenciales.

—Puede que Lila haya inhalado un polen que haya alterado su conducta durante unos minutos.

Bethany se quedó con la boca abierta.

—¿Un polen? ¿En plan polen lujurioso?

—No era un polen lujurioso.

—¿Cómo demonios ha inhalado un polen lujurioso?

Hice un aspaviento.

—Que no era un polen lujurioso. Era de una planta llamada «la verdad del corazón». No tiene nada que ver con la lujuria.

—Bueno —dijo Bethany con dureza—. ¿Nos quieres explicar por qué rociaste a nuestra amiga, a nuestra ladrona, a nuestra encargada de las finanzas, con la verdad del corazón?

—Primero, yo no rocié a Lila. El vial se rompió.

Sionna entrecerró los ojos hasta convertirlos en rendijas y siguió presionando.

—¿Quieres explicarnos por qué tenías un vial de la verdad del corazón en primer lugar?

—En verdad, no. —Me salió un gallo. Me tironeé del cuello de la camisa. Deseaba tener la corona porque eso les recordaría mi posición de autoridad. Vale, lo dudaba. Bethany tenía menos estima por mi posición que yo y, aunque Sionna la respetaba hasta ahora, estaba enfadada.

Bethany resopló y se echó el pelo hacia atrás.

—Ahora tienes mucho que explicarnos, Arek. No sé ni por dónde empezar.

—Hum. ¿Y si no hablamos y decimos que sí?

—Ahora mismo se nos está agotando la paciencia con tus bromas, *alteza*.

Auch. Sionna no estaba para bromas. Ese atisbo de humor que había mostrado en las escaleras hacía semanas no estaba por ningún lado y, vale, lo pillaba. Básicamente había atacado a una de nuestras amigas. Había provocado que dos de nuestros amigos se encerrasen porque tenían miedo de interactuar con alguien mientras siguieran bajo la influencia de la flor. Entendía que había cometido un error. Pero estaba desesperado. ¿Acaso las situaciones desesperadas no requieren medidas desesperadas?

Me escurrí en la silla.

—Me he equivocado. Lo siento. Me disculparé con Lila cuando se encuentre mejor.

—¿Te refieres a cuando no esté drogada?

Arg. Vale.

—De verdad que lo siento. Fue una mala idea. Matt y yo no debimos...

—¿Matt? —Sionna apoyó las manos en las caderas—. ¿Matt está implicado?

—Eh. No. No lo está. Olvida que lo he mencionado.

Sionna le dio un golpe a la mesa tan fuerte que la cubertería repiqueteó. Se inclinó hacia delante enseñando los dientes y los músculos tensos. Cada centímetro de su cuerpo la mostraba como la guerrera mortal que habíamos necesitado durante la batalla.

—Empieza a hablar claro, rey Arek, o habrá un golpe de Estado aquí y ahora.

Me eché a temblar. Intimidado de manera efectiva, desvié la mirada y la fijé en el tapiz colgado en la pared.

—Está bien. ¿Queréis la verdad? Me estoy muriendo. —Ante sus gritos ahogados, rectifiqué—: Quiero decir, me estoy desvaneciendo. Desvanecerse. Morir. En realidad no sé la diferencia. Imagino que el resultado es el mismo. —No era capaz de mirarlas a los ojos. Me hurgué las uñas. Eran sólidas y reales, gracias a los espíritus—. Es una ley mágica y Matt y yo hemos estado intentando combatirla, pero hemos fracasado hasta el momento.

—Mientes —me acusó Bethany. Tomó el arpa, apoyada junto a un bol de frutas sobre la mesa. La agitó en mi dirección con aire amenazador—. Puedo encantarte. Puedo obligarte a hablar.

—¡No estoy mintiendo! —Me puse de pie de inmediato, pero me temblaron las piernas y volví a sentarme en la silla—. Vale. Esta es la verdad. Cuando me puse la maldita corona, me vinculó al trono. Estoy atrapado. No puedo irme. Seré el rey Arek para siempre o hasta que me muera, lo que venga antes. Que será morir, si no encuentro a alguien con quien unir mi alma.

La expresión severa de Sionna no se alteró, pero entrecerró un poco los ojos.

—La ley de las almas gemelas —dijo, inexpresiva.

Asentí.

—La ley de las almas gemelas —confirmé.

—Creo que ahora es cuando te explicas.

—Eso hago. Al menos pensaba que lo estaba haciendo. Puedes preguntarle a Matt cuando no esté mágicamente obligado a hacer lo que le dicte el corazón.

Ella exhaló por la nariz.

—Arek, soy tu amiga, pero ahora mismo te daría un puñetazo.

—Lo sé. Si pudiera patearme yo solo el trasero, lo haría. Pero mira, no ha terminado tan mal, ¿no? Lila y Rion han estado suspirando el uno por el otro todo este tiempo. —Me encogí de hombros hasta las orejas—. ¿Lo sabíais? ¿Lo sabía alguno de nosotros?

Sionna y Bethany intercambiaron una mirada.

—No —admitió Bethany—. Los dos son estoicos hasta decir basta. No lo sabía.

—Yo tampoco.

—Vale. Un final feliz y todo eso. No, el fin no justifica los medios y me desharé en disculpas con nuestra amiga y dejaré que se quede con el pajarraco asesino incluso si me mata de un susto, pero tenía mis motivos.

Bethany suspiró. Retiró una silla y se sentó junto a mí. Sionna no la imitó, sino que se irguió con aquella postura impresionante e intimidadora y se apoyó contra la pared con los tobillos cruzados.

—¿A qué te refieres con que te estás desvaneciendo? ¿Qué significa? —preguntó Bethany con el ceño fruncido.

Me froté la cara con las manos.

—Cuando me senté en el trono, sentí una oleada de magia que básicamente me ató a él durante el resto de mi vida. Intenté abdicar y la magia casi acaba conmigo. La única forma de traspasar el poder del trono es a través de la muerte.

—Eso no explica por qué tenías la verdad del corazón. Y cerca de Lila al mismo tiempo. Ni por qué hay un pájaro que se llama Cuervo. Ni por qué había una manta de pícnic y copas junto a los establos.

—Hay mucho que aclarar —dije.

—Arek —dijo Sionna con aire amenazador.

—Está bien. No, no explica nada de eso. Pero una de las condiciones de ser rey es que tengo que vincular mi alma con la de otra persona. Tengo hasta mi decimoctavo cumpleaños para elegir a alguien o me desvaneceré y el trono quedará libre para que otro ocupe mi puesto.

Bethany arqueó las cejas y le temblaron los labios.

—¿Y pensaste que podías vincular tu alma con la de Lila? —Apenas contuvo la risa. No la culpaba. En retrospectiva, el plan de intentar cortejar a alguno de mis amigos era solo un esfuerzo brutal para evitar el problema.

—No, lo cierto es que no. Solo quería saber si Lila sentía afecto por mí y ver si me merecía la pena intentar cortejarla.

—¿Cortejarla? —En ese momento, Bethany sí estalló en carcajadas—. ¿*Cortejarla*? ¿Estamos en un pergamino romántico o qué?

—Qué graciosa —dije—. Me estoy muriendo.

Su sonrisa se desvaneció y esbozó una mueca.

—Lo siento.

—En fin, no está interesada. No, tampoco estoy intentando cortejaros al resto. Al menos, ya no.

—Ya no —repitió Sionna midiendo las palabras y con una pausa significativa.

—Sé que suena estúpido, pero no quería estar con alguien a quien no conociera. Nunca quise ser rey. Y no quiero estar atado a alguien que no me conoce. Solo tenía tres meses, ahora mucho menos. Pensé en empezar por mis amigos. Pensé que si alguno de vosotros tenía una pequeña inclinación romántica hacia mí, podríamos hacer que funcionase. Lila era mi última esperanza.

Bethany y Sionna intercambiaron una mirada. No fui capaz de descifrar qué significaba.

—Entonces has intentado cortejar a Lila, a Sionna, a mí... ¿Y qué pasa con Matt? —preguntó Bethany con cautela.

Dudé antes de responder. ¿Sabría cómo me sentía? ¿Lo sabrían las dos? Aquel pensamiento me horrorizó y, curiosamente, me alivió a partes iguales. La idea de compartir al fin mi secreto con alguien era tentadora. Había sido muy duro no tener a nadie con quien hablar. Pero entonces imaginé a Bethany y a Sionna yendo preocupadas a hablar con Matt para hablarle de mis sentimientos en vista de mi situación actual. Incluso si lo hacían con buena intención, era la manera perfecta de que Matt se sintiese obligado a unir su alma a la mía para salvarme la vida y no quería arriesgarme a ponerlo en esa posición.

—Matt ha estado al tanto desde el principio.

—¿Y? —me instó.

—Lo sabe todo. Matt fue quien descubrió la verdad del corazón. Él planeó que Sionna y yo nos quedásemos atrapados en la torre, aunque no funcionó. El monstruo de los tentáculos fue un añadido que no planeamos, pero tampoco funcionó porque tú no te desmayaste en mis brazos. Y de verdad necesitaba las clases de esgrima con Rion a pesar de que no me tocó ni una sola vez en todo el tiempo que entrenamos juntos, y ahora sé por qué. —En cuanto lo solté todo, Bethany y Sionna me miraron con más compasión que indignación. Languidecí. Me eché hacia delante y enterré la cara en los brazos cruzados—. Estoy jodido.

—Podrías habérnoslo pedido. No sé por qué lo has mantenido en secreto.

Levanté la cabeza con un gruñido. Apoyé la barbilla en el antebrazo.

—Sabía que en el momento en que dijese algo, todos os veríais obligados a quedaros. No quería que sintierais que debíais hacerlo. Sé que al principio todos estábamos entusiasmados por gobernar el reino, pero es muy difícil, joder. Tenemos la vida entera por delante... ¿Por qué querríais quedaros atrapados aquí conmigo en este castillo cochambroso? ¿Y si decidíais que queríais marcharos y volver con vuestras familias?

—Repito —dijo Bethany con sequedad—. Podrías habérnoslo preguntado.

—Arg.

Sionna cruzó el espacio que nos separaba. Me dio unas palmaditas en la cabeza.

—Somos tu familia, Arek. No podríamos abandonarte.

Y, justo ahí, estaba mi miedo. Que me abandonaran y que me dejaran aquí solo, sin amigos ni familia, sin una forma de abdicar que no fuera la muerte. Maldita sea Sionna y su perspicacia.

No sé qué pasó. Puede que fuera el hecho de que por fin todo había salido a la luz entre nosotros. Quizá fue que Sionna y Bethany estaban molestas conmigo o que no terminaba de sentir los pies aparte de punzadas y hormigueos constantes. Pero apoyé la cara en las mangas y me rompí bajo el peso de todos mis miedos, del estrés, de mis obligaciones para con un reino que no quería gobernar.

No fui capaz de contenerme. Sollocé y la cara me ardió bajo la calidez de las lágrimas que salían a raudales. Lloré todo lo que había contenido en mi interior desde que le había cortado la cabeza al malo. Las noches sin dormir, el dolor por el rechazo de Matt, la responsabilidad del trono, la presión de encontrar a alguien con quien unirme para toda la eternidad... todo salió en un ataque de hipo. El mal humor y la frivolidad al fin cedieron; debajo, había un muchacho hecho un lío que solo quería recuperar su vida sencilla y que nunca le hubieran elegido en primer lugar.

Cada sollozo me sacudía el cuerpo entero. Apreté los puños. La tela del mantel se arrugó entre mis dedos. El pequeño espacio donde había escondido el rostro se había calentado por mi aliento y tenía las mangas empapadas por las lágrimas.

No me di cuenta de que Bethany me había abrazado hasta que me estrechó con fuerza y me arrulló al oído para tranquilizarme. Sionna me pasó las uñas por el cuero cabelludo. Me acarició el pelo con los dedos con un movimiento rítmico que me aflojó el nudo del estómago.

—No pasa nada —dijo Bethany. Me frotó la espalda—. No pasa nada, Arek. Todo saldrá bien.

Me dolía el corazón. Los hombros me pesaban. No podía parar por mucho que lo intentara.

—Lo siento —resollé—. Lo siento.

—Estás bien —dijo Sionna—. Estás bien. Lo solucionaremos. Juntos.

—Tiene razón. Somos un equipo. Somos tu familia. No dejaremos que te pase nada.

Aquellas afirmaciones me calmaron la mente, pero las lágrimas seguían saliendo. La presa se había roto y no había forma de parar la inundación.

—Odio decir esto —le dijo Bethany a Sionna por encima de mi cabeza—. Pero creo que necesitamos que nos guíe un adulto responsable.

—Está claro.

Por los espíritus.

—Harlow, no —conseguí decir.

Bethany se rio.

—No. Él, no. Estaba pensando en alguien un poco más maternal.

—Estoy en ello —dijo Sionna. La escuché abrir y cerrar la puerta, y así me quedé a solas con Bethany.

—Sabes que podría encantar a alguien para que te diera una oportunidad —dijo, pensativa—. No podría hacer que se enamorase de ti, pero al menos te conseguiría una cita. No sería ningún problema.

Resoplé, aunque tenía la nariz taponada.

—No, gracias.

—Ya, yo tampoco querría eso.

Bethany se quedó conmigo hasta que recuperé la compostura. Me distrajo con historias del castillo y anécdotas tontas de cuando trabajaba en la taberna. No apartó la mano de mi hombro; con la otra, rasgaba el arpa. Sus palabras se fusionaban. Los pensamientos que bullían en mi mente se acallaron y se me acompasó la respiración agitada.

Cuando Sionna volvió unos minutos más tarde, estaba hecho un trapo en la silla, con los ojos medio abiertos y la cara empapada de lágrimas.

—Ay, pobrecito. —Matilda, la cocinera y madre de Meredith, entró en la habitación detrás de Sionna. Atravesó la sala y se apoyó la mano en la cabeza—. ¿Está bien el rey?

—Lo he encantado un poco —dijo Bethany—. Para ayudarlo a tranquilizarse.

—¿Qué le pasa?

—Ha tenido un día duro —intervino Sionna—. Bethany y yo no somos muy maternales. No es nuestro terreno. Y Matt no puede cubrirnos.

En cuanto mencionó a Matt, el cuchillo que tenía clavado en las tripas se retorció. Otra tanda de lágrimas amenazó con salir. Arrugué la nariz y enterré la cara entre los brazos.

—Nada que una comida recién hecha, un baño caliente y una buena siesta no puedan resolver. —Me agarró del brazo—. Vamos, tesoro. Deje que le cuide. Sois todos demasiado jóvenes para hacer todo lo que habéis hecho. Era cuestión de tiempo que el estrés os sobrepasara.

Me puse de pie y, por suerte, mis pies y mis piernas parecía que seguían siendo sólidos. Me dolía la cabeza de llorar. Tenía los ojos hinchados y el rostro acalorado. Me sacó de la sala de reuniones y me condujo a mis aposentos; Sionna y Bethany nos siguieron.

La siguiente hora transcurrió como un borrón. Era agradable seguir las órdenes de Matilda y no tener que pensar en nada. Al final, acabé metido en la cama con las cortinas echadas y me quedé dormido debido al agotamiento.

Capítulo 24

Era bien entrada la tarde cuando me despertaron para cenar. Estaba profundamente dormido hasta que Harlow llamó a la puerta. Me miré al espejo; tenía marcas en las mejillas a causa de la almohada y la cara hinchada del sueño y el llanto. Al menos no me dolía tanto la cabeza como antes. Aunque estaba un tanto abochornado por el hecho de que Matilda hubiera tenido que intervenir tras mi colapso mental y que Sionna y Bethany lo hubiesen presenciado. Así que esperaba que no se burlasen de mí por todo aquello, pero no lo sabría hasta que apareciese para la cena.

Respiré hondo, me alisé la ropa y abandoné mi cuarto.

Cuando llegué a la sala de reuniones, todos estaban presentes salvo Matt. El lugar donde solía sentarse junto a mí estaba vacío, pero los demás estaban allí. Ignoré la punzada de dolor por su ausencia y el alivio que siguió cuando me di cuenta de que todavía no tendría que enfrentarme a él. Lila estaba sentada junto a Rion y decididamente parecía más ella misma que la última vez que la había visto. La única diferencia era que ella y Rion tenían los dedos entrelazados junto a la cubertería.

Me desplomé en la silla en un extremo de la mesa. El grupo estaba en silencio y todos me observaron con distintos niveles de compasión y molestia. No iba a sobrevivir a aquello.

—Hola —dije—. ¿Podéis no mirarme como si fuera un corderito a punto de que lo degüellen y se lo coman, por favor?

Lila se aclaró la garganta. Alzó el mentón.

—Me han contado lo que pasó, y aunque estoy cabreada contigo por lo del polen, entiendo por qué lo hiciste. —Apretó la mano de Rion—. Y las consecuencias de tus acciones no han sido muy nefastas.

—Lo siento. —Agaché la cabeza, avergonzado—. Lo siento mucho, Lila. No merezco tu perdón, pero gracias por ofrecérmelo.

—Habrá represalias —dijo y curvó los labios en una sonrisita de suficiencia—. Cuando todo esto acabe y cuando menos te lo esperes, te la pienso devolver.

Conseguí reírme a medias.

—Está bien —suspiré—. Os debo una disculpa a todos. Debería habéroslo contado todo. No debería haber intentado... influenciar vuestros sentimientos hacia mí. Debería haber dejado que tomaseis vuestra propia decisión. Pensar que podía utilizar el diario de la princesa para manejar esta situación ha sido una estupidez.

Bethany arqueó las cejas.

—¿Que has hecho qué?

—El diario de la princesa. Escribió con pelos y señales cómo se enamoraron ella y la dama y las situaciones que las llevaron a ello. Pensé que podía intentarlo por mi cuenta y ver si eso hacía que surgiese algún sentimiento entre alguno de vosotros y yo.

—Es la cosa más romántica que he oído nunca —dijo Bethany con los ojos muy abiertos y las manos sobre el pecho—. En serio, Arek. Eso es como un nivel superior. Si no te considerase como un hermano molesto, puede que me hubieras persuadido.

—Gracias —respondí—. Fue ridículo.

—Quitando lo del polen lujurioso.

—¡Que no era polen lujurioso!

—No fue una idea horrible, Arek. —Bethany se encogió de hombros cuando los demás la miraron—. ¿Qué? No, no me alegro de que Arek y Matt, ese duendecillo, nos lo hayan ocultado, pero planear situaciones románticas para tantear nuestros sentimientos no fue mala idea. Y está claro que Arek dio un paso atrás cuando se dio cuenta de que no había nada entre nosotros salvo un afecto platónico.

Me rasqué la ceja.

—¿Podemos cambiar de tema, por favor? No lo volveré a hacer. Ya he aprendido de mis errores.

—Bueno, pero tendrás que hacerlo otra vez. —Bethany sacó un montón de cartas de una cartera junto a ella y las dejó sobre la mesa—. Son las respuestas a la correspondencia que enviamos a nuestros vasallos.

—¿Y?

—No van a mandar a sus hijos como escuderos hasta que demostremos que actuamos de buena fe —dijo Rion. Clavó una mirada fulminante en la patata que tenía en el plato—. No confían en ti.

—¿Por qué deberían de hacerlo? —pregunté y alcé la copa. Me bebí el agua, no me había dado cuenta de lo seco que me había dejado llorar hasta que el líquido pasó por mi garganta—. El último rey era horrible. Deben creer que envían a sus hijos a morir o a que su malvado señor los engatuse para hacer el mal.

—No comenzamos a recibir reclutas del pueblo hasta después del incidente con el monstruo del foso —señaló Sionna—. Solo después de que mostraras tu valentía al salvar a los campesinos confiaron lo suficiente en nosotros como para unirse al ejército.

—Exacto —dijo Bethany a la vez que señalaba el montón de cartas—. Y por eso el banquete y el baile son más importantes que nunca. Será nuestro acto de buena fe para los lores y, cuando lleguen, le encontraremos a Arek un alma gemela.

Parpadeé. Bethany había dicho «encontraremos» como refiriéndose a ellos, a que mis amigos encontrarían a mi alma gemela.

—¿Qué? —Me sorprendí de mi capacidad para mostrarme estupefacto.

—¿Qué de qué? Intentaste buscar el amor a base de lances verbales y metáforas y no funcionó. Ahora es nuestro turno de hacerlo por ti. Encontraremos a tu alma gemela. No te desvanecerás. Contigo comenzará un periodo de paz que durará miles de años. Y moriremos como héroes.

Lila gesticuló con el tenedor en dirección a Bethany.

—No es mala idea. Me gusta. Podemos hacer una criba de todas las posibles almas gemelas de Arek para que él no tenga que perder el tiempo.

Bethany chasqueó los dedos.

—Exacto.

No esperaba que los acontecimientos se desarrollasen de esta forma. Sí, el baile era mi plan de emergencia para encontrar un alma gemela, pero no había previsto que mis amigos quisieran participar. ¿Quería unirme a una persona que Bethany pensaba que era perfecta para mí? ¿O Lila? Miré con tristeza la silla vacía junto a la mía.

—¿Qué cojones está pasando?

Sionna frunció el ceño y le dio un sorbo a la copa.

—¿Dónde está Matt? Debería formar parte de esta conversación.

—No lo sé. No lo he visto desde lo del patio.

—Hablaré con él. —Bethany intercambió una mirada con Sionna; su expresión vivaz dio paso a una seria y agotada, cansada de tal forma que parecía afligida—. Él está de acuerdo con nuestro plan.

—Ah. Ah. —Ella agachó la mirada y tragó—. Eso es bueno, entonces.

No sabía el trasfondo de aquella interacción, pero no me gustó. Se me retorció el estómago. Tenían un secreto. Uno que implicaba a Matt. Sentí otra punzada de dolor seguida por un hormigueo en la mano derecha.

Miré abajo y me di cuenta de que mi pulgar era translúcido. Metí la mano en la manga para ocultarlo. Alargué la mano izquierda para servirme con torpeza un trozo de jamón en el plato.

—Entonces —dije, ignorando el malestar de mi estómago—, también podríamos mandar a buscar a vuestras familias si queréis. Podríamos invitarlas al banquete.

—Es una idea maravillosa, Arek. —Sionna alzó la copa en mi dirección—. Mandaré a buscar a mi madre y a mi hermana.

—Y a mi hermano —dijo Rion.

Lila se encogió de hombros.

—Yo no tengo a nadie.

—Ni yo —añadió Bethany.

—Nos tenéis a nosotros. —Asentí en su dirección—. Nos tenéis a nosotros. —Clavé la mirada en el plato—. Decidido, pues. Avisad al personal. Estoy seguro de que necesitaremos airear algunas habitaciones y hacer acopio de bastante comida para la fiesta. Yo... no tengo mucho tiempo, así que deberíamos organizarla lo antes posible.

—Estoy de acuerdo —dijo Sionna.

El resto asintió.

—Bien. —Me concentré en la cena con la mano derecha escondida sobre mi regazo. Miré a mi lado y se me encogió el estómago al ver la silla vacía de Matt.

Capítulo 25

Después de cenar regresé a mi habitación, rescaté el diario de la princesa y lo hojeé. Por suerte, el pulgar se me había solidificado y lo utilicé para examinar las páginas amarillentas. No había nada sobre almas gemelas aparte de lo que escribía sobre la dama. Tampoco había mucho sobre gobernar salvo tomar las decisiones más justas posibles durante las peticiones y una advertencia sobre asegurarse de saber toda la historia antes de juzgar. Había algo sobre las relaciones con otros reinos, pero esa información era irrelevante, ya que Barthly había roto los buenos lazos que había entre ellos.

No quería quedarme solo en mis aposentos, así que merodeé por el castillo hasta que me descubrí frente a la puerta de Matt. Llamé y esperé. Volví a llamar al no obtener respuesta. O no estaba allí o no recibía visitas. Intenté abrir, pero estaba cerrada con llave.

Bueno, si no estaba allí, estaría en la biblioteca. Reemprendí el camino y, al entrar, lo divisé en una mesa cerca de una chimenea grande. El fuego estaba encendido y bañaba la habitación con una luz cálida. Sobre una mesa había velas consumidas hasta el soporte y los pergaminos estaban extendidos sobre la madera. Reconocí la profecía de inmediato.

Matt me miró cuando entré.

—Ey —dije en voz baja.

Agachó la cabeza.

—Ey —respondió. Sus hombros subieron y bajaron al suspirar con pesadez.

—Veo que te has recuperado de la verdad del corazón.

A Matt le tembló la comisura del labio.

—Veo que Lila no te ha matado.

—Por los pelos. Aunque me ha prometido que habrá represalias. Preveo una broma futura. Algo a lo grande.

—Conociéndola, mejor que claves al suelo tus pertenencias o desaparecerá todo.

—Buena idea. —Asentí.

Me adentré sin prisas en la habitación mientras no dejaba de observarlo. La luz titilante de las velas y el fuego resaltaba sus rasgos. La línea recta de su nariz, los pómulos, la barbilla prominente y la curva delicada de la oreja. Sus ojos se movían mientras leía, siempre estudiando, siempre analizando, siempre aprendiendo.

Me reuní con él junto a la mesa.

—¿Qué estás leyendo?

—Todo —dijo al tiempo que sacudía la cabeza. Se apartó el pelo de los ojos—. Son todos los documentos que he encontrado sobre las leyes mágicas.

—¿Y? —No pude evitar que un tono esperanzador tiñera mi voz—. ¿Alguna novedad?

—No. —Hizo una mueca—. Los he leído mil veces con la esperanza de detectar un vacío, pero todos dicen lo mismo.

—En cuanto me puse la corona y me senté en el trono, me convertí en el rey por siempre jamás hasta que muera o hasta que alguien venga y me derroque.

Matt asintió.

—Y te mate. Sí. —Tomó el libro de las leyes—. Y el rey necesita un alma gemela. O se desvanecerá, se debilitará o desaparecerá. Esa parte sigue sin quedarme clara.

A mí, sí. Flexioné las manos y luego recorrí la profecía arrugada con el dedo.

—¿Crees que la respuesta está bajo la mancha de vino? —pregunté.

Matt frunció los labios en una mueca.

—No está. —Parecía demasiado seguro para alguien que afirmaba no saber qué estaba escrito debajo, pero no le pregunté. Confiaba en él por completo. Si pensaba que no era importante, es que no lo era.

Alcé el diario de la princesa.

—Aquí tampoco hay nada. Lo he leído una y otra vez. —Lo dejé sobre la mesa al lado del pergamino. Aunque había leído y experimentado la profecía, a veces no parecía real.

Matt desvió la mirada.

—Lo siento.

—¿Por qué?

Se encogió de hombros.

—Por todo. No lo sé. —Se desplomó en la silla más cercana—. Por la situación. Por ser complicado y estar de mal humor.

—Siempre eres complicado y estás de mal humor. Eres así desde que te conozco. Sería desconcertante que no lo fueras.

—Bueno, tú has sido un idiota sarcástico durante toda nuestra relación. Me alegro de que eso no haya cambiado con tu reciente título nobiliario.

—Qué insolencia —dije y le di un puñetazo en el brazo—. Creía que éramos amigos.

—Somos mejores amigos —respondió Matt con una ligera sonrisa—. Para siempre.

—Bien. No soportaría que no lo fuéramos. —Me incliné sobre los pergaminos y los examiné a la débil luz—. Yo también lo siento, que lo sepas. Por todo. Por haberte arrastrado a esta misión en primer lugar.

—Tú no me arrastraste. Te seguí encantado.

—No tenías por qué.

—Sí tenía —dijo Matt y señaló la profecía—. Necesitabas a un mago. Lo dice justo ahí.

—Podría haber encontrado a uno.

—No lo habrías hecho. —Dejó caer el libro que tenía en la mano y se presionó los ojos con los nudillos—. He oído que los otros te van a ayudar a conseguir posibles almas gemelas durante el baile. Es buena idea.

—¿Sí?

—Sí.

Flexioné el pulgar.

—Supongo que estar unido a alguien no será tan malo. A grandes rasgos, es un intercambio justo por seguir con vida. Ser feliz es un añadido. ¿Verdad?

Matt gruñó.

—Aclárate, Arek. Un día no quieres escoger a tu alma gemela y al siguiente mandas a colgar cortinas y planeas gobernar durante el resto de tu vida.

—Oye. —Levanté un dedo—. No es justo. Es cuestión de vida o muerte. Mi vida o mi muerte. Y prefiero tener la opción de vivir, gracias. Pero me enfrento a la muerte y voy a hacer lo que sea para sobrevivir.

Matt se hundió en la silla, se pellizcó el puente de la nariz y cerró los ojos.

—Lo sé. Lo siento. No estoy de buen humor.

—¡Ja! —Le di una palmadita en el hombro—. Típico de ti, pues. Vamos. Creo que los demás están jugando a un juego en la sala del trono. Algo con dados. Tu magia me vendría bien para hacer trampas.

—No, gracias. Creo que me quedaré aquí y seguiré buscando, solo por si acaso.

—Ah. ¿Y si me quedo contigo?

—No. —Matt me dio un empujoncito en el hombro—. Ve con los otros. Diviértete. De todas formas solo me distraerías y me pondrías de peor humor del que ya estoy.

Resoplé.

—Dudo de que eso sea posible.

—¿Ves? Ya estoy enfadado.

—Qué divertido —dije—. ¿Estás seguro? Yo... No me importaría quedarme aquí sentado contigo. Me quedaré en silencio. O podrías leerme. A lo mejor oírlo en voz alta nos ayudará a revelar algo que podría solucionar todos mis problemas.

Con el ceño fruncido, Matt acarició el lomo del libro de leyes.

—¿Preferirías quedarte aquí conmigo revisando esta información que ir a jugar con los demás?

—No hace falta que lo preguntes. Claro que preferiría quedarme contigo. —Cerré la boca de golpe, preocupado de haberme pasado, pero Matt se limitó a encogerse de hombros.

—Es tu castillo. No voy a echarte de la biblioteca. —Se aclaró la garganta—. Toma. —Me pasó un libro titulado *Contratos mágicos: promesas, juramentos y proclamaciones*—. Lo he leído de principio a fin. Es denso, pero si lo lees en voz alta a lo mejor nos llama algo la atención. —Pasé las páginas desgastadas—. Además, podrías trabajar tu dicción.

Se levantó y rebuscó entre los documentos de la mesa.

Me humedecí los labios y abrí el libro.

—Capítulo uno: Contratos verbales.

Unas horas después, Matt roncaba desplomado en la silla con un libro abierto sobre el pecho y un pergamino colgando de la mano. Despacio, le quité el libro y el rollo y los dejé en la mesa.

Le toqué el hombro para despertarlo.

Se sobresaltó.

—¿Arek?

El corazón me dio un vuelco.

—Sí.

—No deberías haberte quedado. —Bajó la pierna al suelo.

Bueno, eso me dolió, pero no pude evitar meter el dedo en la llaga.

—¿Por qué?

—Luego será más difícil.

Ah. Luego, cuando esté unido a otra persona. Cuando no pueda pasar tiempo con quien más me importa en el mundo. Matt me estaba... alejando.

—Vamos —dije, orgulloso de que mi voz sonase firme—. Hora de irse a la cama.

Bostezó con fuerza. Se puso de pie, pero en vez de seguirme hacia la puerta, se encaminó al sofá que había junto a la pared. Recogió la manta del respaldo y se acurrucó sobre el asiento. Se tapó, ni siquiera se quitó las botas y se quedó frito en un santiamén.

Ah. Me encargué de quitarle las botas y de taparle los pies con la manta. Apagué las velas y cubrí el fuego. Dejé el caos de documentos como estaba para que siguiésemos revisándolos por la mañana y luego cerré la puerta con suavidad al marcharme.

Pensaba que Matt lo llevaba mejor que los demás, mejor que yo, pero quizá me equivocara. Puede que solo se le diese mejor ocultarlo.

Capítulo 26

Unos golpes en la puerta me despertaron de un sueño agitado. Parpadeé justo a tiempo de ver la puerta abierta y a Bethany entrando tan campante vestida con más tela y volantes de los que había visto en la vida.

—Buenos días —dijo, resplandeciente de alegría—. Probablemente ya deberías estar despierto y vestido.

Gruñí y volví a desplomarme sobre las almohadas. La luz del sol que entraba por la ventana alta indicaba que ya era mediodía.

—Puede —dije y me froté los ojos para espabilarme. Estaba cansado. La sensación de hormigueo que precedía a que las partes de mi cuerpo se desvanecieran había aumentado durante la noche. Eso, unido a las expectativas del banquete, el baile y el resto de mi vida, había hecho casi imposible que conciliase el sueño.

Bethany se sentó en una silla junto a la mesa.

—Los primeros invitados deberían llegar hoy.

—¿Tan pronto?

—Sí. Solo quedan tres días para el baile de máscaras, Arek.

—Hum. Supongo que debería saludarlos cuando lleguen.

—Sería buena idea. A menos que no quieras. Eres el rey. Podrías delegarlo en alguien.

Me encogí de hombros.

—A Harlow le daría un infarto si no apareciese para saludar a los primeros invitados nobles que ha visto el castillo desde hace décadas. Como has dicho, soy el rey. De alguna forma. Por desgracia para mí y para el reino.

Apartó la mirada y se tironeó de un rizo bien peinado.

—¿Pasa algo?

Bethany arrugó la nariz.

—Sabes que eres muy olvidadizo.

—Bueno, nunca me han acusado de ser extremadamente listo.

—Eres listo. —Me clavó una mirada intensa—. Cuando se trata de tomar decisiones rápidas, eres un genio. No te valoras lo suficiente.

—¿Intentas halagarme, Bethany?

Ella puso los ojos en blanco.

—Arek, te quiero como a un hermano, pero no sabes lo mucho que pones a prueba mis nervios todo el rato.

—Es parte de mi encanto.

—Ya. En fin, creo que nadie te lo ha dicho así que lo voy a decir yo.

Uf. Me preparé para recibir la dura verdad.

—Eres un rey estupendo.

¿Qué? Arrugué la nariz.

—Tampoco puedo ser mucho peor que el anterior.

—¿Quieres parar? Acepta el cumplido. Eres un rey estupendo. Tomas decisiones sensatas. Eres un líder excelente.

Abrí la boca para protestar, pero ella levantó la mano.

—Tú solo escucha. Sé que cada uno jugó su papel cuando derrotamos a Barthly. Literalmente estaba escrito en la profecía. Resultó que yo era tu barda, y eso me gustó. Me encantó utilizar mis talentos por ti. Sionna era tu guerrera. Lila, tu ladrona. Rion, tu protector. Y Matt era tu magia.

—Y yo era el elegido que debía llegar al final. Lo sé.

—No. Ahí es donde te equivocas. Todo el tiempo pensaste que lo único que debías hacer era sobrevivir. Que vivir era lo único que se te daba bien y que ese era tu único propósito.

Apreté los puños sobre las sábanas.

—Sí. Vosotros teníais que lograr que llegase a la sala del trono espada en mano. Lo único que tenía que hacer yo era dar la estocada.

Bethany negó con la cabeza y el cabello caoba se meció en torno a su rostro.

—Arek, eres muchísimo más que el tipo que enarboló una espada. Tú nos guiaste. Tu forma rápida de pensar nos sacó de muchas situaciones duras. Tu habilidad para delegar y reconocer las fortalezas de los demás era nuestra mejor baza. Quiero decir, no solo fuiste capaz de hacer que dos personalidades tan dispares como la de Rion y la de Lila trabajasen en equipo, sino que se enamoraran.

Me crucé de brazos y arqueé una ceja.

—No soy responsable de que esos dos se hayan enamorado.

—No, pero los uniste. Nos uniste a todos.

—Fue la profecía.

—Arek, tú eres la profecía. —Alzó la corona de la mesa. Las joyas relucieron a la luz del sol—. Tú eres la persona que marca el inicio de mil años de paz.

—¿Y?

—Y lo único que queremos todos es que seas feliz.

Tiré de un hilo suelto de la manta.

—¿Y si ser feliz no forma parte de la profecía?

—Entonces es una profecía de mierda.

Me reí.

—Razón no te falta.

—Arek, acepta que eres el rey. Que eres un líder. Y, por los espíritus, escucha a tu corazón con el asunto de las almas gemelas. Creo que lo estás complicando más de lo necesario.

—¿A qué te refieres?

Ella presionó los labios en una línea.

La puerta se abrió y Matt asomó la cabeza.

—Ey, uno de los guardias me ha enviado un mensaje diciendo que una comitiva llegará en una hora o así. —Me inspeccionó con la mirada—. Deberías vestirte, alteza.

Ah, volvía a ser «alteza», pero por el tono, estaba claro que era un insulto. En serio, tenía que aprender cómo lo hacía para poder devolvérsela.

—Lord Matt —dije; a pesar de que utilicé el título, no me salió tan mordaz—, ¿podrías llamar a Harlow? Creo que necesitaré una capa para este recibimiento.

Matt resopló y cerró la puerta.

Bethany suspiró.

—¿Qué?

Puso los ojos en blanco, se levantó y salió de mis aposentos.

Había llegado la hora. Habían abrillantado la corona hasta dejarla reluciente, al igual que mis botas. Me puse una capa sobre una camisa ceñida y con encajes y un par de pantalones elegantes. Matt estaba a mi derecha con un atuendo formal que me hizo reír encantado cuando lo vi. Paré de inmediato cuando me fulminó con esa mirada tan característica suya, la cual me recordó que había encontrado el hechizo para convertir a la gente en sapo. Sionna y Rion estaban a mi izquierda con sus armaduras relucientes. Bethany y Lila estaban en el escalón más bajo. Para mi desesperación, Cuervo se había posado en una ventana y contemplaba la escena desde las alturas con su pico curvo, sus garras mortíferas y su aura lúgubre.

No la fastidies. No la fastidies. No la fastidies.

Tragué saliva, tiré del cuello de la camisa y me ajusté la tela de la capa. Crucé las piernas, luego las descrucé y puse los pies en paralelo al suelo. Agarré los antebrazos del trono, después coloqué las manos sobre mi regazo y al final decidí que parecería más despreocupado con una mano en el trono y la otra en el regazo.

—Deja de moverte —me dijo Matt en voz baja—. Lo harás bien.

Vale. Me senté como una estatua, una postura nada natural. Tenía la espalda tan recta que podrían haberme utilizado como vara medidora.

—Lord y lady Summerhill, William y Eliza, y su familia —anunció el paje al tiempo que dos personas ataviadas de manera elegante entraban en la sala del trono seguidas por un grupo numeroso de niños y sirvientes.

El noble hizo una reverencia y la dama, una genuflexión.

—Bienvenidos al castillo —dije algo tenso mientras hacía mi mejor imitación de Harlow—. Nos complace que hayáis venido desde tan lejos para asistir al banquete.

—El placer es nuestro, rey Arek —respondió el lord con el mismo lenguaje elevado. Me dedicó una mirada algo teñida de suspicacia y desconfianza—. Hemos traído a los miembros del servicio, incluyendo a nuestros dos hijos mayores que quizás estén interesados en formarse como escuderos con vuestro primer caballero.

Dos jóvenes ya casi adultos se adelantaron; los dos rondarían mi edad y eran más altos y fornidos que yo. Por un momento, pensé que iban a cargar contra el trono para echarme, pero en lugar de eso se detuvieron, le dedicaron una mirada algo desconcertada a Matt y a su báculo, y luego se arrodillaron.

—Ah, no hace falta que lo hagáis —me apresuré a decir agitando las manos—. Por favor, no es necesario.

Intercambiaron una mirada y se pusieron en pie. Hice un gesto a mi lado.

—Este es sir Rion y la generala Sionna. Ellos decidirán quiénes se convertirán en escuderos. Sugiero que asistáis al entrenamiento antes del festín.

—Sí, alteza —dijeron al unísono.

—Hasta entonces, sentíos como en casa. El personal del castillo os llevará a vuestros aposentos y estarán ahí para lo que necesitéis.

Se inclinaron.

—Gracias, alteza.

Tras unos minutos de bullicio, escoltaron al grupo fuera de la sala del trono y los condujeron hacia el ala de invitados del castillo.

Suspiré.

—¿Cuántos nos quedan?

Bethany me miró sin volverse del todo.

—Unos veinte más.

—¿Veinte?

—Durante los tres próximos días.

—Mierda.

—¿Tenemos que estar en todas las presentaciones? —preguntó Lila tirando de la capa verde que llevaba—. Esto pica. Y creo que a Cuervo no le gusta estar dentro.

—Creo que a mí no me gusta que esté dentro —mascullé. El pájaro asesino se movió en la cornisa de la ventana como si me hubiese oído y entendido—. Es decir, ¿sí? Eso creo. Hemos conocido a la primera familia todos juntos. ¿No se sentirán menospreciados los demás si no estamos todos aquí?

Harlow carraspeó.

—El rey Arek tiene razón.

Una queja colectiva salió del grupo e hice lo posible por ignorarlos.

Un paje entró en la sala y pisó con elegancia la alfombra.

—Las señoras de Winterhill, lady Petra y lady Gwenyth, y su familia.

Nos pusimos en alerta, volvimos a nuestras posiciones y esbocé mi mejor sonrisa.

Tres días después, el castillo estaba repleto de personas. Apenas podía ir de mis aposentos a la sala de reuniones sin que hicieran reverencias o genuflexiones o que cualquiera con quien me cruzase me llamara «alteza». Tenía que llevar la corona todo el rato y me pesaba en la frente. No podía hacer el tonto, hacer muecas o correr con la camisa abierta y el pelo alborotado. No podía sorber la sopa por miedo a que algún invitado lo viese o lo escuchase. Ni siquiera podía entrenar con Rion sin que media docena de personas me aplaudieran cada vez que hacía algo remotamente diestro. Era una locura, pero también significaba que habíamos llenado la corte de personas que me reconocían como rey con éxito. Era una victoria, aunque molesta.

Me alivió encontrar a varios pretendientes de mi edad entre los nobles invitados. Une de les jóvenes Summerhill, que se había enzarzado con Rion en una charla intensa sobre caballería y compartía los mismos dioses que él, tenía una belleza bastante impactante y ambos habían mirado en mi dirección unas cuantas veces. Aunque no le diría que no a una pieza durante el baile de máscaras, y a pesar de que puede que hubiera tenido un pensamiento inapropiado o dos solo en mi cuarto cuando le consideraba como mi posible alma gemela, mi corazón no se aceleraba como loco como lo hacía cuando pensaba en Matt. Sin embargo, debía recordarme que lo que sentía por Matt no era un estándar realista para un cortejo de una semana.

Una de las Winterhill pasó por mi lado en el pasillo y me introdujo una nota en el bolsillo concertando una cita a medianoche; aunque me sentí halagado, no tenía agallas para involucrarme en un momento que seguramente no pasaría de una noche. El banquete era una misión de vida o muerte, pero incluso sabiendo eso, tenía las miras puestas en atravesar el caos.

También pensaba en Matt constantemente: cómo había murmurado mi nombre antes de acurrucarse en el sofá de la biblioteca, y que solo lo hubiese visto durante los anuncios, demostraciones o de pasada desde que habían llegado nuestros invitados. Le echaba de menos.

Era raro echar de menos a alguien a quien tenías a tu alcance. Pero así era. Lo echaba de menos con locura. Y me dolía pensar que esto era solo un atisbo de lo que me depararía el futuro. Un futuro en el que estaría unido a otra persona. Y aunque técnicamente Matt seguiría en mi vida, no sería de la forma en que yo quería. Una cosa era pensar en todo aquello como concepto, pero experimentarlo era otra totalmente distinta. Me pregunté si el dolor desaparecería con el tiempo o si siempre sentiría esta punzada tan profunda e inmediata.

A pesar de que me dolía el corazón y del hecho de que tenía la atención puesta en varias cosas al mismo tiempo, todavía no la había fastidiado como rey. Sí, había cierto escepticismo entre nuestros visitantes. Había cautela. Había incredulidad. Había preocupación. Pero no me habían mostrado una hostilidad directa y ninguno de nuestros invitados había hecho el amago de apuntarme con un arma.

Tener a los demás a mi alrededor ayudaba, ya que era un grupo intimidante. La gente se quedaba mirando el báculo de Matt y el arpa de Bethany con frecuencia, ya que muchos desconfiaban de la magia después de Barthly. Hice todo lo que pude para aplacar el miedo de nuestros invitados y les pedí a Matt y a Bethany que hiciesen unas demostraciones. Para asombro de la multitud, Matt hizo crecer plantas y flores, y Bethany encantó a todos los que conocía, incluso sin magia.

Aun con tantos éxitos, necesitaba un momento a solas para recomponerme antes del gran evento.

—Alteza —dijo Harlow; se asomó tanto en mi cuarto como en mis cavilaciones—, el banquete comenzará en breve. ¿Necesita mi ayuda para prepararse?

—No, gracias, Harlow. Pero comprueba qué tal van los demás, por favor.

—Lo haré, alteza. Su disfraz para el baile de máscaras está en el armario para cuando llegue la hora.

—Gracias.

Hizo una reverencia con una pequeña sonrisa fugaz en su rostro, normalmente adusto.

—¿Me concede un momento, alteza?

—Sí, claro. ¿Qué sucede?

Entró del todo en mis aposentos y cerró la puerta.

—Solo quería decirle... Bueno... Los sirvientes están muy contentos de ver el castillo lleno. —Unió las manos tras la espalda—. Esperábamos paz y siento que por fin ha llegado. Y es gracias a usted.

—Gracias. Pero el mérito no es solo mío. —Alcancé la capa, a la que admito que le había tomado un cariño inexplicable, y me la eché sobre los hombros—. No podría haberlo hecho sin los demás.

—Sí, por supuesto, alteza. También les estoy agradecido a ellos.

—Yo también. —Respiré hondo y pasé las palmas extendidas por la ropa. Esbocé una sonrisa—. ¿Qué tal estoy? —Extendí los brazos y giré despacio.

—Como un rey.

—Al menos, eso es bueno. Una cosa menos de la que preocuparme. —Seguí a Harlow fuera de la habitación y le di una palmada en el hombro al pasar por su lado—. Ahora, demos un banquete, ¿vale?

Capítulo 27

Nunca había asistido a un evento tan lujoso y, mucho menos, presidido uno. Había estado en las fiestas de la cosecha tras haber recolectado los últimos cultivos. Había asistido a vigilias cuando el pueblo perdía a alguno de sus habitantes. Había estado en celebraciones cuando dos personas deseaban unirse. Pero no categorizaría ninguno de ellos como banquetes.

Esto era un *banquete*.

Había suficiente comida como para alimentar a un pueblo pequeño durante meses. Intenté apaciguar la culpa recordándome que era un esfuerzo de buena fe y que beneficiaría a todos si conseguía sacarlo adelante.

—Es un poco enfermizo, ¿verdad? —me preguntó Bethany. Se había inclinado para susurrarme al oído mientras todos se entremezclaban y tomaban asiento tras hacer reverencias y genuflexiones frente a mí.

Asentí.

Estaba sentado en el centro de la mesa principal frente a las de los invitados. Bethany estaba a mi izquierda y Matt, a la derecha. Lila y Rion se sentaban junto a Matt, y Sionna y Meredith, junto a Bethany. De pie, a un lado, estaba Harlow, que miraba y asentía significativamente a los invitados con las cejas arqueadas. Claro..., se suponía que debía dar una especie de discurso de bienvenida. Las mesas bullían entre charlas y risas, así que me levanté y carraspeé. Casi de inmediato, la atención de la sala se centró en mí. En cuestión de segundos, la multitud se quedó en silencio.

—Gracias por acompañarnos en este banquete de invierno —dije y señalé a la masiva concurrencia—. Me siento muy agradecido de que podamos empezar a sanar las heridas que el régimen anterior ha infligido en nuestras tierras y en el reino. Mi consejo y yo nos esforzaremos por asegurar que esa paz se extienda por el continente y que la amabilidad y la amistad sean la norma en lugar de la excepción. Ahora... —Sostuve la copa y la alcé en dirección a la multitud—. Por los nuevos amigos.

—Por los nuevos amigos —respondieron a coro.

Tomé un sorbo de agua y dejé la copa en la mesa.

—¡A festejar!

Me senté al tiempo que alguien gritaba:

—¡Larga vida al rey Arek el Amable!

—¡Sí! ¡Larga vida al rey!

—¡Larga vida al rey! —corearon mis amigos.

Contuve las ganas de fulminarlos a todos con la mirada, pero en vez de eso sonreí. Cuando los vítores se apagaron y todos se concentraron en la comida, Matt se inclinó sobre mi hombro.

—¿Cuánto llevas practicando ese discurso?

—¡Días!

Se rio.

—¿Qué? Quería sonar como un rey, así que practiqué. ¿Ha estado bien?

La sonrisa débil de Matt hizo que me martilleara el corazón.

—Ha sido increíble. —Se bebió el contenido de la copa y agarró la jarra de vino para llenarla hasta el borde—. Tú eres increíble —añadió.

Desvié la mirada con rapidez; tenía la cara ardiendo y de repente notaba un nudo en la garganta. Forcé una sonrisa y entrechoqué mi copa con la suya.

—Me alegro de que al final lo hayas pillado —dije con toda la prepotencia que pude reunir.

Puso los ojos en blanco y se centró en la comida. Se sirvió una porción enorme de puré de patatas en el elegante plato de peltre.

—Tonto.

Entre risas, le quité la cuchara de la mano.

—Idiota.

—Me alegro de que al final lo hayas pillado —me imitó y sonrió con la boca llena de zanahoria.

Agaché la cabeza para ocultar las risas. Y mientras la comida transcurría, riéndonos juntos el uno del otro, atesoré cada momento, cada broma, cada sonrisa fugaz de Matt. Porque por mucho que quería que aquel fuese mi futuro, que Matt presidiera cada banquete a mi lado, no lo sería. Y el sabor agridulce de esa certeza se colaba entre los espacios que nos separaban.

Un coro de «¡Larga vida al rey!» resonó entre la multitud y me sacó de la maraña de pensamientos para traerme de vuelta al presente.

Bethany y Lila habían contratado a un grupo de malabaristas para que se paseasen por los pasillos mientras la gente comía y para entretener a los más pequeños, todo al son de las piezas que tocaban los músicos acompañados por un coro. Comí hasta hartarme y lo bajé con agua porque no quería hacer el ridículo borracho; luego me acomodé para observar la escena que se desplegaba ante mí.

—No está mal —dijo Bethany.

—Has hecho un buen trabajo.

—¿Verdad que sí?

Alcé la copa y ella la entrechocó con la suya para celebrarlo.

—Por ti —dije.

—Por mí —convino.

En cuanto se terminó la comida y recogieron los platos, llegó la hora del baile de máscaras. Los sirvientes apartaron las mesas y la multitud se dispersó para ponerse los disfraces.

Me las arreglé para zafarme de la gente sin muchas reverencias. Me escabullí a mis aposentos, me tomé unos momentos a solas y respiré. Lancé la corona sobre la mesa y me pasé las manos por el pelo.

Me sacudí la capa y la colgué en el respaldo de la silla; después abrí el armario. No había visto el disfraz de antemano, pero debería haberlo hecho. Harlow tenía suerte de que hubiera tanta gente en el castillo. Sería inapropiado por mi parte matar al mayordomo en medio de una celebración pacífica.

La chaqueta era de un verde claro. La máscara era del mismo color con pequeños detalles púrpuras y una pluma verde y larga sujeta a un lado que se mecía sobre mi cabeza como si fuese un pavo real. Por los espíritus, era un pavo real.

Tiré de las solapas de la chaqueta y negué con la cabeza. Qué remedio. Ya no podía hacer mucho al respecto y tampoco podía quedarme escondido en mi habitación. No era posible y menos si tenía que encontrar a mi alma gemela entre el gentío de personas idóneas.

Cerré la puerta a mis espaldas y volví a la fiesta. No me había demorado en la habitación, pero los músicos ya habían empezado para cuando regresé al salón principal. Me detuve en la entrada y me maravillé ante el esfuerzo que habían puesto los criados y mis amigos en aquella velada.

Matt había creado unas bolas de luz flotantes para que iluminasen la sala con un resplandor etéreo. Los artistas deambulaban por allí. Los sirvientes llevaban bandejas con bebidas. Había lazos y flores repartidas estratégicamente por la sala.

Sin embargo, lo más importante era que los ciudadanos de Ere lo estaban celebrando. Se entremezclaban, hablaban y reían. Bebían vino y comían dulces. Se mecían con la música mientras las telas de vivos colores de sus capas y vestidos viraban en torno a ellos. Estaban *felices*. Quizá por primera vez en cuarenta años, podían relajarse y divertirse, y eso se sentía más importante que cualquier tratado, acuerdo comercial o conexión política.

La atmósfera era festiva y bonita. Durante un momento, me sentí orgulloso. Orgulloso de todo lo que habíamos logrado. Habíamos ofrecido ayuda, recuperado relaciones diplomáticas y encauzado el reino por el camino de la sanación. Habíamos hecho un buen trabajo. E incluso si me desvanecía la semana próxima, consideraba esto mi legado.

—Arek.

Me di la vuelta al escuchar mi nombre.

—¿No es el anonimato la gracia de un baile de máscaras? —pregunté a la vez que Bethany enroscaba su brazo en el mío y me arrastraba a la pista de baile, donde ya danzaban varias parejas. Llevaba un vestido granate y una máscara negra con flores púrpuras. Tenía las mejillas adornadas con brillitos y purpurina.

Resopló.

—Como si nadie supiera que el pavo real pelirrojo vestido de verde es el rey Arek el Amable.

Me dio una vuelta, me tomó de la mano y me llevó la otra a la curva de su cintura. Nos movimos al son de la música, un vals, pensé. Se me daba un poco mal, pero Bethany me guio por el salón.

—Bueno, sé de buena tinta que en unos momentos el hije mayor de lord Sumerhill va a interrumpirnos. Se llama Gren, es guapísime y quiere formarse como escudere con Rion. Les ha pateado el trasero a los otros reclutas y fue muy sexy.

Arqueé una ceja.

—Eso no parece bueno para la moral.

—¿Bromeas? Fue increíble de ver.

La giré y ella se rio; el cabello caoba onduló tras ella y cuando la volví a acercar a mí con un poco más de fuerza de la necesaria, se estrelló contra mis brazos. Me eché a reír.

—Esto no se nos da bien —dije.

—Habla por ti, a mí se me da de maravilla.

—Vale, yo no soy bueno. ¿Mejor así?

—No se te da mal —dijo una voz. Nos detuvimos en mitad del paso y Bethany me dedicó una sonrisa intencionada—. ¿Me permites? —preguntó.

Debía de ser Gren.

Bethany hizo una genuflexión.

—Por supuesto. —Me pisó el pie cuando pasó por mi lado—. Que os divirtáis —susurró y luego me guiñó el ojo.

Gren era más alte que yo, también más fornide, pero no actuaba con prepotencia cuando se acercó a mí.

—Tendrás que guiar tú —dije.

Gren sonrió.

—No hay problema.

A Gren se le daba genial guiarme con firmeza en la postura correcta mientras nos movíamos por la pista. No hablamos salvo para intercambiar cumplidos porque «¿Quieres vincularte a mí para que no me muera?» no era la mejor forma de empezar la conversación y probablemente Gren saldría corriendo en dirección contraria. Pero era agradable centrarse en el momento, sentir sus manos en mi cintura, los latidos acelerados de mi corazón, el suelo de piedra bajo las botas y el pulso de la música en las venas; y casi fue suficiente para distraerme de lo mucho que deseaba, en cambio, estar bailando con Matt. Para cuando terminó la canción, tenía la cara roja. Me olvidé de soltarle hasta que Gren se liberó de la jaula de mis brazos.

—Ah, lo siento.

Los labios de Gren se curvaron en una sonrisa. Hizo una reverencia.

Yo imité el gesto.

—Gracias por el baile.

—De nada, alteza.

Sonreí.

—¿Me ha delatado el pelo?

Gren negó con la cabeza.

—No. Simplemente sobresale.

—Ah. —Sentí la boca seca—. Tú también.

La risa de Gren era grave y gutural, completamente diferente a la de Matt. Era agradable. Lo bastante para que se me cruzara por la mente que quería oírla en el oído, pero interrumpieron mis pensamientos.

—Vale, se te acabó el turno. —Lila empujó a Gren con la cadera y hasta le desplazó físicamente para apartarle.

Asombrado, su sonrisa se desvaneció.

—Ah, sí, mis disculpas. ¿Me concedería otro baile más tarde, alteza?

—Sí, me encantaría.

Lila compuso una mueca visible tras la máscara y me tomó de la mano.

—Claro, luego. —Se remetió tras la oreja un mechón de pelo rubio que se le había enganchado con la máscara—. Bueno, Arek. Tengo un alma gemela para ti.

—¿En serio? Cuenta.

La música comenzó de nuevo y Lila me arrastró con ella.

—Sí. Se llama Petal y es de la familia Autumnhill. Le gustan los pájaros y bordar.

Y así transcurrió mi noche. Bailé con Lila, luego con Petal y después con Rion, y también con alguien cuyo nombre no recordaba. Volví a bailar con Gren y me estremecí cuando me inclinó hacia atrás al final de la pieza. Bailé con otra persona que me trajo Bethany. A mitad del baile, había bailado con la mayoría de los habitantes en edad casadera. Fue divertido y casi bastó para mitigar el dolor que sentía en el pecho, pero no del todo, porque por mucho que me gustara el pelo castaño de Gren, no era del tono correcto; y aunque las yemas de los dedos de Petal dejaron un rastro cálido cuando me acarició la mano, eran demasiado suaves y eché en falta la familiaridad de los callos.

En una pausa de la música, me tomé un descanso muy merecido. Me excusé de la pista de baile y me abrí paso hasta una bandeja con agua que llevaba un sirviente. Tomé una copa y le di un largo trago antes de escabullirme por un arco junto a un tapiz.

—¡Arek! —susurró Sionna.

Casi se me cae la copa del susto.

—¡Sionna! —dije al tiempo que me llevaba la mano al pecho—. ¿Qué demonios?

Echó un vistazo desde detrás del tapiz. Meredith me miró con la mejilla apoyada sobre el hombro de Sionna.

—Hola —dijo con una amplia sonrisa. Meredith soltó una risita nerviosa.

—¿Por qué os escondéis tras el tapiz?

—Mi madre está aquí —dijo Sionna como si me estuviera contando un secreto—. Me olvidé de que me llevo fatal con ella. —Luego se echó a reír.

—¿Estás... borracha?

—No —respondió Sionna y le restó importancia con un gesto—. Pamplinas.

—Sí que lo está —dijo Meredith entre risas—. Es lo más.

—Genial.

—No pasa nada —intervino Sionna—. Tengo guardias leales apostados por todo el salón. No te preocupes.

Estaba bien saberlo.

—Vale. Bueno, que os divirtáis. Creo que voy a bailar un poco más.

Sionna me agarró del brazo. Su voz adquirió un tono serio.

—¿Has encontrado ya a tu alma gemela?

—No. No lo sé. Quiero decir, hay algunas posibilidades. Está este chique llamade Gren...

—Sé quién es tu alma gemela —dijo Sionna con un asentimiento—. Lo encontré.

Parpadeé. Había asumido que Bethany y Lila eran las únicas que estaban intentando hacer de casamenteras conmigo. Pero Sionna también debía de estar en el ajo. Seguro que las tres habían hecho apuestas a mis espaldas.

—Dime.

Ella señaló al otro extremo de la sala, a una esquina en penumbras.

—Está ahí. Busca la máscara roja con un pico.

—Estás borracha.

—Va en serio.

Bueno, no podía ser peor que la dama de manos largas que me había agarrado el trasero unos bailes atrás.

—Está bien, iré a hablar con él.

—Sé amable.

—Siempre soy amable.

Meredith se rio como una gallina. No era nada adorable. Pero Sionna debió pensar que sí porque se dio la vuelta y le dio un beso en la punta de la nariz.

Y eso fue demasiado para mí. Me las apañaba con las payasadas de borrachos, pero las moñas eran mi límite. Puede que Sionna estuviese achispada, pero no me la jugaría. No lo había hecho en el pasado, ni siquiera cuando la había molestado.

Dejé el hueco junto al tapiz y me abrí paso entre la multitud, alejándome de la trayectoria de las parejas de baile entusiastas y asintiendo a modo de disculpa cuando los pisaba, hasta que llegué al rincón en penumbra. Estaba muy seguro de que ahí había alguien, una figura delgada con una chaqueta roja de corte afilado, pantalones y botas negras. Llevaba una máscara roja con un pico, pero el remolino moreno en la coronilla lo delató.

Matt. Sionna me había enviado con Matt. Se me encogió el corazón. ¿Por qué? ¿Sabía lo que sentía por él? ¿Lo sabían los demás? ¿Acaso era una broma? No, Sionna no sería tan cruel, pero si esto era una forma de darme un empujón hacia él, seguramente no supiera que me había rechazado. Sin embargo, el malentendido no evitó que la terca chispa de esperanza volviera a la vida, lo justo para descubrirme diciendo su nombre.

—Matt.

Se volvió en redondo y se tambaleó.

—Arek. —Arrastró la segunda sílaba.

—Por los espíritus, ¿tú también estás borracho?

—¿Yo? Pff. —Soltó una risita nerviosa—. Eres un pavo real.

—Sí. Eso no cambia el hecho de que estás achispado.

Resopló.

—No's verdad. —Se le trabó la lengua al unir las palabras entre sí.

Me reí. Porque Matt estaba borracho. Muy borracho. Tenía una copa en la mano y derramó un poco de vino al moverse.

—¿Cuánto has tomado, Matt?

—Todo.

—¿Todo?

Asintió.

—Sí.

Mi generala y mi mago estaban borrachos. Mi barda estaba ocupada lanzándome candidatos. Menuda nochecita.

Tomé a Matt de la mano.

—Vamos, mejor te buscamos agua y un sitio en el que sentarte antes de que te caigas. O hechices algo por accidente y causes un incidente político.

A pesar de su nivel de ebriedad, me apretó con fuerza y tiró de mí para que no lo arrastrase entre la multitud.

—Baila conmigo.

Me detuve, inseguro y confundido.

—¿Qué?

—Bailar. —Agitó la mano—. Eso que has estado haciendo con tanta gente.

—Ya lo sé. —Me humedecí los labios; tenía la boca seca. Decir que tenía un conflicto interno era quedarse corto, pero Matt se había ofrecido y yo... quería—. ¿Tú quieres? ¿Conmigo?

Señaló con la cabeza hacia un lado y me miró con los ojos entrecerrados tras la máscara.

—Baila conmigo, alteza.

Tragué saliva. Bueno, había bailado con los demás. ¿Por qué no con Matt?

—Está bien, lord Matt.

Arqueó las cejas con aire desafiante. No estaba seguro de si debería intentar siquiera llevarlo a la pista de baile, así que me limité a ajustar la mano y le agarré con suavidad de la cadera para colocarlo en la postura correcta. Era sorprendentemente maleable, puede que debido a la ingesta de alcohol. Si se hacía un corte, me podría emborrachar con su sangre.

—¿Guías tú, alteza? ¿O debería hacerlo yo?

—Creo que el mejor bailarín.

—Perfecto. Sígueme.

Me reí.

—¿Tú? ¿Te acuerdas de aquel festival de la cosecha cuando casi te caes a la hoguera?

—Está bien —dijo con un puchero.

—Además, apenas te mantienes en pie.

Decir que estaba inestable sería quedarse corto. No podía dejar que se hiciese daño, así que le envolví la cintura con la mano y extendí los dedos en la parte baja de la espalda para estabilizar su cuerpo desgarbado. Nos quedamos cerca, tanto que apreciaba el marrón de sus ojos y el rizo de sus pestañas bajo la mágica luz flotante. Por suerte para nosotros, comenzó la siguiente canción, un compás lento que no me obligaría a dar vueltas con Matt por la pista.

Di un paso, él me siguió y, tras unos acordes, bailamos y giramos en aquel espacio abarrotado mientras la multitud se habría paso para dar lugar a nuestro extraño cometido. Aunque Matt me pisaba de vez en cuando y nos tropezamos con una mesa, no me sentía incómodo. Me sentía bien, como si Matt perteneciese justo ahí, conmigo en medio del caos.

A pesar de que Matt estaba borracho, un rato después estabilizó sus andares y fue a la par que yo, paso a paso. Le di una vuelta sin elegancia, pero dejó escapar una risa ahogada y volvió a mis brazos con suavidad. Con una sonrisa, lo estreché más hasta que no quedó nada entre nosotros salvo tela y aire. Su aliento me acarició la barbilla; olía a vino. La mano con que agarraba la mía era firme, me envolvía el hombro con el otro brazo y sus dedos se enterraban en mi chaqueta con una presión sólida. Era prisionero de aquel momento y era consciente de él en todos los sentidos: dónde presionaba mi cuerpo, dónde no, dónde quería que lo hiciera. A pesar de lo mucho que me dolería más tarde, no era capaz de soltarlo.

Se me aceleró el corazón. Lo anhelaba con todo mi ser. Estar tan cerca de Matt era como algo mágico, ver los hoyuelos de sus mejillas, el lunar que tenía en un lado del cuello, la cicatriz del mentón, el pulso en su garganta. Bajé la mirada al arco sonrosado de su boca, la forma en que se inclinaba hacia mí, y sentí un calor extenderse por todo mi cuerpo.

—Eres un buen bailarín, alteza. —Batió las pestañas. Agachó la barbilla y desvió la mirada. Yo quería que volviese a mirarme, solo a mí.

—Deja de llamarme «alteza».

—Es tu título.

Puse los ojos en blanco.

—A ti no te importan los títulos.

—No —dijo y levantó la vista de nuevo. Se humedeció los labios—. No. Me importas tú.

—¿Sí? —pregunté en voz baja y sin aliento, tan lleno de esperanza que dolía. No podría haberlo ocultado incluso si lo hubiese querido—. ¿De verdad?

—Siempre ha sido así. —Arrugó la frente—. Antes de todo.

Dejó de bailar de repente y yo me quedé clavado en el sitio. Me envolvió la nuca con la mano y me acercó a él.

Me besó. Me besó en medio de una multitud, su boca contra la mía, insistente y sin elegancia, y fue lo mejor que me había pasado nunca.

Me quedé paralizado, pero luego le devolví el beso porque *era Matt*. Matt me estaba besando. Lo apreté con más fuerza, aplastándolo contra mí porque no quería dejarlo ir nunca. Era todo lo que había deseado desde que cumplí la profecía, y estaba ocurriendo. Puede... puede que consiguiera mi final de cuento de hadas. Puede que hubiera escrito un «felices para siempre» para mí después de todo.

Solo fui medio consciente de que la música había cesado. Alguien me tiró del brazo. Me lo sacudí, porque no iba a dejar de besar a Matt por nada del mundo, pero fue él quien se apartó.

Tenía los labios rojos. El rostro, sonrosado. Se le habían humedecido los ojos.

—Mierda —dijo y presionó los dedos contra su boca—. Mierda. —Entonces se dio media vuelta y echó a correr.

—¡Matt!

Bethany me tiró del brazo y me volví hacia ella.

—¿Qué cojones, Bethany?

Ella me miró con los ojos entrecerrados.

—Estabais montando una escena —siseó—. Y ahora estás montando una peor. Pero ve tras él. Yo me ocupo de esto.

«Esto» era un puñado de cotilleos y cuchicheos y personas que se llevaban la mano a la boca escandalizadas. Ah. Claro. Probablemente el rey no debía enrollarse con su mago en medio de un baile de máscaras. Pero qué más daba, Bethany se ocuparía; sería capaz de encantar a una serpiente para que mudase de piel si era necesario.

Me empujó antes de que pudiese empeorar la situación si abría la boca y salí corriendo tras Matt. Los pasillos fuera de la sala del trono también estaban abarrotados, pero por gente lista que se llevaba a sus citas fuera de la vista del público. Apuntado. Para la próxima: besar a Matt en el pasillo.

Si había una próxima vez. Más le valía que hubiese una. Estaba desesperado por que la hubiera, porque lo amaba. Y quizá, solo quizá, él también me amase.

O puede que solo estuviese borracho, me susurró la voz de la duda, y puede que no fuera en serio. Lo mismo estaba avergonzado. Sacudí la cabeza para tratar de alejar esos pensamientos. Fuera lo que fuere, debía encontrarlo.

La pluma rebotaba y me golpeaba en la cabeza al correr. Me quité la máscara cuando me detuve frente a las puertas de la biblioteca y las abrí de golpe.

Matt estaba junto a la mesa con la cabeza gacha, la máscara tirada en el suelo. Le temblaban los hombros.

—Matt.

Se dio la vuelta y se secó la cara con la manga, apresurándose a borrar el rastro de su aflicción.

—Hum…, lo siento. —Tenía la voz ronca.

Crucé la distancia que nos separaba con la mano extendida. Le toqué la cara con las manos temblando y me acerqué a él.

—Ey —dije—. ¿Estás bien?

—No —dijo con el rostro contorsionado—. Estoy borracho.

Se me formó un nudo en la garganta.

—Lo sé. No pasa nada. —Quería llorar. Quería llevar a Matt a mi cuarto y besarle hasta que se me entumecieran los labios y dormir enredados entre las sábanas. Quería decirle que lo amaba. No quería que estuviese triste. Quería que estuviese bien.

—No debería haber hecho eso —dijo, y parecía devastado.

Tomé aire con brusquedad. Una mezcla de miedo y preocupación se instaló en mi estómago.

—¿Por qué?

Las comisuras de los ojos de Matt se anegaron de lágrimas.

—Porque no puedo. Da igual lo que diga Bethany.

Fue como si me clavasen un puñal. Ya me habían apuñalado una vez; bueno, no realmente, fue un rasguño con un cuchillo en una pelea. Nos habíamos topado con algunos seguidores de Barthly en el camino y uno me acertó un golpe en el costado antes de que Matt le lanzase un rayo de magia y Sionna lo atravesara con la espada. Solo fue una herida superficial, pero sangró mucho y dolía como mil demonios.

Esto era peor. Era mucho peor. Joder, Bethany debía de haberse entrometido y pedido a Matt que al menos intentase estar conmigo para que no me desvaneciera. Saber que Matt lo había intentado y que aun así no era capaz de seguir adelante, dolía más que la primera vez que me rechazó. Nos dolía a ambos y lo odiaba. Odiaba la situación. Odiaba que Matt no sintiese lo mismo por mí que yo por él. Odiaba que intentase forzarse a sentirlo. Odiaba cada lágrima que caía por su rostro enrojecido.

Le froté la mejilla con el pulgar y le sequé una.

—No tienes que hacer nada que no quieras, Matt. Por favor, no hagas nada que no quieras, ni siquiera si piensas que eso me haría feliz.

Cerró los ojos.

—Rey Arek el Amable —dijo soltando el aire—. Siempre dice lo correcto. Hace lo correcto. Totalmente desinteresado.

—No es cierto —respondí—. Soy un malcriado horrible. Soy egoísta. Lo peor. Drogué a nuestra amiga para saber si le gustaba.

Matt se rio sin dejar de llorar.

—Qué mal criterio.

—De eso tengo un montón. —Me balanceé sobre los talones. Si había una cosa que podía intentar darle a Matt en ese momento, era una salida—. Estás borracho.

—Lo sé.

Se alejó de mí y sentí profundamente la pérdida de su calor. Si el beso de Matt era lo mejor que me había pasado, esto era lo peor. Atravesó la habitación y rebuscó en una cesta que había dejado de cualquier manera en el sofá. Era la del pícnic que iba a hacer con Lila. El que Matt había orquestado y que se torció a más no poder por el pájaro asesino. Sacó una botella y la sostuvo en alto.

—¿Qué haces?

—Compartir un trago con mi rey —dijo con la voz teñida de amargura. Luego la suavizó—. Con mi mejor amigo.

Matt sonrió cuando abrió el vino. Después bebió directamente de la botella mientras unos hilillos rojos resbalaban por las comisuras de su boca. Cuando terminó, se limpió la boca con la manga y luego se tambaleó hacia mí. Me ofreció la botella y le di un sorbo. Era dulce, un vino afrutado que le habría gustado a Lila. Espíritus, Matt siempre se adaptaba a los demás y prestaba atención a los pequeños detalles.

Se la tendí de vuelta y le dio otro trago como si aquello le diera fuerzas.

—Ahora estoy muy borracho —dijo y le temblaron las piernas. Dio un paso y se tropezó. Lo agarré por instinto y lo envolví con los brazos acercándolo más. Mis dedos se curvaron en su cintura. Me golpeó el hombro con el suyo y apoyó la cara junto a mi cuello; su respiración era como un susurro contra mi piel.

—Deberías beber agua antes de que te desmayases —le dije con la voz estrangulada.

Se encogió de hombros desmadejado a la vez que se le comenzaban a cerrar los ojos.

—Te importará cuando te despiertes mañana con la sensación de haberte caído por una colina.

Lo moví y medio lo llevé, medio lo arrastré al sofá. Lo dejé caer con tanta suavidad como pude, pero le fallaron las extremidades. Se acurrucó en los cojines y apoyó la cabeza en las manos mientras lo tapaba con la manta.

—Te traeré agua.

Me erguí, pero su mano salió disparada bajo la tela y me agarró la muñeca.

—Quédate.

Ya tenía los ojos cerrados. Estaba al borde de perder el conocimiento. Un vaso de agua no le iba a ayudar. Necesitaba volver a la fiesta, bailar, mezclarme con la gente y encontrar a alguien dispuesto a unir su alma a la mía. Era cuestión de vida o muerte, pero incluso con el corazón roto, no podía negarle nada a Matt.

—Vale. —Me senté en el suelo frente a él, junto al sofá, y sostuve su mano entre las mías—. Me quedaré.

Una pequeña sonrisa le adornó los labios.

—Gracias, alteza.

Me tragué las lágrimas.

—De nada, lord Matt. Ahora duérmete.

Y eso hizo.

Me quedé un buen rato en el suelo frío mientras veía el pecho de Matt subir y bajar con la respiración. Dejé la mano a su lado y le recoloqué la manta. De vez en cuando me llegaban los sonidos amortiguados del baile al otro lado de la puerta, pero al final se acallaron. Apoyé la cabeza en el cojín junto a las piernas de Matt con los brazos a los costados. Rocé con los dedos la cubierta de un libro familiar.

El diario.

Se lo había dejado a Matt hacía mil años. Debía de haber estado leyéndolo. Lo tomé y pasé las páginas. Aterricé en una que parecía bastante manoseada.

Cuando empezó a amasar poder, sabía que tendríamos poco tiempo para prepararnos. No tardaron en llegar rumores sobre un mago oscuro, uno que sería nuestra perdición. Nuestros profetas habían visto el fin de nuestro linaje familiar, pero no sabíamos que sería tan pronto. Mientras que mi padre y mis hermanas se preparaban para la batalla, yo alejé a mi dama. Ella quería quedarse a mi lado, pero no podía permitirlo. No podía. Porque la amaba y sabía que si se quedaba, también sería su final. No soportaba pensarlo. La amaba con locura y solo pensaba en su seguridad, su felicidad, y que yo no sería la causa de su muerte. La dejé marchar. Fue lo más duro que he hecho nunca, pero la dejé marchar y me enfrenté a mi destino por mi cuenta. De lo único que me arrepiento es de haber sido tan dura y que se marchase del castillo hecha un mar de lágrimas. Si alguna vez salgo de aquí, le diré que la amo.

Era el pasaje que Lila había leído aquella primera noche mientras las llamas de la pira funeraria iluminaban el cielo. La princesa había perdido su oportunidad de haberle confesado sus sentimientos a su amada. En vez de eso, la alejó, la alejó hacia un futuro mejor. Cerré el libro de golpe. No quería pensar en el arrepentimiento, no cuando los labios todavía me ardían por los besos de Matt.

Con la garganta atenazada, miré el rostro dormido de Matt. Su rostro hermoso y horrible, y esos labios extraños y carnosos que había besado. Alejé el diario de mí y chocó contra la pata del sofá. Me di la vuelta y enterré la cara en el cojín cerca de la cadera de Matt. Me entró un escalofrío. Cerré los ojos para alejar los pensamientos que aquel pasaje había formado en mi mente. Pero no pude.

La princesa nunca le habló a la dama de su amor, perdió la oportunidad porque las circunstancias escaparon a su control. Yo no quería sufrir su mismo destino. Ni siquiera si esa noche había dejado claro que mis sentimientos no serían correspondidos, quería decirlo sin rodeos por una vez. Sin dudarlo. Sin indirectas. Sin darle vueltas a la verdad. Se lo diría a primera hora de la mañana, cuando se despertara. Pero por ahora, quería liberar mis sentimientos, dejar constancia de ellos para no olvidar su fuerza a la luz del día. Tenía los días contados, no tenía tiempo para el arrepentimiento o la vergüenza.

Por suerte, estábamos en la biblioteca. Encontré una pluma, un tarro de tinta y un trozo de pergamino sobrante entre el desastre de la mesa de Matt. En un intento por hacer algo de espacio, aparté a un lado algunos libros de historia y rollos y la profecía quedó al descubierto, extendida sobre la mesa. Sonreí para mí y pensé en cómo un simple pergamino nos había conducido a los dos hasta aquí, hasta este castillo, a este momento. Quién sabría dónde nos conducirían las palabras que escribiría a continuación. Pero por fin estaba listo para descubrirlo. «Querido Matt», empecé, y luego vertí todos mis sentimientos en la página, los meses de anhelo, los meses de afecto, el cariño que le tenía a su ironía, a su mente afilada y a su remolino. Escribí el plan que había tenido de confesarle mis sentimientos cuando la profecía se cumpliera y, cuando no lo hizo, el miedo de que se sintiera obligado a unirse a mí si le contaba la verdad a la luz de las circunstancias. Y, finalmente, la esperanza que sentí cuando me besó en el baile esa noche, pero que entendía que no sintiera lo mismo. Cuando terminé, firmé con una floritura: «Siempre te querré, Arek». Dejé la pluma sobre la mesa y me limpié las manos manchadas de tinta en los pantalones.

Una vez terminado, seguía sin querer dejarlo. Tendría un dolor de cuello horrible por la mañana, pero elegí sentarme en el suelo y apoyar la cabeza en el sofá. Sin duda, tendría que aguantar un sermón de Harlow por haberme escaqueado del baile y haber abandonado a mis invitados, pero era un pequeño precio que pagar por estar al lado de Matt.

Capítulo 28

Unos golpes frenéticos me despertaron. Me masajeé el cuello dolorido y maldecí. La luz del sol se derramaba por las ventanas como una cuchilla. Gruñí y levanté la mano para taparla, aunque no ayudó mucho.

—Ay, ay, mierda —dijo Matt y se cubrió la cabeza con la manta—. ¿Qué demonios?

Ah, sí. Matt. Estaba borracho. Bailamos. Nos besamos. Lo perseguí. Estaba de resaca y odiaba la vida.

Lo amaba. Él no me amaba a mí.

—¿Por qué la boca me sabe como si se me hubiera muerto algo dentro? —preguntó Matt. Bizqueó desde debajo de la manta. Tenía los ojos inyectados en sangre. Una arruga del cojín le cruzaba la mejilla. Tenía el pelo de punta.

—Te bebiste todo el vino del castillo.

—Ah —dijo. Chasqueó los labios—. Ah.

—Sí.

Se frotó la cara con la mano.

—¿Qué más hice?

Me aparté de la trayectoria del sol y me tumbé sobre la piedra, con suerte, con la cara en la sombra.

—¿A qué te refieres con «qué más»?

—Me acuerdo del banquete. Me acuerdo de bailar... ¿Qué pasó después? ¿Cómo llegué aquí?

Se me heló el cuerpo. Sentí un nudo en el estómago.

—¿No te acuerdas?

Emitió un gruñido sordo.

—Por los espíritus, ¿bailé encima de una mesa? ¿Convertí a alguien en sapo? —Hizo otro ruido de abatimiento—. Mi cabeza. Se me va a salir el cerebro por las orejas.

—Tú... —tragué saliva—. ¿No te acuerdas de que bailaste conmigo?

Volvieron a llamar, esta vez más fuerte y con insistencia.

—¿Contigo? —A pesar de la luz, emergió por completo de debajo de la sábana y se sentó despacio. El rostro se le puso verdoso y se tapó la boca con la mano; tragó varias veces. Me alejé, solo por si acaso, pero aguantó—. No —susurró—. ¿Bailamos?

Me observó con cautela. Cuando consideré cómo iba a manejar la confesión esta mañana, no había tenido en cuenta la posibilidad de que Matt no recordase que nos habíamos besado. Y, cuando comenzó otra ronda de golpes agresivos y Matt compuso una mueca de dolor, contarle de manera apresurada todo lo que había ocurrido mientras él trataba de no vomitar no me pareció la mejor opción. Más tarde, pues. Tendríamos que hablar luego, pero justo ahora, la solución más fácil era contarle una versión abreviada de la verdad.

—Sí. Me pisaste los pies en el baile más raro de la historia de este reino y luego vinimos aquí para huir de él. Bebiste más y luego te quedaste sopa.

Se relajó del alivio.

—Ah, gracias a los espíritus.

Mi corazón se resquebrajó un poco más.

Los golpes continuaban.

—Ya va —grité, deseando romper aquella extraña tensión entre los dos. Estaba grogui y no estaba de humor para cosas de esas.

Harlow carraspeó cuando entró en la sala.

—Alteza —dijo interrumpiéndome—, sus invitados lo esperan para que se una a ellos en el desayuno.

—¿Lo dices en serio?

—Como un ataque al corazón, alteza —dijo Harlow con sequedad.

Puf. ¿Por qué se le había pegado a Harlow mi sarcasmo?

—¿Dónde?

—En el comedor ceremonial.

Perdí el pie al levantarme. Me hormigueaban las piernas y no supe decir si tenía los pies dormidos o si habían desaparecido. Eso sería un problema.

Matt gruñó como si se estuviese muriendo y se tumbó de costado con un tono algo verdoso.

—Por favor, no quiero oír hablar de comida —se quejó.

—Quédate aquí. Harlow se ocupará de ti. —Pasé junto al mayordomo a toda prisa con un remolino de emociones en el estómago—. Matt necesita agua. Puede que algo de vino. Y está claro que un analgésico.

—Claro, alteza. —Harlow carraspeó—. ¿Puedo sugerir que vuelva a sus aposentos y se cambie antes de reunirse con los invitados?

Me miré. Llevaba el disfraz de la noche anterior. Tenía la camisa por fuera y arrugada. Sabía que tenía el pelo hecho un desastre sin mirarme al espejo. Me puse rojo de la vergüenza.

—Tan mal estoy, ¿eh?

Harlow murmuró.

—Para decirlo sin rodeos, sí.

—Ya. —Estaba a punto de hacer el paseo de la vergüenza en mi propio castillo. Y ni siquiera era vergüenza por derecho porque Matt y yo no habíamos hecho nada más que besarnos. *Matt.* Contemplé su rostro contraído mientras intentaba ignorar el sol con valentía, a Harlow y a tener que despertarse. Sí, hablaríamos más tarde. Cuando se sintiese mejor.

—Alteza —me instó Harlow.

—¡Sí! Ya voy. —Me sacudí los pensamientos de encima y los aparté todos —Matt, mis sentimientos, el vínculo— a un lado. Tenía que hacer de rey.

El desayuno fue horrible.

Me senté en el extremo de una mesa extremadamente larga repleta de nobles, la mayoría de los cuales estaban medio dormidos. Los pocos que estaban despiertos me dirigían miradas penetrantes y agradecí que Harlow me hubiese dejado un conjunto preparado encima de la cama. Lo último que necesitaba en aquel día horrible era meter la pata en sociedad tirando por tierra el progreso que habíamos hecho con la corte.

Así las cosas, ninguno de los invitados habló, ya que todos estaban agotados por el gran banquete y el baile. Por el aspecto que tenían, me pregunté hasta qué hora se habría alargado la fiesta y por qué habrían dispuesto el desayuno tan temprano al día siguiente. Claramente, un descuido.

En cuanto sirvieron la comida, la habitación se llenó de sonidos al masticar, el entrechocar de los cubiertos contra el plato y algunos ronquidos ocasionales. Al menos, el desayuno estaba bueno.

De mi consejo, solo había asistido Sionna. El resto del grupo brillaba por su ausencia, pero no podía culparles. Si no fuese el rey, yo tampoco me habría levantado. Pero me alegré de tener la oportunidad de hablar con Sionna a solas. Necesitaba saber por qué me había empujado hacia Matt la noche anterior, qué pensaba que iba a ocurrir. Sin embargo, lo mejor era ir con cuidado. No estaba seguro de si sería capaz de mantener la compostura si tenía que soportar sus preguntas directas y necesitaba hacerlo delante de los invitados.

—¿Dónde está Meredith? —le pregunté en voz baja tras inclinarme hacia ella.

—La necesitaban en la cocina esta mañana —respondió.

—¿Y tu madre y tu hermana?

Sionna presionó los labios.

—Con suerte, de camino a casa.

Me reí por lo bajo.

Ella me dio un codazo.

—¿Cómo está Matt?

Mantuve el tono bajo a posta.

—De resaca. Nunca lo había visto así de verde.

Sionna se tapó la boca con la palma para ahogar una risa.

Gracias a los espíritus por los cambios oportunos.

—Hablando de Matt —comencé—. ¿Por qué anoche...?

—Psst, alteza.

Volví la cabeza en dirección al sonido y atisbé a Meredith en la puerta. Estaba pálida e inquieta, el cual parecía ser el estado normal de la gente la mañana después de un baile. Sin embargo, me preocupó la insistencia con que me llamó para que fuera a su lado.

Ladeé la cabeza. Sionna también se había dado cuenta y frunció el ceño.

Bueno, mejor descubrir qué crisis me aguardaba. No podía ser más horrible que este desayuno tan espantosamente incómodo. Me levanté y la silla hizo un ruido fuerte al arrastrarla, lo cual alertó a todos de mi marcha inminente, y asusté a quienes se habían quedado dormidos en la silla.

Me aclaré la garganta.

—Mis disculpas. Tengo asuntos que atender. Por favor, seguid disfrutando del desayuno.

Luego di media vuelta y salí con Sionna justo detrás.

—¿Merry? —dijo Sionna con suavidad en cuanto estuvimos al otro lado de la puerta. Sostuvo las manos de Meredith entre las suyas—. ¿Qué ocurre?

Merry. Eran tan monas que daba asco.

—Creo que he hecho algo malo —dijo Meredith con las pestañas húmedas.

—No pasa nada. Yo me equivoco todo el rato —dije con una sonrisa forzada—. Y soy el rey, así que tampoco es como si no lo pudiésemos arreglar sea lo que fuere.

A Meredith no le reconfortaron mis palabras. De hecho, parecieron disgustarla aún más.

Sionna me fulminó con la mirada.

—Solo dinos qué ha pasado.

—Estaba en las cocinas y me llamaron para que le llevara agua y vino a lord Matt en la biblioteca porque... no se sentía bien.

El frío me recorrió todo el cuerpo. Era sobre Matt.

—¿Está bien Matt? —pregunté despacio y un tanto atemorizado.

No respondió. Se mordió el labio mientras me miraba con los ojos muy abiertos.

—Lo siento.

Tomé aire con brusquedad.

—¿Qué ha pasado?

—Estábamos hablando y parecía muy distraído.

Me tensé.

—Mencioné lo maravilloso que había sido el baile, lo mucho que se habían divertido todos y el vino que bebimos. Y le dije que me alegraba por él, por vosotros... —Puso una mueca.

Sentí las rodillas débiles. Me tambaleé y me golpeé la parte de atrás de la cabeza con la piedra al apoyarme en la pared.

Sionna me agarró del brazo para enderezarme.

—¿Arek? ¿Qué me he perdido?

Me froté el pecho.

—No lo recordaba. Cuando se despertó esta mañana. Y no se lo he dicho.

—Ay, Arek —suspiró Sionna.

La expresión de Meredith se contrajo.

—Se disgustó y escribió una nota. Me dijo que esperase una hora antes de dársela. Me lo hizo prometer. Pero creí que n-no debería esperar tanto tiempo. Así que solo esperé media.

Metió la mano en el bolsillo del delantal y me dio una nota. Agarré el trozo de pergamino con las manos temblando y lo desdoblé.

Arek:

Lo siento mucho. No puedo.

Necesito tiempo y espacio.

Volveré cuando pueda.

Tu amigo,

Matt

Oh. No. No. No podía irse. No podía dejarme. No podía marcharse cuando sabía que no podría seguirle. ¿Lo haría?

—Arek —preguntó Sionna—. ¿Qué dice?

No respondí. Arrugué el pergamino en un puño sudoroso y me aparté de la piedra. Corrí. Crucé el castillo a la carrera mientras esquivaba a los sirvientes e invitados. Tenía que explicarme. Tenía que decirle toda la verdad. Si después de eso quería irse, no lo detendría. Pero no quería ser como la princesa. No quería vivir con arrepentimiento durante el resto de mi vida. Con Sionna pisándome los talones, entré como una exhalación en el cuarto de Matt. No estaba allí. El báculo no estaba apoyado contra la cómoda. Su cartera no estaba colgada del cabecero de la cama.

La cama estaba deshecha. Crucé el pequeño espacio y abrí el armario de par en par. La ropa no estaba, ni la capa gruesa que usaba.

Me tope con la mirada preocupada de Sionna.

—Matt se ha ido —susurré.

Se había marchado. Matt se había marchado. *Joder*. Se me anegaron los ojos de lágrimas. Se me encogió el corazón. Me tambaleé, mareado y sin aliento, y me di contra la cama. Todavía tenía la estúpida nota agarrada en la mano y la rompí. La rompí en una docena de pedacitos porque la había jodido. Había arruinado nuestra amistad. No debería haberlo besado. Debería haberlo besado antes. Debería haberle dicho algo hacía siglos. No debería haberle dicho nada. Debería haberle apartado en la biblioteca. Debería haberlo acercado más a mí. Cualquier cosa habría sido mejor que regodearme en este anhelo sin fin, esta media vida esperando que la magia o el destino me guiaran en la dirección correcta. Por fin estaba dispuesto a hacerme cargo, pero era demasiado tarde. Y había perdido a Matt por ello.

Con la respiración entrecortada, sentí que se me disparaba la ansiedad. La única persona a la que siempre había querido, mi alma gemela, había salido cabalgando hacia la puesta de sol, y a menos que encontrase un sustituto en pocos días, el mío sería el reinado más corto desde hacía un siglo.

Se me saltó una lágrima.

—Ay, Arek —dijo Sionna envolviéndome entre sus brazos—. Saldrá bien.

—Eso espero.

Me abrazó.

—Sé que sí. No te rindas.

Tragué para deshacer el nudo que sentía en la garganta y asentí para tranquilizarla. La seguí al pasillo. Solo di unos pasos antes de que el mundo diera vueltas bajo mis pies. Me tropecé.

Me hormigueó el cuerpo entero. No solo las manos o los pies, sino que todo mi ser tembló y flaqueé. Caí de rodillas.

—¿Arek? —La voz de Sionna me llegó lejana, como si estuviese debajo del agua.

Me agarró del brazo.

—¿Arek?

No respondí. En cambio, mi mundo se tambaleó. Un dolor punzante me atravesó la cabeza y me incliné hacia un lado. Me desmayé en lo que tardé en respirar.

Capítulo 29

Me desperté en mi habitación.

Me vinieron recuerdos del día que intenté abdicar. Esta vez, el dolor no fue tan inmediato ni tan agudo. Aunque seguía siendo una mierda.

Me giré sobre el costado y gruñí; me dolían los músculos bajo la manta. Vale, no he dicho nada, era igual de malo. Auh.

—¿Arek?

—¿Bethany?

Me acunó la mejilla con la mano y, cuando entreabrí los ojos, vi su expresión preocupada.

—Ahí estás, idiota. ¿Cómo te encuentras?

—Como si me hubieran molido a palos.

—Está bien saber que no se te dañó la vena dramática al desmayarte.

Hice una mueca.

—No tiene gracia.

—No —convino ella—. Para nada. Menos mal que Sionna estaba contigo. Gracias a ella no te desnucaste contra la piedra.

—Qué bien. Siempre puedo contar con Sionna. ¿Cuánto tiempo he estado inconsciente?

—Casi todo el día. Ya es noche cerrada. —Me envolvió el hombro con los brazos—. ¿Puedes sentarte?

—Sí, eso creo. —Era mentira. No tenía ni idea. Me temblaba todo.

Me ayudó a incorporarme y ahuecó las almohadas a mi espalda.

—Quédate quieto y no hagas nada estúpido.

Me temblaron las manos cuando acepté la copa que me tendió y se me derramó un poco de líquido al beber. Estaba agotado. Sentía el alma débil, alargada, como si estuviera hueco. Insustancial. Me sentía translúcido. No pensé que ocurriría tan pronto. Todavía me quedaban unos días, pero al parecer la magia era una perra caprichosa.

—Hum... ¿Quién sabe que me desmayé?

—Ah, todo el mundo —dijo Bethany con una alegría falsa—. La sanadora del pueblo te examinó y dijo que te habías desmayado porque no habías comido. —Frunció el ceño—. Pero sé que desayunaste, así que no debe de ser por eso. Pero dormir poco, beber mucho y bailar tanto anoche también pueden ser la causa —dijo esta última parte con sarcasmo.

—Pues sí, hice todo eso —confirmé con un asentimiento.

Su expresión era el culmen de lo poco impresionado. Carraspeó.

—También tuviste un colapso cuando descubriste que Matt se había marchado. Probablemente eso no ayudó.

Evité su mirada y jugueteé con un hilo suelto de la manta.

—Ya. Eso... puede que sea verdad.

Bethany me estudió.

—Se rumorea que ha dejado el castillo para hacer un recado especial para el rey.

Me mordí el labio. Matt. Matt. Matt. Mis pensamientos eran una mera letanía de su nombre y mi corazón latió al compás. *Si alguna vez salgo de aquí, le diré que la amo.* Se había ido. Pero quizá... ¿quizá fuera mejor así? Puede, y ya que era obvio que me rechazaría *otra vez*, sería mejor si poníamos distancia entre los dos. Sería demasiado difícil verlo cada día cuando estuviera unido a otra persona, como meter el dedo en la llaga.

—¿Arek? —Bethany me tocó el brazo.

—¿Eh? —Esperaba que a Sionna se le hubiera ocurrido un rumor que ocultara lo que había pasado de verdad.

Se cruzó de brazos.

—Arek, todos sabemos que ese recado especial es mentira. Sionna nos lo dijo. Dijo que te mandó una nota y que cuando corriste a su habitación, ya se había ido. Matt no se iría nunca. Jamás te dejaría. Sobre todo después de que os besarais anoche.

Me dolía pensar en él. Recordar el sabor de sus besos dolía. Sentir el fantasma de las caricias de sus dedos dolía.

—¿Podemos no hablar del tema ahora?

Bethany arqueó una ceja. El agotamiento y la desesperación debían de haber teñido mi voz porque accedió sin poner pegas. Se mordió el labio.

—Vale. Pero hablaremos de ello cuando hayas descansado.

—Está bien. —Tendría que contárselo al grupo tarde o temprano. Eran la familia de Matt al igual que la mía y tenían derecho a saber que se había marchado. Y dijo que volvería; lo haríamos lo mejor que supiéramos hasta que lo hiciera. Puede que yo ya hubiera muerto para entonces, dependiendo de cuán épica hubiera sido mi metedura de pata en el baile.

—¿Arek? Creo que deberías descansar.

—¿Hum?

—Te estás quedando frito.

—Ah.

Me alentó a beber el último sorbo de agua de la copa. Recolocó las almohadas y yo me dejé caer sobre ellas con un suspiro satisfecho. Bethany me tapó hasta la barbilla con la manta y la remetió por los costados.

—Ni se te ocurra contarle a un alma que te he ahuecado las almohadas.

—Nunca —prometí.

Calentito y agotado, me quedé dormido.

Capítulo 30

Dormí hasta bien entrada la mañana del día siguiente y solo me moví cuando Harlow me despertó para sentarme en el trono y despedir a algunos de nuestros huéspedes que ya se marchaban. A pesar del beso incómodo del baile, el banquete tuvo tanto éxito que varias familias nobles dejaron a sus hijos en el castillo para que fuesen escuderos y entrenaran para convertirse en caballeros. Gren era une de elles, al igual que Petal.

Me senté en el trono y me esforcé al máximo para proyectar un aire de nobleza. Sionna era el único miembro del consejo allí conmigo, la única que no había puesto una excusa para saltárselo. No los culpaba. Aparte de haber dormido un día entero, me dolían hasta los huesos del cansancio y anhelaba la comodidad de mi cama.

—Desearía que pudiéramos quedarnos más tiempo —dijo lord Autumnhill e hizo una reverencia frente al estrado—. Pero debemos partir antes de la primera nieve.

—Lo entiendo. Gracias por haber venido. El castillo siempre estará abierto para tu familia.

—Es muy generoso, rey Arek —dijo el lord e hizo una floritura con la mano—. Nuestra familia aceptará su oferta para la primavera. Hasta entonces, por favor. —Cerró la boca de golpe y se irguió; se me quedó mirando con la cejas arqueadas de forma extraña.

—¿Pasa... algo? —pregunté cuando el rostro del lord perdió el color y su expresión se transformó en una que solo podía describir como algo horrorizada.

—Su oreja —susurró.

El cuerpo llevaba hormigueándome la mayor parte del día y aunque había notado que el zumbido de los oídos aumentaba, pensé que era otro efecto secundario desafortunado de estar agotado y de haber estado sentado durante varias reuniones con los lores y las damas. Al parecer, no era eso.

—Ha desaparecido.

—¿Qué quieres decir? —Ay, mal momento para esa pregunta—. ¿Desaparecido? Estarás de broma. Eres graciosísimo, milord. —Carraspeé e intenté taparme la oreja como quien no quiere la cosa con el pretexto de recolocarme la corona, de repente torcida.

Sionna me miró con los ojos como platos. Negó con la cabeza en un movimiento casi imperceptible.

—No, alteza. No bromeo. —Le tembló la voz, como si temiera contradecirme.

Vale. Eso me venía bien.

—¿Estás cuestionando a tu rey? —pregunté mientras Sionna se colocaba a mi lado, donde solía ponerse Matt, y me ocultó de la vista.

—No, alteza. En absoluto.

—Bien. Creo que es hora de que su partida emprenda el regreso.

—Sí, alteza.

—Que tengáis buen viaje. —Los despedí con la mano y me fijé que también era translúcida. La escondí a mi lado, entre la cadera y el trono, y esperé que la manga ocultara el hecho de que se podía ver a través de mi palma—. Espero veros en primavera.

—Sí, alteza. —Lord Autumnhill intentó echar un vistazo tras la figura imponente de Sionna, frunció el ceño, sacudió la cabeza y luego se marchó de la sala.

—¿Quedan más? —le pregunté a Harlow.

Él asintió.

—Sí, varios.

—Mierda.

Sionna se volvió hacia mí como un torbellino.

—¿Qué está pasando, Arek? ¿Por qué puedo ver a través de tu oreja y de tu mano?

—Bueno, parece que me estoy desvaneciendo. Justo como la ley dijo que pasaría.

—¡Mierda! —repitió.

—Exacto.

—Estás sospechosamente tranquilo —dijo con las manos en las caderas—. Ya lo sabías.

—Ah, sí. Me lleva pasando un tiempo.

—¡Arek!

—Mira, nos quedan... —Volví la cabeza hacia Harlow—. ¿Cuántas?

—Cinco familias más, alteza.

—Cinco más de esas y ya —le dije a Sionna—. Ayúdame y te lo contaré todo.

Entrecerró los ojos.

—Harlow, llama a Bethany.

—Sí, generala.

Unos minutos después, apareció Bethany con el arpa en la mano. Llevaba un corpiño ajustado y un vestido; estaba tan guapa como la noche del baile de máscaras. Se frotó la piel por encima de los labios con un dedo para quitarse las manchas de carmín.

—Más te vale que sea importante. Petal y yo estábamos... eh... hablando.

Genial. Una posibilidad menos. Pero bien por Bethany. Lo pillo.

Se detuvo en la base del trono y me recorrió con sus ojos claros. Vi el momento en que se dio cuenta de que me faltaba una oreja.

—¡Arek!

Levanté la mano.

—Vale. Sí. Me estoy desvaneciendo. Soy consciente. Necesito que lo ocultes.

—¿Ocultarlo? —Se señaló el rostro con la mano—. ¿Cómo oculto que eres translúcido?

—¿Lo soy?

—¡Veo a través de tu cuello!

—Pues eso no es bueno, ¿no? —repliqué.

Sionna me apoyó una mano en el hombro cuando me incliné hacia delante. Intenté agarrarme la frente con la mano, pero no funcionó, ya que esta había desaparecido casi por completo. Acabé cayendo hacia delante y casi me abro la cabeza con mi propia rodilla.

—Puf.

—¿Qué quieres que haga exactamente? No soy Matt, no puedo arreglarte por arte de magia.

—No, pero puedes encantar a la gente para que no lo vea.

Se echó el pelo hacia atrás.

—Ah, sí. Eso puedo hacerlo. —Rasgó el arpa. Las cuerdas reverberaron y la magia en la sala aumentó.

—Pero después de esto tendremos una charlita.

—Ya he soportado una de tus charlitas.

—Pues te vas a comer otra —dijo en voz alta, casi a gritos—. ¡Porque esto no está bien!

Tocó un acorde particularmente violento en el arpa y la magia titiló en el aire y vibró sobre mi piel.

—Sí. Vale. Está bien. Acabemos con esto.

—¿Está listo, alteza? —preguntó Harlow desde su puesto junto a la entrada—. Los invitados le esperan.

—Sí. —Me retorcí en el trono y apreté con tanta fuerza los reposabrazos que los nudillos (o lo que quedaba de ellos) se me pusieron blancos. Tragué saliva—. Sí.

Harlow abrió la puerta.

Salimos del paso con las cinco familias, a pesar de que los Summerhill eran excepcionalmente habladores, en especial sobre lo versade que estaba Gren en la lucha y la diplomacia. Cada vez que pensaba que se habían dado cuenta de que me faltaba una parte esencial del cuerpo, Sionna se interponía en el campo de visión del lord o la dama que ponían cara de confusión u horror, y la música de Bethany aumentaba en frecuencia y sonido.

Cuando terminamos, estaba tan agotado que me habría echado la siesta en el trono. Apoyé la cabeza en el respaldo, cerré los ojos y me quedé sin fuerzas.

—¡Arek! —dijo Bethany y me dio palmaditas en la mejilla con insistencia—. Vamos. Despierta.

Con un gruñido, entreabrí un ojo.

—Un minuto más.

—No.

Me espabilé y bostecé tan fuerte que me crujió la mandíbula.

—Lo siento. Estoy cansado.

—Quizá deberíamos dejarlo descansar. —Sionna pasó uno de mis brazos por sus hombros y me levantó del trono. Me hormiguearon las piernas, pero estaba bastante seguro de que se me habían dormido por haber estado tanto tiempo sentado. Miré hacia abajo y sí, estaban ahí, en su mayor parte.

—¿Y perder más tiempo? —Bethany me izó por el otro lado—. No podemos esperar más. Solo nos quedan cuatro días. Tenemos que encontrar a alguien para que se vincule a Arek o morirá.

Sionna frunció los labios.

—Tendrá que hacerlo una de nosotras si no encontramos a nadie.

—Te refieres a mí —dijo Bethany en tono monótono—. Rion y Lila se tienen el uno al otro y tú tienes a Meredith.

—¿Queréis dejar de hablar como si no estuviera aquí? Gracias. —Nos encaminamos hacia la salida, aunque «caminar» era un término poco preciso. Más bien me arrastraban, ya que había perdido el equilibrio—. Nadie va a sacrificarse por ser mi otra mitad. Preferiría desvanecerme que hacer que alguien renunciase a su vida y a encontrar el amor.

—Rey Arek el Amable —murmuró Sionna.

—Para —resoplé—. No soy amable. Es solo que no quiero quedarme atrapado con una de vosotras más tiempo de lo necesario.

Bethany frunció el ceño, pero no dijo nada. Entre las dos, me llevaron a mi cuarto. Un poco más y me tiran encima de la cama.

Me quedé dormido antes de que mi cabeza tocase la almohada.

—Oye, rey Arek el Tonto del Culo —gritó Lila al tiempo que abría la puerta de golpe—. ¡Despierta! —Corrió las cortinas—. Has dormido todo el día y ahora solo te quedan tres antes de que te conviertas en éter.

Incorporarme fue una tarea titánica. Me aparté el pelo de los ojos y la miré bizqueando por la luz.

—Vete.

—¿Y dejar que mueras en paz? Nunca. —Abrió los postigos—. Además, no estoy sola.

Una fila de sirvientes siguió a Lila a mis aposentos. Se movieron frenéticamente alrededor de la mesa que había contra la pared, dejaron bandejas, llenaron unas copas, colocaron las servilletas y salieron por la puerta solo para ser reemplazados por Rion, Sionna y Bethany.

Sionna cerró la puerta con el talón.

—¿Cómo te encuentras?

¿Que cómo me encontraba? Como un trozo de carne en mal estado. Como agua salobre. Como si hubiese trabajado muy duro esquilando y persiguiendo ovejas por todo el campo y me hubiese caído por una pendiente rocosa para luego volver a casa arrastrando los pies, dormir en el suelo y despertarme con el cuerpo dolorido y sin ningún propósito.

—Fatal —conseguí decir. Al parecer, mi fuerza, mi motivación y mi deseo de vivir también se habían visto afectados por el desvanecimiento. Fruncí el ceño—. Vacío.

—Entonces es peor de lo que pensábamos —dijo Sionna.

Rion llenó un plato de peltre con comida y me lo acercó. Se sentó en el borde de la cama.

—¿De verdad te estás desvaneciendo? —me preguntó con suavidad.

Levanté la mano y Rion miró a través de ella con los ojos muy abiertos.

—Es verdad. Estoy en apuros. —Tomé una fresa entre los dedos y pensé en el jardín de Matt. Luego pensé en Matt y me dio un vuelco el estómago—. Empezó hace unas semanas, los dedos de las manos y de los pies iban y venían. Y ahora... —Me señalé el cuerpo—. Soy un blanco para la magia.

—En el campo de entrenamiento —dijo Rion y me señaló con el dedo—, cuando te cedieron las piernas. Mientras Lila y yo... —Se sonrojó—. Cuando nos besamos por primera vez.

—Sí. Fue por el desvanecimiento.

—Eres un tarugo —gritó Lila. Se puso de pie y le dio un manotazo a la mesa—. ¿Por qué no nos lo has dicho antes? ¿Por qué has mantenido algo tan importante en secreto?

Me encogí de hombros para ocultar que el ímpetu de Lila me había sorprendido.

—No había nada que pudiésemos hacer. No hasta que encuentre un alma gemela.

—Bueno, obviamente no se te puede dejar a cargo de tu propio bienestar. Decidiremos nosotros. ¡Ahora mismo!

—Coincido contigo —dijo Bethany.

Miré a Sionna buscando su apoyo, pero ella se limitó a darle un sorbo a su bebida.

—Gren es adorable —dijo.

—Voto por Gren. —Bethany asintió—. Está cañón y es hábil con la espada.

—¿Qué hay de Petal? —Lila se desplomó en la silla—. Es recatada y puede que sea capaz de equilibrar los rasgos más odiosos de Arek.

—¿Como su impulsividad o su falta de capacidad comunicativa?

Ay.

—Estaba pensando en algo más que en la línea de su parco instinto de supervivencia.

—También besa muy bien —dijo Bethany con una sonrisa.

Rion le dedicó una mirada poco impresionada.

—¿Qué? Vamos, relájate. Solo fue por diversión.

—Sois lo peor. —Me masajeé las sienes; me había empezado a doler la cabeza detrás de los ojos—. Desearía que Matt estuviese aquí —musité. Me dolió hasta el alma de pensarlo.

—Pues no está. Huyó porque descubriste que estaba enamorado de ti. Y también vamos a hablar de eso. —Bethany me miró con los ojos entrecerrados por encima del borde de la copa—. Porque no eres cruel, y más allá de lo que hicieras tuvo que ser horrible para él para que nos abandonase de esta forma.

Se me paralizó el cerebro.

—¿*Qué*?

—Matt tendrá un buen motivo —dijo Sionna.

—No, no lo tiene. Tiene sus preferencias. Está enamorado de Arek, pero obviamente él no le corresponde porque, si no, no estaría en este lío. —Lila apuñaló un trozo de fruta con el tenedor—. La situación le pilla demasiado cerca como para que pueda pensar con claridad.

Rion suspiró.

—Matt querría lo mejor para Arek y escogería a alguien digno de él.

—Repito, ¿qué? —Debían de haberse confundido. Había mostrado desinterés en todo momento. Me había dejado claro que no quería que lo cortejase, ¿no?

—¿Sabéis la que se lio cuando se besaron durante el baile de máscaras? —Bethany se apartó el pelo—. Me harté de encantar a la gente aquella noche y a la mañana siguiente. Deberían ponerme al mando del departamento de control de daños. No tienes ni idea de cuántos nobles vinieron solo para seducir a Arek y conseguir la corona. Fue un caos.

—¿Qué? —repetí.

Lila y Rion intercambiaron una mirada culpable.

—No estuvimos lo que se dice presentes durante las últimas horas del banquete —dijo Rion con diplomacia. Lila se puso colorada—. Pero oímos los rumores más tarde.

—Eh, cumplimos nuestra parte. Conduje a Petal hacia Arek. Rion le presentó a Enzo y a Rami. Le mandé a cualquiera medianamente atractivo para que se interpusieran. Lo intentamos.

—Enzo tampoco habría sido mala opción —dijo Sionna—. También me gusta Giada. Es muy guapa y dulce. Ah, y el tal Declan, aunque es un poco mayor. Pero robusto. Tomaría buenas decisiones y aplacaría las partes más irracionales de nuestro amado rey.

Los tres continuaron con su conversación, pero no era capaz de discernir nada más allá de lo que había dicho Lila.

—¿A qué te refieres con que Matt está enamorado de mí?

Lila puso los ojos en blanco. Bethany hizo un ruido molesto con la garganta. Sionna hizo un mohín. Hasta Rion masculló algo desdeñoso.

—¿No lo sabías? —preguntó Bethany—. ¿Lo dices en serio? ¿Cómo es que no lo sabías?

—No tengo ni idea de lo que estáis hablando ahora mismo.

—Arek —dijo Sionna—. Ha estado colado por ti todo este tiempo.

Otra vez. ¿Qué?

—¿Colado por mí?

—Pues no se ha percatado —le dijo Lila a los demás—. Pensaba que no estabas interesado.

Sionna suspiró.

—Matt ha estado enamorado de ti mucho antes de que os conociera en la taberna. Antes de que emprendierais la misión. Imagino que comenzó cuando vivíais juntos en el pueblo.

Tomé la copa de la mesita de noche con la mano temblorosa y me humedecí la boca, de repente seca.

—Me quiere. —Fue más una afirmación que una pregunta.

—Eh... ¡pues claro! —Lila hizo un mohín—. Desde siempre.

—¿Por qué no dijo nada?

—¿Preguntas por qué Matt no te profesó su amor? ¿Matt, que lo analiza todo antes de actuar para asegurarse el resultado?

—Todo este tiempo...

—Él creía que no estabas interesado —dijo Sionna sin rodeos—. Prefería pasar la vida a tu lado en silencio antes que arriesgarse a decir algo y que lo expulsases.

—¡No lo habría expulsado!

—Entonces, ¿por qué se fue? —preguntó Bethany.

Abrí la boca y luego la cerré de golpe.

—Dijo que no podía. Que necesitaba espacio.

—Ajá —dijo ella con delicadeza.

Me tiré del pelo.

—No lo entendéis. Quiero que Matt esté a mi lado. Más que nada. Siempre.

Sionna frunció el ceño.

—Puede que eso sea verdad, Arek, pero si hubieras sabido que Matt te amaba, te habrías distanciado de él. La intimidad casual que habéis desarrollado durante años se habría evaporado.

Le di un puñetazo al cabecero de la cama.

—¡No es verdad! ¡Porque lo amo!

Bethany jadeó.

—¿Lo amas?

—¡Claro que sí! Es *Matt.*

—Entonces, ¿por qué intentaste cortejarnos? —preguntó Rion y señaló a los cuatro.

—Básicamente porque se lo confesé a Matt y me rechazó, ¿vale? *¡Dos veces!* Y, oye, ¿por qué me gritáis a mí si es él quien se ha ido?

—¡No te estamos gritando! —gritó Lila—. Vale, puede que yo sí. ¿Qué quieres decir con que te rechazó?

Alcé las manos en defensa frente al ímpetu de Lila.

—La primera vez le dije que había alguien a quien quería confesarle mis sentimientos, él me interrumpió y me dijo que esa persona no estaba interesada.

—Bueno —dijo Bethany con un ademán—, eso no tiene mucho sentido.

—La segunda vez, después de besarnos, dijo: «No puedo». Y luego se fue corriendo. No sé vosotros, pero a mí me parece claramente un rechazo.

—Ah. —Se mordió el labio—. ¿Estás seguro?

—¡Sí! Lo estoy.

El grupo intercambió una mirada tensa.

—Puede que hayamos malinterpretado a Matt —dijo Rion dubitativo.

—Sin ofender, Rion —intervino Bethany con una mano en la cadera—, pero por mucho que te quiera, no eres el mejor en interpretar a los demás. Esa es Sionna.

La aludida parpadeó.

—Y-yo... pensaba que Matt amaba a Arek —se limitó a decir—. Lo escondía bajo capas y capas de sarcasmo y hastío, pero estaba ahí.

Suspiré y me masajeé la frente.

—Puede que no. O puede que sí y se le haya pasado. Puede que ya no estuviera ahí. No lo sé.

Lila golpeó el puño contra la mesa.

—Entonces, ¿qué? Vale, no sabemos los sentimientos de Matt. Pero sí los tuyos. Lo amas. Y si el truco con el polencito lujurioso...

—¡No era polen lujurioso!

—Si me enseñó algo es a luchar por lo que quieres. Entonces, ¿por qué no fuiste tras él?

—¡Me desmayé! —Señalé a Sionna—. ¡Pregúntale a ella! ¡Estaba allí! Y para cuando me desperté, quién sabe lo lejos que estaba... o el tiempo que me habría llevado alcanzarlo. —Tiré del hilo suelto de la manta hasta que se descosió. Bajé la voz y continué—: Además, no podía pedirle a Matt que se uniese a mí. Porque lo habría hecho por un sentido estúpido de la lealtad y yo le habría condenado a quedarse atrapado conmigo durante el resto de nuestra vida.

—Sigo pensando que deberías ir a buscar a Matt. —Lila agitó el brazo y volcó su copa—. Súbete a un caballo y alcánzalo.

Como si fuera tan fácil.

—Como confirmó nuestro pequeño experimento, estoy atado al trono a toda costa. Ni siquiera sé si puedo salir. La magia se opone tanto a que cualquiera que no sea yo esté en el trono que, cuando intenté abdicar, casi me mata. Lila tocó la corona solo por diversión y le quemó la mano. Puede que la magia ni siquiera me deje traspasar los muros. Además, se ha ido porque quería espacio. De verdad que estoy tratando de respetarlo. —Tragué para deshacer el nudo que se me había formado en la garganta—. Incluso si eso significa que no es mi alma gemela.

Lila gruñó de hastío y se cruzó de brazos.

—¿Qué decía la nota exactamente?

—Decía que lo sentía, pero que no podía quedarse y que volvería. —Me miró con los ojos entrecerrados.

—Bueno, eso no es muy preciso.

—Arek —dijo Sionna con suavidad—, ¿llegaste a decirle alguna vez que lo amabas? ¿Lo sabía él sin un ápice de duda? —Me encogí cuando me acordé de la conversación que nunca tuve con Matt aquella mañana. Al parecer, la expresión de mi rostro fue respuesta suficiente para todos ellos.

Lila se inclinó hacia delante y me dio un manotazo en el brazo. Me picó y probablemente tendría que haberme dolido más, pero solo era en parte corpóreo.

Rion frunció el ceño.

—¿Y si no podía quedarse porque no hubiera soportado verte con otra persona?

No... no lo había pensado. La terca llamita de la esperanza volvió a brillar.

—¡Intenté decírselo! Iba a hacerlo la mañana después de besarnos. Pero cuando se despertó, no se acordaba y Harlow vino a buscarme para el desayuno y no tuve tiempo de contárselo. Y luego Meredith habló con él antes de que pudiera hacerlo yo y decidió marcharse. Mirad, sé que estáis intentando ayudar, pero Matt se ha ido y necesitamos superarlo. Si yo no... hay muchas probabilidades de que muera.

Tan pronto como lo dije, me sobrevino un mareo. La cabeza me daba vueltas. Me desplomé sobre la pila de almohadas respirando con dificultad.

—Vale, incluso si Arek quisiera, no va a ir a ninguna parte —dijo Bethany—. Está débil. Necesita descansar.

Sionna me contempló con esos tristes ojos marrones.

—Puede que Matt vuelva.

—Sí —respondió Bethany forzando una sonrisa—. Entrará en razón y volverá corriendo al castillo; será la mar de romántico.

—Esperemos que se dé cuenta rápido. —Lila miró por la ventana con el ceño fruncido—. La primera nieve caerá pronto y solo tenemos hasta el cumpleaños de Arek.

Mi cumpleaños. La fecha límite. Dentro de tres días.

Abrí la boca para replicar, pero la cerré de golpe. Sentí un hormigueo desde la coronilla hasta la planta de los pies. La habitación se tambaleó y me dio un vuelco el estómago. No podía explicarlo, pero sentía que mi cuerpo entero era transparente. Me incliné hacia un lado.

—¡Arek!

—Estoy bien.

—No lo estás.

Cuatro pares de manos me tumbaron boca arriba sobre el colchón. Me desplomé y respiré mirando fijamente el techo. Ese pequeño esfuerzo me había dejado sin aire. Se me tensó el cuerpo entero desde el cuello hasta los pies.

—Arek necesita que uno de nosotros se quede con él en todo momento. —Bethany me apoyó una mano en el pecho y su calidez me inundó y relajó mis músculos agarrotados—. Yo haré la primera guardia. Todavía quedan unos cuantos invitados en el castillo que debemos sacar de aquí antes de la primera nieve o verán lo que sea que ocurra en los próximos días.

—Yo me ocupo —dijo Sionna—. Llamaré a Harlow para que me ayude.

—Arek, ¿tienes... una segunda opción? ¿O una tercera? —preguntó Rion, siempre tan práctico.

Me estremecí con una mueca.

—Gren —dije a regañadientes—. Si no, Petal.

—¿Arek? —Bethany me tocó el brazo con suavidad—. ¿Estás seguro?

—Si no puede ser Matt —dije, y se me encogió hasta el alma de pensarlo—, al menos que sea alguien atractivo.

Una risa forzada siguió a mi afirmación. Por los espíritus, todos se estaban esforzando mucho para mantenerse positivos. Se me saltó una lágrima.

—Hoy tengo una competición de entrenamiento con Gren. Yo... hablaré con elle. Le tantearé.

Arqueé una ceja y ladeé la cabeza.

—¿Tú?

Rion alzó el mentón.

—Puedo ser sutil si hace falta.

—No seas muy sutil —dije—. Queremos que piense que estoy interesado, pero no demasiado.

Rion asintió con los labios presionados en una fina línea.

—Puedo hacerlo.

—Genial.

—Yo puedo hacer que Meredith hable con Petal. En el baile congeniaron.

Le ofrecí a Sionna una sonrisa débil.

—Gracias.

Estaba agotado. Se me cerraban los ojos por voluntad propia y solo el sonido de la puerta al abrirse y cerrarse me indicó que Sionna y Rion se habían marchado. Bethany se sentó en la cama cerca de mí y le habló a Lila en voz baja, pero no distinguí lo que dijeron. Me quedé dormido y soñé con Matt.

Capítulo 31

os dos días siguientes pasaron como un borrón. Estuve dormitando la mayor parte del tiempo, deslizándome entre la conciencia y la inconsciencia sin llegar a discernir los momentos entre medias. Las pocas veces que dejé mi habitación, Bethany me embadurnó la cara de maquillaje y las partes visibles solo por si acaso y me vestí con prendas que cubrían lo máximo de mi persona que fuera posible.

El grupo se quedó a mi lado casi todo el rato alternando entre hacer de niñeras conmigo y sus tareas de costumbre. Me leían libros de la biblioteca cuando estaba en la cama y me servían de apoyo cuando caminaba desde mis aposentos hacia la sala del trono.

No recibimos noticias de Matt y tampoco era que yo las esperase. Lo había dejado claro en la nota. Pero cuando se me agotó el tiempo, tuve que enfrentarme de repente a una elección horrible. Vivir sin Matt o morir. Pero Matt no estaba allí y con su partida, él había tomado su propia decisión.

El día de mi cumpleaños amaneció gris y nublado. Por una vez, me levanté antes de que cantase el gallo; hacía días que no me sentía tan despierto y vivo. Rion estaba dormido en la pequeña estancia adjunta a la mía e hice todo lo posible para salir de la cama sin despertarlo. Abrí la puerta una rendija, saqué la cabeza y me encontré con un sirviente esperando.

—Ey —susurró.

Se sobresaltó.

—¿Rey Arek?

—Sí, soy yo. Me gustaría darme un baño.

—Feliz cumpleaños, alteza.

—Gracias. ¿Puedes pedir el desayuno para mí y sir Rion?

—Por supuesto.

—Genial, gracias.

Cerré la puerta con suavidad y luego resistí la tentación de volver a meterme bajo las sábanas. Solo volvería a quedarme dormido y quería pasar despierto tanto tiempo como me fuera posible en mi último día. En vez de eso, me senté en el banco junto a la mesa y sentí el peso del diario de la princesa en la mano. Lo había encontrado en el suelo, donde lo había dejado la última noche que Matt y yo pasamos juntos... Era una de las pocas cosas de la biblioteca que no se había llevado con él. Lo había estado leyendo en los ratos que estaba despierto, buscando algún consejo, pero no había encontrado nada. Y por primera vez desde que se marchó, deseé que Matt estuviese allí. Incluso si no me quería, incluso si elegía no vincularse conmigo, cualquier decisión a partir de ese momento sería más fácil si él estaba presente.

En cuestión de minutos, entraron los sirvientes y vertieron agua hirviendo en la bañera con patas junto a la chimenea.

—Está nevando, alteza —dijo uno de los sirvientes.

—¿Ah, sí?

Miré por la ventana y vi unos copos danzando al viento. Había nevado en mi último cumpleaños, el día antes de que un hechicero se presentase en mi casa y nos enviase a Matt y a mí a una gran aventura.

—Sí, alteza. Da buena suerte que nieve en su cumpleaños.

Hum. Nunca lo había oído.

—Aceptaré de buena gana toda la buena suerte que el universo quiera poner hoy en mi camino.

El sirviente se rio. Poco tiempo después, la bañera estaba llena; el fuego, avivado y caldeado, y una bandeja de comida y una jarra de agua, dispuestas sobre la mesa.

Me sumergí en el agua y se me enrojeció la piel por el calor. Por primera vez en varios días, se me calentó hasta la médula. Puede que las cosas estuviesen mejorando. Me sentía más descansado de lo que había estado desde el baile de máscaras y también un tanto optimista. Levanté la pierna con los dedos de los pies flexionados y... toda mi pierna era translúcida.

Vale. Seguía desvaneciéndome. Eso no estaba bien.

Después del baño, salí de la bañera y me vestí con unos pantalones y botas hasta las rodillas. Me enfundé la camisa con el cuello más alto por la cabeza y llamé al mismo sirviente para que me ayudase con los cordones. Tironeó de ellos hasta que la tela me apretó la garganta y el cuello se me ciñó bajo la barbilla. Las mangas me envolvían las muñecas y sentía el pulso contra los cordones tensos. Después de ponerme los guantes, me coloqué la corona abrillantada y pulida sobre el pelo húmedo. Me miré al espejo. A ojos de cualquiera, sería la imagen de un rey por antonomasia en lugar de un muchacho asustado.

Deseaba que hubiera una entrada en el diario de la princesa que me ayudase ahora. Me pregunté qué pensaría al saber que estaba leyendo sus pensamientos privados. Esperaba que no le importase, aunque estos estuviesen dirigidos a otra persona.

Nunca la había tenido en cuenta. Puede que la princesa no estuviese viva, pero ¿y su dama? Si sobrevivía a esto, puede que al menos pudiese cumplir el último deseo de alguien.

Tras el esfuerzo de vestirme y desayunar, la fuerza que había sentido antes se había evaporado. Tenía la constitución de un gatito; aparté el diario, me crucé de brazos y apoyé la cabeza en la curva del codo. Divagué durante un rato, mucho más de lo que había anticipado.

—¿Arek?

Me erguí con un resoplido.

—Ah, hola, Rion —dije frotándome los ojos con la parte inferior de la palma de la mano.

—Te has levantado antes de lo normal. —Se pasó una mano por el pelo despeinado. Estaba demacrado, ojeroso y su complexión era más pálida que de costumbre—. Deberías haberme despertado.

Se me encogió el estómago por cómo mi situación había afectado a mis amigos.

—Bueno, ya sabes, tengo que aprovechar al máximo mi último día. —Intenté imprimirle mi mejor tono alegre a mi voz.

La sonrisa de Rion era como mucho desanimada.

—Me alegro de que estés de buen humor.

—Ya me conoces, hago bromas en situaciones tensas. —Carraspeé—. He pedido el desayuno para los dos. —Elegí una tostada de la bandeja y mordisqueé una esquina—. Se ha enfriado un poco, pero no está mal.

Rion se sentó a mi lado en el banco. Se quedó mirando fijamente la bandeja del desayuno.

—¿Vas a...? —Se le apagó la voz.

—¿Puede? —dije y me encogí de hombros—. Me quedan unas horas.

—Sería mejor no esperar. No queremos tentar a la magia.

—Suenas como Matt.

—Hay personas peores a las que sonar.

—Cierto —dije con un asentimiento. Luego me señalé la corona—. Pero soy el rey. Tomo mis propias decisiones.

—Pues sí. —Rion pinchó una salchicha con el tenedor—. ¿Cuánto más vas a esperar?

—Una ceremonia durante la puesta de sol suena romántico. Haré llamar a Gren y, si no es elle, será Petal, Enzo, Declan o, por los espíritus, Bethany... si me acepta.

—¿Y si es demasiado tarde?

—Entonces me desvaneceré. —Ante su mueca, le di un apretón en el hombro con el pretexto de tranquilizarlo, aunque en realidad era yo quien necesitaba calmarse—. Hay cosas peores, Rion. Ya hemos pasado por ellas. Conocimos a un alma atrapada en una torre por un dictador malvado que le arrebató el reino a su familia. Luchamos contra el monstruo del foso. Hemos estado días sin comida ni agua fresca. Joder, hemos pasado semanas sin dormir una noche entera. Nos han perseguido por toda la campiña. Nuestros amigos han resultado heridos por mí. Le corté la cabeza a un tirano con una espada que me concedió un pantano mágico. Un pantano al que nos condujo un hada que intentó robarle la fuerza vital a mi mejor amigo. —Suspiré con pesadez—. Hice lo que habían planeado para mí. No pedí ser rey. No pedí estar atado a un trono. No pedí fastidiar la relación que tenía con mi mejor amigo. Pero lo soy. Lo estoy. Lo hice. Si tengo que vivir una vida cumpliendo un papel que no quería con alguien a quien no amo, quiero tomarme esa decisión en serio.

—Lo entendemos, Arek. Sabemos que harás lo mejor para ti y para el reino. No tenemos ninguna duda al respecto.

Le di un apretón en el hombro y retiré la mano.

—Bien. Gracias, Rion. Ahora, estoy seguro de que hay gente esperando tras la puerta escuchando a hurtadillas.

—¿Cómo lo ha sabido? —Me llegó la voz de Bethany amortiguada al otro lado de la madera.

—Porque sois predecibles —grité.

La puerta se abrió hacia dentro. Bethany, Lila, Sionna y Meredith entraron.

—¿Alguna novedad? —pregunté.

—Ninguna —dijo Lila—. Ni palomas ni mensajeros.

—Ya. —Me froté las manos—. Entonces, ¿qué planes tenemos para hoy?

—Hay pastel en la cocina —dijo Meredith—. De chocolate. Me dijeron que es su favorito.

—En ese caso, comamos pastel.

Y eso hicimos... en el suelo de la biblioteca, rodeados por las pertenencias que quedaban de Matt, frente al hogar, de modo que el glaseado se derritió. Esperaba que comer entre sus preciados rollos lo invocaría y lo traería de vuelta con nosotros como si fuese un demonio, pero no vino. Ni siquiera cuando el sol se hundió en el horizonte tras las nubes cargadas de nieve; se me agotaba el tiempo.

Me comí buena parte del pastel y, tras el tercer trozo, me entraron náuseas. Las primeras horas de la tarde se me escurrieron entre los dedos mientras me reía con los amigos, al igual que los últimos vestigios de fuerza. Me hormigueaba el cuerpo entero. De repente, llegó el momento de tomar una decisión. Sabía lo que tenía que hacer.

—Llamad a Gren —dije en uno de los silencios que se instalaron entre nosotros.

Sionna alargó el brazo y me tomó de la mano.

—Está bien, Arek.

Asentí.

—Preferiría hablar con elle en la sala del trono. —La voz me sonaba débil, derrotada. No podía unirme a Gren aquí, no en la habitación que Matt había hecho suya y solo suya.

Situado entre Rion y Sionna, me puse en pie y, con los brazos rodeándoles el cuello, llegué a la sala del trono a paso de tortuga.

—Estás un poco —dijo Bethany mientras me removía en el asiento—, eh... pálido. —Me pasó un paño con maquillaje por la barbilla y la mandíbula—. Ahí. Perfecto.

—Oye, si me desvanezco antes de que llegue, quiero que tú reclames la corona. Cualquiera de vosotros sería un monarca magnífico y si la quieres, quédatela. Pero hazlo a sabiendas del precio que conlleva. No seas como yo y te corones a ti misma por las risas.

Sionna se aclaró la garganta.

—Ya lo hemos discutido entre nosotros —dijo—. Tenemos un plan. Por si acaso.

—Bien. —Miré por la ventana. El sol se pondría en una hora. Me había quedado sin tiempo de verdad.

—¿Me habéis llamado, alteza? —preguntó Gren cuando entró por la puerta lateral de la sala. La atravesó a paso rápido y determinado hasta quedar frente al trono.

No podía negar que era atractive. Tenía el pelo castaño, más claro que el moreno oscuro de Matt, y era más alte y fornide que él o yo. Era une combatiente, de hombros anchos y bíceps y muslos gigantescos, y se me secó un poco la boca cuando hizo una ligera reverencia.

—Sí —dije—. Necesito hablar algo contigo. Es, bueno, es... —Apoyé la cabeza en la mano y respiré hondo—. Es raro.

La sonrisa de Gren no se desvaneció, pero pasó de ser radiante a curiosa y arqueó una ceja en mi dirección.

—Sois un rey poco convencional, por lo que he visto en el poco tiempo que llevo en el castillo.

—No te equivocas.

—Si me perdonáis el atrevimiento, ¿tiene algo que ver con el desvanecimiento?

Mierda. Arrugué la nariz.

—¿Lo sabes?

Cambió el peso de pierna sobre la alfombra mullida y se quedó la marca de sus botas.

—Hay rumores.

—Genial. Esto es la leche. —Hice un aspaviento—. Pues sí. —Miré por la ventana—. Necesito u-un... —«Alma gemela» era una frase difícil de decirle a alguien a quien apenas conocía— consorte.

Gren se acercó al trono. Se arrodilló a mis pies con sus ojos brillantes y chispeantes color miel fijos en mí. Apoyó una mano sobre la mía y cuando sus dedos se deslizaron bajo la manga para acariciarme la piel de la muñeca, me atravesó la promesa de la calidez. No me había dado cuenta de lo mucho que me había drenado hasta que sentí el tacto de su mano sobre mi piel fría.

—Será un honor convertirme en su consorte, alteza.

Tragué saliva. Debería de haberme sentido aliviado, y lo estaba, pero también sentía mucha culpa mezclada con cada vez más aprensión.

—Soy un buen rey —balbuceé. Me sorprendí a mí mismo al decirlo y, a juzgar por la forma en que Lila arqueó las cejas y que Sionna se llevó la mano al corazón, mis amigos también lo estaban—. Quiero decir, s-soy... ¿Sabes qué? A la mierda. Soy un buen rey. —Vaya, no fue tan difícil decirlo la segunda vez—. Y por poco que quisiera ser rey hace tres meses, me siento muy bien por el trabajo que mi consejo y yo hemos hecho, maldita sea. Nos hemos esforzado al máximo para gobernar bien este reino. Y para seguir siendo un buen rey, tengo un deber para conmigo y mi reino y debo cumplir las leyes mágicas de este puesto. No puedo prometerte que no vaya a fastidiarla, básicamente porque lo hago todo el rato, pero sí te prometo que lo haré lo mejor que pueda.

—Eso es todo lo que cualquiera puede pedir en una pareja.

Me mordí el labio. No sentía que aquello fuera lo correcto. Puede que la persona frente a mí no fuera Matt. Puede que la persona frente a mí no tuviese ni idea de en qué se estaba metiendo y no tenía tiempo para explicárselo. Pero quizá también fuera que mi propio ser se estaba debilitando.

—El reino siempre es lo primero. Y no puedo prometerte amor. —Gren debería preocuparse de que, al parecer, aquello fuera «lo mejor» que podía ofrecerle. Por el rabillo del ojo vi que Bethany se llevaba la mano a la cara—. Y esto —nos señalé a ambos— es para la eternidad. No deberías tomártelo a la ligera.

—Lo entiendo —dijo Gren con solemnidad y me recorrió la piel con suavidad. Me estremecí—. ¿Me concede un día para pensarlo?

—¡No! —gritó el grupo.

Los fulminé con la mirada.

—Lo que mi consejo... mis amigos... intentan decir es que me he quedado sin tiempo. Podría darte como quince minutos para prepararte.

—No los necesito. —Gren se puso de pie—. Cuando mi familia recibió su invitación, consideramos que tal vez estaría buscando a alguien con quien desposarse. Ya tenía previsto quedarme en el castillo como escudere o como pretendiente.

Perspicaz. Fuerte. Atractive. Inteligente. Podría ser peor.

Asentí y luego forcé una sonrisa para no llorar.

—Vale, vale. Sí. —Me puse de pie. Gren me agarró del codo para evitar que me cayera—. Hagámoslo.

Mis amigos se acercaron mientras Gren y yo entrelazábamos las manos. Harlow apareció a mi lado con una tira larga de seda roja en la mano y nos envolvió con ella los antebrazos. La ató con un nudo tirante.

—Bethany —dije mirando donde mi brazo presionaba con firmeza el de Gren—, necesitamos magia para hacerlo. ¿Estás lista?

—Sí. —Tenía la voz tensa y casi desprovista de felicidad. Rasgó las cuerdas del arpa.

Cerré los ojos, tragué y me recompuse. Solté el aire de los pulmones y alcé la mirada para encontrarme con la de Gren. Al menos sería tan cortés como para mirarle a los ojos mientras decía los votos.

—Elijo vincularme...

La entrada principal de la sala del trono se abrió de sopetón y las puertas golpearon la piedra con fuerza. Una brisa amarga trajo un remolino de nieve. Una figura oscura entró en la habitación: un pájaro grande de plumas negras y un pico terrorífico.

Cuervo se impulsó con la corriente de aire ascendente, viró y aterrizó en el respaldo alto del trono. Estaba hinchado como un demonio y siseó.

Gren trastabilló hacia atrás de la sorpresa y me arrastró con elle hasta que nos caímos enredades sobre el estrado.

—¿Cuervo? —dijo Lila chasqueando la lengua—. Se supone que deberías estar montando guardia en el parapeto por si... —Se calló.

Una figura cubierta con una capa se recortó contra la puerta y entró como una exhalación con el báculo brillando en la mano. El pelo húmedo le caía por la cara y los copos de nieve no tardaron en derretirse en sus mechones. Tenía las mejillas sonrosadas por el frío y el esfuerzo. Respiraba agitado, pero caminó resuelto por la alfombra. Hizo un gesto con la mano sobre el hombro y las puertas se cerraron con un golpe.

—¡Matt! —Me puse en pie de un salto. Me temblaban las piernas. Inmovilicé las rodillas para evitar caerme. El corazón me martilleaba a un ritmo tan violento y fuerte que me resonaba en los oídos.

Él siguió adelante sin reducir la marcha hasta que atravesó la estancia, subió las escaleras y se detuvo frente a mí.

Se le había agrietado el labio inferior por la exposición al frío y tenía los ojos marrones enrojecidos. Cuando se retiró la capucha, dejó a la vista el remolino que siempre se le formaba en la coronilla.

—Matt —dije en voz baja.

Enfocó la vista en Gren y en nuestros brazos unidos.

—¿Es demasiado tarde? —musitó.

—No —dijo Sionna mientras sacaba un cuchillo. Rompió el lazo y la seda roja cayó al suelo hecha jirones—. Has llegado justo a tiempo.

Aturdido, lo agarré por la capa y mis manos enguantadas arrugaron la tela.

—Matt.

—¿Lo decías en serio? —preguntó. Abrió el morral, metió la mano y sacó un trozo de pergamino. Lo miré confundido hasta que caí en la cuenta. Era la carta que le había escrito la noche que nos besamos. Unas lágrimas de alivio me anegaron los ojos cuando me percaté de que, sin saberlo, lo había logrado; sabía cada ápice de verdad sobre lo mucho que lo amaba.

—Lo encontré pegado al pergamino de la profecía. ¿Lo decías en serio, Arek?

El pulso me latió con tanta fuerza que pensé que me saldría a borbotones a través de la piel, aunque el resto de mi cuerpo se sentía como un fantasma. Asentí.

—Cada palabra.

—Te amo. —Lo dijo con tanta sencillez, tan directo, sin un dejo interrogativo en la frase. Una afirmación. Una declaración—. Te he amado desde que te pelaste los nudillos por defenderme. Eres el único al que he amado.

—Te amo —dije sin aliento con los ojos llenos de lágrimas—. Te amo tantísimo.

Frunció el ceño.

—¿Y por qué no me lo dijiste? ¿Por qué...? —Desvió la mirada a nuestra audiencia y se inclinó hacia delante con las mejillas rojas—. ¿Por qué no querías cortejarme?

—Pensé que no querías que lo hiciera. Nunca mostraste ningún interés. No lo sabía.

—Te seguí en mitad de la noche en pleno invierno y abandoné el pueblo para embarcarnos en una misión peligrosa porque un hechicero borracho en potencia te convenció de que formabas parte de una profecía. ¿Cómo podías no saberlo?

—Pensaba que estabas siendo un buen amigo... —Por los espíritus, me encantaba esa maravillosa mirada fulminante—. Está bien. No me doy cuenta de las cosas. Pero ¿por qué te fuiste después de que nos besamos?

Matt empalideció. Apartó la mirada y cerró los ojos con una expresión de dolor.

—No me acordaba hasta que Meredith me lo dijo y luego... lo recordé todo. Que básicamente me había lanzado a tus brazos en mitad del baile mientras intentabas cortejar a otras personas. Pero Bethany me había dicho algo sobre sincerarme contigo y, borracho como estaba, decidí seguir su consejo.

—Espera, ¿a qué te refieres?

Matt asintió.

—Estaba muy avergonzado. No podía mirarte sobrio a la luz del día, no cuando sabía que ibas a rechazarme. No cuando tendría que verte con otra persona. No podía hacerlo. —Se encogió de hombros—. Así que hui. No es que esté orgulloso de ello, lo admito.

—Matt, pensé que te estabas obligando a sentir algo por mí. Y por si no lo notaste, te devolví el beso. Y con ganas.

—Pensé que estabas siendo un buen amigo —repitió con voz débil—. Había dejado atrás unos cuantos pueblos cuando al fin paré para pasar la noche y encontré tu nota en el morral enrollado en la profecía. Regresé tan rápido como pude, pero la nieve me retrasó. Utilicé un montón de magia, pero... —Alzó la mano y deslizó los dedos por mi mandíbula—. Pensé que no llegaría a tiempo.

—Lo siento. —Se me formó un nudo en la garganta—. Siento haberte hecho pensar que no te quería. —Apoyé mi frente contra la suya y el borde de la corona se me clavó en el ceño. Era una ligera molestia—. Te escojo a ti, Matt. Tú eres la otra mitad de mi alma.

Matt estalló en risas exaltadas y alegres con tanta fuerza que las sentí como una ráfaga de aire en los labios.

—¿No podías haberlo dicho antes de que me fuera? ¿Tenías que escribir una nota para que la encontrara? ¿Por qué tienes que ser siempre tan dramático?

—¿Yo? —dije con una sonrisa de oreja a oreja—. Había planeado decirte todo lo que escribí en esa carta, ¡pero te fuiste antes de que pudiera hacerlo! Eres tú el que ha llegado en el último momento. Casi tengo que vincularme a otra persona.

—Está nevando, alteza —dijo Matt retorciendo el título hasta que pareciera un insulto familiar—. He hecho el camino de dos días a caballo en uno. Por ti.

Me reí con nerviosismo, y esa es la única palabra que puedo utilizar para describir el sonido que salió de mí. Presioné mi boca contra la suya y lo besé a conciencia. Me devolvió el beso con tanta determinación como la noche del baile de máscaras. Se me aceleró el corazón. Un calor me recorrió todo el cuerpo hasta la médula, un sentimiento que echaba mucho de menos. Era de Matt, y Matt era mío.

—No quiero ser la pesada que os interrumpa —dijo Lila y su voz sonó alta en aquel silencio—, pero eres prácticamente un fantasma, Arek.

Matt abrió los ojos de golpe. Me quité el guante con los dientes y, sí, mi palma era translúcida casi por completo. Era como si las palabras de Lila le hubiesen dado a la magia permiso para vengarse. Me cedieron las piernas y me habría caído si Gren y Sionna no me hubieran agarrado y llevado al trono. Me entró un dolor de cabeza punzante tras los ojos. Sentía un hormigueo por todo el cuerpo, como si me estuvieran apuñalando con miles de esquirlas diminutas de cristal; solté un grito estrangulado mientras una sensación de ardor me recorría la columna. El corazón me latía con fuerza, luego se me encogía como atrapado en una contracción dolorosa que no se parecía a nada que hubiera sentido antes y, mierda, me estaba desvaneciendo. Me estaba *muriendo*. Justo ahora. Justo allí. Tomé aire y este se quedó atascado en mis pulmones, que estaban desapareciendo. Me estaba asfixiando mientras trataba de exhalar con desesperación.

Matt agarró lo que me quedaba de mano y presionó nuestras palmas juntas, entrelazando sus dedos con los míos.

—¿Alguien tiene una cuerda, una tela o...?

—¡Aquí! —Bethany tiró de un lazo que llevaba en el pelo y corrió hacia nosotros.

—Envuélvelo alrededor de nuestras manos unidas. Rápido. Rápido.

—¡Toma! —dijo Lila. Le quitó el cordón trenzado a su monedero—. Añade esto.

Sionna rompió una tira de cuero del cinto de la espada.

—Y esto.

Para no quedarse fuera, Rion rasgó el borde de su capa y sacó una tira larga de tela. Entre los cuatro, Matt y yo estábamos unidos desde los antebrazos hasta las muñecas y las manos.

—Bethany —dijo Matt—, ¿estás lista?

—Sí. —Rasgó las cuerdas con los dedos—. Hagámoslo.

Me caí hacia delante. Mis respiraciones consistían en inhalaciones aflautadas y exhalaciones temblorosas y apocadas. Me presioné la otra mano contra el pecho, pero había desaparecido. Tragué saliva, boqueé como un pez fuera del agua. ¿A dónde se habían ido mis pulmones? Unos puntitos negros me nublaron la visión.

Matt me tocó la cara con las yemas de los dedos y me la alzó un poco.

—Arek, te amo. Eres la otra mitad de mi alma y elijo unirme a ti en esta vida y en la siguiente.

—Te amo —carraspeé con el poco aire que me quedaba. Unas manos sobre mis hombros me empujaron para sentarme y eché el cuello hacia atrás buscando aire con desesperación. Mi pecho subía y bajaba—. Otra mitad... unirme a ti... esta vida y en la siguiente.

Tan pronto las palabras salieron por mi boca, un fogonazo de luz brotó de nuestras manos unidas. Iluminó la habitación con un rayo abrasador y reverberó un sonido como el entrechocar de unos platillos o el romper de las olas en la orilla. La magia nos atravesó, inundó mi ser, persiguió el frío y lo reemplazó con el calor y con la certeza de la otra mitad de mi alma, de Matt. La presión en mi pecho se aflojó. Tomé grandes bocanadas de aire, que me llenó los pulmones. El dolor se desvaneció por el subidón de adrenalina y me hundí por el bendito alivio mientras volvía en mí. Me infundí de fuerza y luz y dejé de estar a medias. Estaba completo. Por fin, por fin, desde el día en que me había puesto la corona en la cabeza, estaba completo.

Seguía sin creer que pudiera ponerme en pie, pero no importaba. Me limité a tirar de Matt hacia mi regazo.

—¡Arek! —chilló. Aterrizó de lado, con las piernas sobre el reposabrazos del trono—. ¿Qué estás...?

Lo besé. Bebí todas las palabras que murmuraba contra mis labios y las saboreé todas. Su boca y su cuerpo estaban cálidos y yo temblaba debajo mientras mi forma corpórea iba regresando. Me devolvió el beso con ansias, desesperado.

—Ha faltado poco —dijo, más con una vibración contra mi boca que con palabras en sí—. Pensé que te perdería.

—No lo has hecho. —Lo acerqué más—. No lo has hecho. Estoy aquí.

Matt se soltó y enterró la cara en la curva de mi cuello. Le temblaron los hombros y dejó escapar un sollozo cargado de pena. Lo estreché contra mí.

—¿Qué ocurre? —No respondió, pero sus lágrimas me empaparon la camisa—. ¿Matt?

—Lo siento —dijo con la voz congestionada—. Lo siento. Yo... casi no llego a tiempo. Creí que el beso del baile sería el único que te daría nunca. Me marché de aquí pensando que era un egoísta, tanto que había arruinado nuestra amistad por una declaración de amor estúpida que nunca quisiste.

Lo envolví entre mis brazos tan fuerte como pude.

—No lo hiciste. No has arruinado nada. Si me hubieras dicho que me amabas, yo te habría dicho lo mismo porque es así. Porque te amo.

Matt languideció, la tensión de su cuerpo se aflojó y se pegó tanto a mí que no sabría decir dónde terminaba él y empezaba yo.

—Me dejaste ir —dijo en voz baja.

—Sí.

—Cuando habría sido más fácil para ti hacer que me quedara.

—Sí, lo habría sido. Pero no quería que te quedases en un sitio en el que no deseabas estar.

—Sí, quiero —dijo—. Quiero estar aquí.

Mi alivio se podía palpar.

—Bien, me alegro.

Suspiró.

—Rey Arek el Amable —susurró.

Resoplé.

—Por ti sería cualquier cosa.

Matt se rio con un sonido estertóreo y sentí su aliento cálido contra el cuello. Un escalofrío me recorrió la espalda. Se me pusieron los vellos de los brazos de punta.

—Sin embargo, creo que ambos coincidimos en que tenemos que mejorar nuestra comunicación.

Matt estalló en carcajadas y se removió en mi regazo y entre mis brazos; iba a tener un problemilla de erección inapropiada. Sin embargo, ¿sería tan inapropiado? Ahora estábamos unidos. Hipotéticamente, sería una erección apropiada. Salvo por que teníamos público. Así que seguía siendo inapropiada y quizá no tan hipotética.

Alguien se aclaró la garganta. Alcé la cabeza del pelo de Matt, donde la tenía enterrada, y ah, sí. Claro. Teníamos espectadores. Y no pocos. Lila, con una pequeña sonrisa en el rostro, estaba junto a Rion, que tenía los ojos húmedos. Sionna y Meredith tenían las manos entrelazadas. Harlow estaba junto a la puerta con su expresión adusta y solemne de siempre, pero por su postura se notaba que estaba aliviado. Cuervo nos miraba desde arriba con el cuello ladeado y sin parpadear, con esos ojillos brillantes y aterradores.

—Estamos muy contentos por vosotros —dijo Bethany con una enorme sonrisa—, pero quizá deberíais iros a un lugar más privado.

—Una idea estupenda, lady Bethany, la barda más maravillosa y mágica del reino —dije.

Ella sonrió con suficiencia.

—Los halagos te llevarán lejos, alteza, pero tengo una cita con una dama llamada Petal y, posiblemente, ¿también con una persona llamada Gren? —La voz le salió aguda en forma de pregunta y le guiñó un ojo a Gren.

¡Gren! Me había olvidado de elle por completo. Hice una mueca.

—Ah, mmm, Gren, ¿lo siento?

Elle sonrió.

—No necesita disculparse, alteza. Me alegro por vosotros. —Luego se volvió hacia Bethany, que tenía las mejillas teñidas de rojo—. Y sería un honor acompañarla, lady Bethany.

Ah, qué rápido había pasado página.

Ayudé a Matt a ponerse de pie. Sorprendentemente, recuperé el pie con facilidad. Mis fuerzas habían vuelto. Matt, por otro lado, se reclinaba sobre mi costado. Con las manos todavía unidas, bajamos del estrado y con un gesto torpe de despedida a nuestros amigos, abandonamos la sala.

Mientras guiaba a Matt a mis aposentos, tenía la cabeza apoyada sobre mi hombro.

—Necesito una siesta.

—Y nos echaremos una.

—Bien.

Llegamos a la puerta y tratar de abrirla con las manos unidas fue un trabajo un poco torpe.

—¿Sabes? —dijo Matt; no estaba siendo para nada de ayuda para abrir la puerta de mi cuarto—, técnicamente, ahora estamos unidos.

Resoplé.

—Si piensas que nos vamos a librar de organizar una ceremonia por derecho, me gustaría verte decírselo a Bethany.

Matt empalideció pero se rio.

—No, no. Dudo de que podamos escurrir el bulto.

Que hubiese elegido decir «bulto» me hizo pensar en cuando estaba en mi regazo en el trono, y me ruboricé. Por suerte, me las arreglé para abrir la puerta, entré con Matt y la cerré con el pie.

—Gracias a los espíritus por mi pericia escribiendo cartas de amor. Si no, ahora mismo sería un fantasma.

Matt arqueó las cejas.

—O habrías traído a otra persona a tu habitación.

Desvié la mirada.

—Como último recurso, Matt. Como último recurso.

—Oye. —Me tocó la mejilla—. Lo sé. No te culpo.

Con un nudo en la garganta, incliné la mejilla ante su contacto.

—Gracias.

—Aunque lo que quería decir —dijo humedeciéndose los labios— es que técnicamente estamos unidos y es nuestra primera noche juntos.

Hum. Razón no le faltaba. Y si nos ateníamos a la tradición, eso significaba, bueno, juegos de cama. Se me aceleró el pulso y toda la sangre renovada de mi cuerpo viajó al sur.

—¿No estás demasiado cansado?

Matt fijó la vista en mi boca. Se acercó a mí hasta que su cuerpo se ruborizó como el mío. Me envolvió la nuca con la mano libre.

—Llevo años esperando tocarte. ¿Crees que podría esperar un segundo más ahora que te tengo?

Bueno, que así sea. Agarré a Matt por la parte delantera de la camisa y, juntos, trastabillamos hasta la cama.

Capítulo 32

Matt se había apoyado contra el cabecero de la cama. Tenía el pelo oscuro revuelto de tanto que lo había tocado y los mechones de atrás sobresalían en punta. Sin camiseta y con la cintura envuelta con una sábana, sostenía entre los dedos un trozo de pergamino que me resultaba familiar. Mi carta.

Matt me sonrió con satisfacción. Ah, no. *Ah, no.*

—Una declaración en toda regla. De verdad pensaba que la ibas a leer y que luego me rechazarías. Mi estado mental no era muy bueno.

Se le ensanchó la sonrisa y se le arrugaron las comisuras de los ojos. Se aclaró la garganta y desenrolló la misiva.

—«Queridísimo Matt» —comenzó. Me lancé desde mi lado de la cama, pero él la alejó de mi brazo extendido—. «Me temo que nunca seré capaz de decirte esto, pero te amo, apasionadamente, con todo mi corazón», que luego tachaste y lo reemplazaste por «ser», y lo volviste a tachar y pusiste «alma».

Gruñí. Me di la vuelta y apoyé la barbilla sobre el pecho de Matt.

—¿Puedes parar? Te lo suplico.

—Ah, no. Es una obra de arte.

—Eres idiota.

—Bueno, dicen que en las parejas todo lo malo se pega.

Puse los ojos en blanco de la manera más afectada que pude y le hinqué el dedo a Matt en el costado.

—Está bien. Lee la carta. Es cursi y sensiblera y está mal escrita. Pero tú sabes lo que se esconde bajo la mancha de vino de la profecía y nunca me lo has dicho.

Matt se puso rojo. Bajó la mirada y las pestañas le atravesaron los pómulos; las chicas del pueblo siempre hablaban de ellos y que eran un desperdicio en él. Si pudieran verlo ahora, adormilado a la tenue luz de la mañana, desaliñado y guapísimo. Pero no podían, porque era mío y no iba a dejarlo marchar nunca.

—Es vergonzoso.

—¿Y crees que la oda dedicada a tu cara que literalmente te escribí no lo es?

Con un suspiro, dejó la carta en la mesita de noche.

—Vale, dice: «Y el mago amará al elegido desde la distancia y permanecerá a su lado durante el resto de sus vidas».

—¿Solo eso?

—¿Cómo que «solo eso»? ¡Básicamente la profecía me eligió para anhelarte y luego dice que estaría a tu lado y te amaría para siempre! —Matt hizo un aspaviento—. No dice nada de que tú me correspondieras. No podía dejar que lo vieras. No podía dejar que nadie lo viera.

—Espera. —Me senté—. No derramaste el vino por accidente, ¿verdad? ¡Lo hiciste a propósito! —Le pellizqué las costillas, se rio y se alejó mientras se retorcía por las cosquillas.

—Sí, derramé el vino a propósito.

—Y apuesto a que podrías haber quitado la mancha con magia.

Matt miró al techo.

—Sí. Creí que te habías dado cuenta la noche en que Meredith nos derramó el vino encima en la sala de reuniones. No me costó limpiarlo. Estaba seguro de que lo habías notado.

—¡Soy distraído!

—Sí, me he dado cuenta.

—¿Vas a contarme alguna vez lo que pasó con el hijo del tabernero?

Matt compuso una mueca.

—Dejemos eso para otro momento.

Muerto de curiosidad, casi le presioné para que cantara, pero bueno, tenía tiempo. Y, entonces, aquello me golpeó. Tenía tiempo. Tenía tiempo con Matt. Lo tenía, y él me tenía a mí, durante el resto de nuestras vidas y lo que hubiese más allá, porque estábamos unidos para siempre. Me apresuré a enjugarme una lágrima.

—Vale. Supongo.

Matt me miró de reojo.

—¿Estás bien? —Deslizó la mano bajo mi barbilla y me secó la humedad con el pulgar—. Estás llorando.

—Me ha sobrepasado la emoción —dije con una leve sonrisa cargada de cariño—. Estaba pensando en que nos tenemos el uno al otro para siempre.

—Por siempre —dijo con un asentimiento—. Y para siempre.

Mi alma estaba de acuerdo. Me incliné hacia él y tiré para sellarlo con un beso lleno de promesas, esperanza, amor y la certeza de que habría más. Lo decía la profecía.

Y la paz se extendió por el reino y allí permaneció durante mil años.

Epílogo

En los tronos gemelos de Ere en el reino de Chickpea, yo, rey Arek el Amable, y mi consorte real, lord Matt el Magnífico, estábamos sentados mientras contemplábamos la sala del trono. La celebración oficial de nuestra unión estaba en su máximo apogeo y todos los invitados daban vueltas por la pista de baile ataviados con vestidos brillantes y trajes elegantes como confeti al viento. Las bebidas salpicaban con los brindis. Habían pasado unos meses desde mi cumpleaños. Era primavera, casi verano, y los lores y las damas de todo el reino habían viajado para unirse a la celebración.

Bethany se había superado con la organización. Lila había hecho balance con el presupuesto, aunque había tenido que aguantar sus muchas horas de quejas por lo difícil que era refrenar las ideas más extravagantes de Bethany. Pero esta había quedado perdonada porque había negociado tratados dentro de Ere y con otros reinos, incluyendo los de los feéricos. Muchos de ellos habían venido al castillo. Lila mantenía una mirada astuta sobre ellos a través de Cuervo, pero hasta el momento no habían hecho nada preocupante salvo perseguir a Matt a cuenta del jardín mágico.

Los caballeros y los guardias estaban desperdigados por el perímetro, sobrios y en alerta, entrenados por el mejor caballero de estas tierras, sir Rion, y por Sionna, la mejor generala que el reino hubiera visto.

Rion y Lila, a pesar de sus desacuerdos y riñas épicas, seguían juntos, al igual que Sionna y Bethany. Bethany tenía una aventura con Petal, otra con Gren y otra con ambos. Por ahora se declaraba soltera, aunque le había llamado la atención una nueva recluta y en esos momentos se encontraba bailando con ella por la pista, con el vestido meciéndose a su alrededor y el cabello peinado con un recogido complejo. Se reía con tanta delicadeza como siempre.

Nuestros amigos eran felices. Todos lo éramos. Yo era feliz. Abrumado, me llevé la mano de Matt a la boca y le besé los nudillos. La multitud soltó un «ooh» al unísono, lo cual me sobresaltó. Estaba tan enfrascado en Matt y en todo acerca de él que me había olvidado de que era una fiesta en nuestro honor y que estábamos bajo un escrutinio excesivo. Todavía estábamos en plena fase de luna de miel, tal y como les gustaba señalar a muchos de nuestros amigos, y disfruté de la flagrante libertad de mirarlo y memorizar el contorno de su rostro y el sonido de sus suspiros.

Matt se rio y el corazón me dio un vuelco.

Como si me leyera la mente, Matt me dedicó una sonrisa taimada.

—Esta noche, amor —me susurró al oído tras inclinarse sobre el reposabrazos de su trono—, será nuestra segunda primera noche juntos.

El rubor me subió por el cuello hasta las mejillas. Me removí en el trono porque por mucho que hubiera madurado en un año y medio, de vez en cuando seguía teniendo erecciones inoportunas.

—Hum, ¿si me disculpáis?

Aparté la mirada de la otra mitad de mi alma y me fijé en que se acercaba una mujer mayor. Llevaba una túnica sencilla. Tenía arrugas en los ojos y en las comisuras de la boca. El cabello largo y canoso le caía por la espalda.

—Siento interrumpirles. Soy lady Loren y no estoy del todo segura de haber sido invitada a vuestro festejo, pero la invitación decía que os buscase porque teníais algo que me pertenece.

—¡Ah! —Me puse de pie y bajé del estrado. Se me aceleró el corazón cuando tomé su mano entre las mías, hice una reverencia y le besé los nudillos—. Eres tú.

Curvó la boca en un gesto confuso mientras hacía una genuflexión.

—Lo siento, no lo entiendo. ¿De qué me conocéis?

No sabía cómo responder a eso. La conocía por cómo la había descrito la princesa. La conocía por cómo había actuado en el cuarto de aparejos y en el pícnic y durante las clases de baile. Conocía su terquedad y su orgullo, su amor y su belleza.

Matt se reunió conmigo y me salvó de mi torpeza.

—No nos conocemos —dijo—. Bueno, nosotros a ti sí, pero solo por escrito.

Ella paseó la mirada del uno al otro.

—Lo siento, sigo sin entenderlo. ¿Por escrito?

Matt tenía un libro que nos resultaba familiar entre las manos y le tendió a Loren el diario de la princesa con gran cuidado.

—Lo encontramos en la torre junto a ella.

La observé mientras lo comprendía. Le temblaron las manos cuando recibió el diario. Acarició el lomo con los dedos y luego lo abrió mientras las lágrimas le caían por las mejillas.

—Es su diario.

—Casi siempre escribía sobre ti —dije con una sonrisa triste—. Es vuestra historia de amor.

—Ella habría querido que lo tuvieras —dijo Matt en un tono bajo y respetuoso—. Si hubiera tenido la oportunidad, ahora estaría contigo.

Le envolví la cintura con el brazo y lo acerqué más a mí.

—Sé que no es de mucho consuelo, pero te amaba.

Lady Loren observaba el diario con una franca expresión de asombro, los labios entreabiertos y los ojos anegados de lágrimas.

—Nunca la olvidé —susurró. Presionó el diario contra el pecho y cerró los ojos—. Siempre la he amado. Incluso cuando mi deber me obligó a pasar página, nunca amé a nadie como a ella.

—Sé lo que se siente —dijo Matt y me atravesó con la mirada—. Espero que leerlo te dé paz.

—Gracias —dijo ella de forma entrecortada y una mirada de gratitud para los dos—. Oh, gracias.

—De nada. —Hice una reverencia. Matt, también.

Con una sonrisa trémula, hizo una genuflexión.

—Eres bienvenida a quedarte tanto como quieras —dije—. Disfruta de la fiesta.

—Su reputación es cierta, rey Arek. Me alegro de que sea usted en quien haya recaído la carga de la corona. Nuestro reino está en unas manos maravillosas.

—Lo está —dijo Matt. Se apoyó contra mí—. Lo está.

Hablamos un poco más, pero no tardó en alejarse con el diario entre las manos mientras pasaba las páginas.

—Has hecho bien —dijo Matt un rato después—. Invitarla aquí. Darle el diario.

—¿Te acuerdas de la carta que te escribí?

Sonrió de oreja a oreja.

—¿Cómo olvidarme?

—Fue por algo que había escrito la princesa. «Si alguna vez salgo de aquí, le diré que la amo». Nunca salió de esa torre. Pero nosotros sí y dependía de nosotros entregar su último mensaje.

Matt me miró con los ojos como platos.

—Te amo.

—Y yo te amo a ti.

Me dio un beso en la mejilla.

—¿Me concedes este baile, alteza? —No fue un insulto, sino una muestra de cariño, una llena de amor y calidez.

—Pensé que nunca me lo pedirías, lord Matt.

Lo atrapé entre los brazos y lo acerqué más a mí, y mientras la música iba *in crescendo*, nos unimos al mar de personas y bailamos.

Agradecimientos

Este libro existe por una conversación que tuve con el increíble Julian Winters en 2019 sobre escribir comedias románticas y lo mucho que me fascinaban les autores que eran capaces de escribir comedias románticas contemporáneas, ya que al parecer a mí no me salía nada que no implicase magia, naves espaciales o unicornios. Esa conversación llevó a una broma acerca de escribir una ambientada en un castillo y así germinaron las semillas de *Así que esto es un felices para siempre*. Mientras regresaba a casa en coche del evento al que habíamos asistido, ya tenía a los personajes, un esbozo de la trama y mucha ilusión por escribir este libro. Así que gracias, Julian, por esa chispa que me dio la idea y por el apoyo.

Escribí gran parte de la novela durante el National Novel Writing Month en 2019 y los meses siguientes. Estaré eternamente agradecida a mi mejor amiga, Kristinn, quien todavía es mi compañera de escritura y mi primera lectora. Ella me anima en los momentos de duda y maneja con mucha gentileza mi síndrome del impostor como autore con más amabilidad y paciencia de la que merezco. También quiero dar las gracias a Jude Sierra, una de las primeras en leer el manuscrito terminado y quien me dio ideas y una guía sobre los clichés románticos que aparecen en el libro.

Además, quería darle las gracias a mi agente, Eva Scalzo. Gracias, Eva, por seguir luchando por mis libros, por ser una persona increíble con la que trabajar, por apoyar mi visión de carrera, por atenderme cuando te llamaba con pequeños ataques de pánico y por entender mi sentido del humor, a veces un tanto extraño. Gracias al equipo de Margaret K. McElderry Books, sobre todo a mi editora, Kate Prosswimmer y a su ayudante, Nicole Fiorica, quienes han trabajado mucho por sacarle todo el potencial a la historia y al arco de los personajes y por hacer que este libro fuera lo mejor posible. Gracias por amar el concepto de un libro que cuenta la parte del «para siempre» de la historia. Gracias a la ilustradora Sam Schechter y a la diseñadora de cubierta, Becca Syracuse, por esta portada tan tan bonita. De verdad, ha sido un sueño trabajar con todes vosotres.

Me gustaría darle las gracias al Science Fiction and Fantasy Club de la Universidad de William and Marry, apodados con cariño «Skiffy». Puede que a vosotres, lectores, algunos arquetipos de la novela os resulten familiares; esos arquetipos los conocí a través de juegos de *role playing* en general y por todo tipo de cosas divertidas relacionadas con la ciencia ficción y la fantasía gracias a los miembros de ese club. Muches son mis amigues de toda la vida: Karyl, Liza, Sean, Seanie, Tom y Craig. No podía aludir a Skiffy sin hacer una mención especial a nuestra querida amiga Ángela, quien nos dejó demasiado pronto. Ella me llamó «F. T.» hace mucho y sé que le habría encantado este libro y que ahora me sonríe dondequiera que esté.

Quería darle las gracias a un grupo de autores que no solo son mis amigues, sino unes compañeres impresionantes; son mis animadores, mis lectores beta, mi grupo de apoyo, confidentes y compañeres de convenciones: C. B. Lee, D. L. Wainright, Carrie Pack y Julia Ember.

Gracias a la librería Malaprop en Asheville, mi maravillosa tienda local indie que con tanta amabilidad me han tratado estos años. Les libreres son lo más y si alguna vez pasáis por Asheville, haced el favor de entrar y saludar a Katie.

No sería mi sección de agradecimientos sin darle las gracias a mis compañeres de por vida del fandom y a mis amigues de Twitter; sois les mejores cuando necesito ideas para nombres o ayuda para decidir algún detalle. Mi familia de internet —mis amigues de bolsillo, como yo les llamo— siempre están ahí y no puedo agradecerles lo suficiente por haber estado a mi lado durante esta última década.

Gracias a mi familia, sobre todo a mi marido, Keith, y a mis tres hijos, Ezra, Zelda y Remy, por traer alegría e ilusión a mi vida cada día. También quería darles las gracias a mi hermano Rob y a mi cuñada Chris. Si alguien se pregunta de dónde vienen mis bromas raras y dobles sentidos, Rob es el culpable por haberme regalado *Guía del viajero intergaláctico* cuando cumplí trece años. Además, es la única persona que conozco que de verdad se lee los agradecimientos. (¡Hola, Rob!). Gracias también a mis hermanas, Christy y Amanda, quienes hicieron la pandemia un poco más interesante por los memes en el chat grupal de los hermanos. Gracias a mis sobrinas y sobrinos, quienes les hablan a los bibliotecarios de la escuela acerca de los libros de su tía y los ensalzan con sus profesores y amigos.

Por último, gracias a todos quienes hayáis leído este libro, ya sea comprado o prestado de la biblioteca. Gracias por dejar que os entretenga unas horas. Aprecio mucho que me dediquéis vuestro tiempo. Espero que hayáis disfrutado leyendo esta historia tanto como yo escribiéndola. Hasta la próxima, espero que os cuidéis y seáis felices.

Gracias.

F. T. LUKENS

¿TE GUSTÓ ESTE LIBRO?

Escríbenos a

puck@edicionesurano.com

y cuéntanos tu opinión.

ESPAÑA ⟩ 🅕 /MundoPuck 🐦 /Puck_Ed 📷 /Puck.Ed

LATINOAMÉRICA ⟩ 🅕 🐦 📷 /PuckLatam

▶ /PuckEditorial

¡Gracias por vivir otra
#EXPERIENCIAPUCK!